LILY BARD – 2

Fin d'un champion

Du même auteur
aux Éditions J'ai lu

LA COMMUNAUTÉ DU SUD

1. *Quand le danger rôde*
2. *Disparition à Dallas*
3. *Mortel corps à corps*
4. *Les sorcières de Shreveport*
5. *La morsure de la panthère*
6. *La reine des vampires*
7. *La conspiration*
8. *Pire que la mort*
9. *Bel et bien mort*
10. *Une mort certaine*
11. *Mort de peur*

SOOKIE STACKHOUSE PRÉSENTE : INTERLUDE MORTEL

LES MYSTÈRES DE HARPER CONNELLY

1. *Murmures d'outre-tombe*
2. *Pièges d'outre-tombe*
3. *Frissons d'outre-tombe*
4. *Secrets d'outre-tombe*

LILY BARD

1. *Meurtre à Shakespeare*

Charlaine Harris

LILY BARD – 2

Fin d'un champion

Traduit de l'américain par Tiphaine Scheuer

J'AI LU

Titre original :
SHAESPEARE'S CHAMPION

Éditeur original :
St. Martin's Press

Prologue

L'homme allongé sur le banc matelassé s'entraînait depuis deux heures et dégoulinait de sueur. Ses cheveux blonds et courts étaient collés sur son front, et son corps sculpté brillait. Des auréoles sombres apparaissaient sous les aisselles de son sweat-shirt, dont la couleur bleue d'origine était totalement délavée. Nous étions en octobre, mais il avait un bronzage éclatant. Il mesurait exactement 1,78 mètre pour 79 kilos, deux faits qui avaient une importance cruciale pour son régime.

Les autres membres de la salle de sport Body Time étaient rentrés chez eux environ une heure plus tôt, dès la fermeture officielle, laissant cet être consciencieux et privilégié, Del Packard, à sa vocation solitaire. Le binôme de Del arriva après leur départ, vêtu d'un antique pantalon de survêtement noir et d'un vieux sweat-shirt gris aux manches retroussées.

Del l'avait laissé entrer avec sa propre clé, que le propriétaire de la salle, Marshall Sedaka, lui avait lui-même prêtée. Del avait convaincu Marshall de lui procurer cette clé pour qu'il puisse s'entraîner chaque minute de liberté qu'il parvenait à quémander au boulot. La compétition avait lieu dans moins d'un mois.

— Bon, cette fois, je pense que je vais y arriver, déclara Del.

Il faisait une pause entre deux séries. La barre de musculation était posée sur le support au-dessus de sa tête.

— J'ai fini deuxième l'année dernière, mais je n'y avais pas consacré le même nombre d'heures que cette année ! Et j'ai travaillé mes postures tous les jours. Je me suis débarrassé de tous les poils de mon corps, et si tu crois que Lindy a supporté ça sans broncher, eh ben tu te trompes !

Son binôme se mit à rire.

— Tu veux un autre disque ?

— Ouais, répondit Del. Je veux faire une série de dix, d'accord ? Ne m'aide vraiment qu'en dernier recours.

Le binôme ajouta un disque de cinq kilos à chaque extrémité de la barre. Cette dernière supportait déjà un poids de 120 kilos.

Del resserra les bandes de Velcro de ses gants de sport et plia les doigts. Mais il s'attarda un instant de plus pour dire :

— Tu es déjà allé à la salle Marvel Gym ? C'est la plus grande que j'aie jamais vue.

— Non.

Le compagnon de Del ajusta à son tour ses gants de cuir noir. Les gants de musculation s'arrêtent au niveau des articulations et le tissu est rembourré au niveau des paumes. Le binôme de Del avait oublié les siens, avait-il expliqué, et récupéré une paire de gants normaux dans la boîte des objets trouvés. Il baissa avec désinvolture les manches de son sweat-shirt.

— Je peux bien te le dire, l'année dernière, j'étais plutôt nerveux. Il y avait des types dans la catégorie des poids moyens qui étaient gonflés comme des tanks et qui s'entraînaient depuis qu'ils étaient en âge de marcher. Et leurs tenues ! Et puis il y avait moi, le petit gars du pays. Mais je me suis bien débrouillé, déclara Del en souriant fièrement. Cette année, je vais faire mieux. Et je suis le seul à m'être inscrit, à Shakespeare. Marshall a essayé de convaincre Lily Bard – tu la connais ? blonde ? qui parle pas des masses ? – de participer dans la catégorie féminine débutante, ou la catégorie libre, mais elle a répondu qu'elle avait pas l'intention de passer huit mois à faire de la gonflette pour se retrouver devant un groupe de gens qu'elle connaît pas, toute graissée comme un cochon. Eh bien, c'est un point de vue ! Moi, je prends ça comme un honneur de représenter Shakespeare à la compétition de Marvel Gym. Lily a une cage thoracique et des bras bien développés, mais elle est assez bizarre.

Del s'allongea sur le banc et leva les yeux vers son binôme qui, penché au-dessus de lui, avait nonchalamment posé ses mains gantées sur la barre. Il haussa les sourcils avec une expression interrogative.

— Tu te souviens que j'étais comme qui dirait inquiet après notre conversation, la semaine dernière ?

— Ouaip, répondit le binôme, un soupçon d'impatience dans la voix.

— Eh bien, M. Winthrop dit que tout va bien. N'en parle à personne.

— C'est un soulagement. Bon, tu vas la soulever ou te contenter de la regarder ?

Del hocha vivement sa tête blonde.

— D'accord, je suis prêt. Après cette série, j'arrête pour ce soir. Je suis sur les rotules.

Le binôme lui adressa un sourire. Avec un grognement, il souleva la barre, qui pesait désormais 130 kilos.

Il la positionna au-dessus des mains tendues de Del et commença à la baisser.

Juste au moment où les doigts de Del allaient se refermer sur elle, le binôme la tira légèrement vers lui pour la placer au-dessus du cou de Del. Avec une grande maîtrise, il la positionna exactement au niveau de sa pomme d'Adam.

Alors que Del ouvrait la bouche pour lui demander ce qui lui prenait, le binôme lâcha la barre.

Del agita convulsivement les mains pendant quelques secondes tandis que le poids lui écrasait la gorge, suffisamment pour faire sortir le sang de ses doigts, mais son compagnon s'accroupit et maintint la barre de chaque côté ; ses gants et son sweat-shirt le protégeaient des ongles de Del qui tentait frénétiquement de lui faire lâcher prise.

Très vite, Del s'immobilisa.

Le binôme examina attentivement ses gants. Sous la lumière des plafonniers, ils lui semblèrent en bon état. Il les jeta de nouveau dans la boîte des objets trouvés. Del avait laissé sa clé sur le comptoir et le binôme s'en servit pour ouvrir la porte d'entrée. À mi-chemin de la sortie, il fit une pause. Ses genoux tremblaient. Il n'avait pas la moindre idée de ce qu'il devait faire de la clé et personne n'avait pensé à le lui dire. S'il la remettait dans la poche de Del, il allait devoir laisser la porte déverrouillée. Cela aurait-il l'air suspect ? Mais s'il l'emportait pour fermer la porte de l'extérieur, cela ne prouverait-il pas à la police que Del avait été accompagné ? Toute cette mission était plus épouvantable et plus compliquée qu'il ne l'avait imaginé. Mais il pouvait gérer, se rassura-t-il. C'est le patron qui l'avait dit. Il était solide et loyal.

Avec hésitation, le binôme revint sur ses pas. Le visage déformé par une moue de dégoût, il fourra la clé dans la poche du short de Del et effaça ses empreintes avec le tissu. Il s'éloigna de la silhouette immobile sur le banc avant de sortir à la hâte, courant presque. Il éteignit la lumière d'un geste machinal sur le chemin du retour. Après avoir regardé autour de lui, il rejoignit au pas de course le coin du parking plongé dans l'ombre où l'attendait son pick-up, bien dissimulé derrière un bosquet de myrtes.

Sur la route qui le ramenait chez lui, il se demanda soudain s'il allait enfin pouvoir sortir avec Lindy Roland.

Chapitre 1

Je grommelai dans ma barbe en sortant de ma Skylark, les clés de Marshall cliquetant dans ma main. Étant donné que je gagnais ma vie en rendant service aux gens, ça ne me semblait pas juste d'en rendre un gratuitement de si bon matin.

Mais cet automne, une épidémie de grippe balayait Shakespeare. Elle s'était introduite chez Body Time dans le corps de mon ami Raphael Roundtree. Raphael avait toussé et éternué dans la salle de karaté après s'être entraîné dans la salle de musculation, distribuant ainsi soigneusement le virus à presque toute la clientèle de Body Time, à l'exception de la classe d'aérobic.

Et moi. Les virus semblent être incapables de survivre dans mon organisme.

Quand j'étais passée à la maison que louait Marshall Sedaka plus tôt ce matin, celui-ci en était au stade de la grippe où son plus cher désir consistait à rester seul dans sa détresse. Avec une telle constitution et une telle santé, Marshall vivait la maladie comme une insulte et faisait un patient épouvantable ; il était suffisamment vaniteux pour me détester de l'avoir vu vomir. Il m'avait donc fourré les clés de Body Time dans la main, avait claqué la porte et crié de l'intérieur :

— Va ouvrir ! Tanya viendra après son premier cours si je ne trouve personne d'autre !

Je m'étais retrouvée, bouche bée, des clés plein la main.

C'était mon jour de ménage chez les Drinkwater. Je devais y être entre 8 heures et 8 h 15, heure à laquelle les Drinkwater partaient travailler. Il était 7 heures. Tanya, une étudiante inscrite à la branche de l'Université de l'Arkansas à Montrose, allait finir son premier cours à 9 heures. Elle arriverait donc aux alentours de 9 h 40.

Marshall était parfois mon amant, mais aussi parfois mon partenaire d'entraînement ; et il était toujours mon *sensei*, mon professeur de karaté.

Je soufflai légèrement pour ébouriffer les boucles qui tombaient sur mon front et me rendis en voiture chez Body Time. J'avais décidé que je me contenterais de déverrouiller les portes et de partir. C'étaient les mêmes personnes qui venaient chaque matin et on pouvait leur faire confiance pour les laisser s'entraîner toutes seules. La plupart du temps, je faisais moi-même partie de ces personnes.

Quand Marshall m'avait lancé cet appel à l'aide presque incohérent, j'étais en train de m'habiller pour aller à la gym, je portais donc ma tenue d'entraînement. Je pouvais aller travailler chez les Drinkwater telle quelle, bien sûr, mais je détestais commencer ma journée de travail sans avoir pris de douche et m'être maquillée.

Je n'aime pas les failles dans ma routine. Mon travail repose sur la ponctualité. Deux heures et demie chez les Drinkwater, un petit intervalle d'un quart d'heure, puis une autre maison ; c'est mon quotidien et ma source de revenus.

Body Time se trouve dans une zone quelque peu isolée sur la bretelle périphérique qui contourne Shakespeare, et qui permet un accès plus rapide depuis le sud jusqu'à Montrose. La salle de Marshall est pourvue d'un large parking en gravier et d'une baie vitrée sur la façade, recouverte de stores vénitiens que l'on baisse à 18 heures en hiver et à 16 heures en été. Il y avait déjà une voiture sur le parking, une Camaro cabossée. Je m'attendis à voir un mordu de sport en train d'attendre, impatient, sur le siège avant, mais la voiture était vide. Je la dépassai en jetant un regard hâtif à l'habitacle ordonné. Ça ne m'apprit rien. Je haussai les épaules et traversai le parking, le gravier crissant sous mes pas, sous la lumière pâle et froide des premières heures du matin ; dans ma poche, je cherchai à tâtons les clés de Marshall. Tandis que je les séparais pour trouver celle portant l'étiquette PE pour la porte d'entrée, une autre voiture vint se garer à côté de la mienne. Bobo Winthrop, dix-huit ans et bourré d'hormones, émergea de sa Jeep tout équipée.

Je fais le ménage chez la mère de Bobo, Beanie. J'ai toujours aimé Bobo, en dépit du fait qu'il soit très beau, suffisamment intelligent pour s'en sortir et obtenir quoi que ce soit, y compris ce qu'il n'avait jamais exprimé vouloir posséder. D'une manière ou d'une autre, Bobo s'était frayé un chemin dans les bonnes grâces de Marshall, probablement en travaillant à des horaires aussi exigeants que ceux de Marshall lui-même. Quand Bobo avait décidé de commencer la faculté à Montrose, Marshall avait finalement accepté d'engager le garçon quelques heures par semaine à la salle.

Puisque Bobo ne manque pas d'argent, il ne peut être motivé, selon moi, que par la possibilité de reluquer des femmes d'âges variés en tenues moulantes et de voir ses amis qui, naturellement, possèdent tous une carte d'adhérent chez Body Time.

Bobo était en train de passer la main dans ses beaux cheveux ébouriffés pour les recoiffer. D'une voix assez faible, il lança :

— Qu'est-ce que tu fais, Lily ?

— J'essaie de trouver la bonne clé, répondis-je avec une certaine tension dans la voix.

— C'est celle-là.

D'un long doigt rattaché à une énorme main, Bobo tapota une clé autour du trousseau. Puis il bâilla à s'en décrocher la mâchoire.

— Merci.

J'enfonçai la clé dans la serrure, mais, ce faisant, je sentis la porte bouger légèrement.

— Elle est ouverte, dis-je vivement.

J'étais vraiment mal à l'aise, désormais. La base de ma nuque se mit à me picoter.

— Del est déjà là. C'est sa voiture, dit calmement Bobo. Mais il est censé fermer la porte quand il est ici tout seul. Marshall ne va pas être content.

L'obscurité dans la grande salle était assez prononcée. Les volets étaient toujours fermés, et toutes les lumières éteintes.

— Il doit être dans la cabine UV, dit Bobo en continuant d'avancer dans la salle tandis que j'allumais d'une main le panneau central des lumières.

Je tendis l'autre main vers le téléphone qui était en train de sonner.

— Body Time, annonçai-je d'une voix brusque en jetant des regards vifs autour de moi.

Quelque chose sentait mauvais.

— J'ai réussi à avoir Bobo après ton départ, dit Marshall d'une voix faible. Il peut rester, Lily. Je ne veux pas que tu manques le travail. Oups... je dois...

Il raccrocha brusquement.

J'avais failli dire à Marshall que quelque chose clochait. Mais ç'aurait été inutile de l'inquiéter tant que je n'avais pas découvert ce qui amenait la peau de ma nuque à frémir.

Je n'avais actionné que le panneau central des lumières et les extrémités de la pièce étaient toujours plongées dans le noir. Bobo avait commencé à allumer et à ouvrir les portes à l'arrière du bâtiment. J'étais donc seule quand je remarquai l'homme allongé sur le banc dans le coin gauche de la pièce le plus éloigné.

Avec cet haltère en travers du cou, pas un instant je ne crus qu'il était simplement endormi. Ses bras pendaient curieusement et ses jambes étaient affaissées de chaque côté du banc. Quelque chose clochait. Beaucoup de choses clochaient.

Je tâtonnai pour trouver l'interrupteur derrière moi en essayant de ne pas quitter la silhouette immobile des yeux, quand Bobo fit son apparition dans le couloir qui menait au bureau de Marshall, aux cabines UV, et aux classes de karaté et d'aérobic.

— Hé, Lily, tu aimes le Natural Morning Zap Tea ? Je n'ai pas vu Del, mais il y a son sac dans le bureau de Marshall...

Mes doigts trouvèrent enfin l'interrupteur qui allumait le côté gauche de la pièce et, tandis que Bobo tournait les yeux dans la direction que suivait mon regard, je l'actionnai.

— Oh, merde, dit Bobo.

Nous regardâmes tous les deux ce qui était étendu sur le banc. Soudain, nous n'y voyions que trop clairement.

Bobo se glissa vivement derrière moi et regarda par-dessus ma tête. Il posa les mains sur mes épaules, plus pour me tenir bien fermement entre « ça » et lui que pour me rassurer.

— Oh... merde, répéta-t-il en déglutissant d'un air malade.

À cet instant précis, Bobo retrouva brutalement le côté « petit garçon » de ses dix-huit ans.

J'avais déjà affronté deux mâles nauséeux et il n'était même pas 7 heures du matin.

— Il faut que j'aille vérifier, déclarai-je. Si tu comptes vomir, va dehors.

— Vérifier quoi ? On peut pas être plus mort ! dit Bobo, me clouant fermement sur place de ses énormes mains.

— Tu penses que c'est qui ? Del ?

J'étais peut-être en train de retarder l'échéance.

— Ouais, d'après les vêtements, c'est ce que M. Packard portait hier soir.

— Tu l'as laissé ici tout seul ? demandai-je en commençant à m'approcher du corps étendu sur le banc.

— Il travaillait ses pectoraux quand je suis parti. Il avait sa propre clé pour fermer derrière lui, Marshall m'a dit qu'il était d'accord ! Et M. Packard a dit qu'il attendait son binôme, déclara Bobo sur un ton défensif. J'avais un rendez-vous et c'était l'heure de la fermeture.

Sa voix se durcit et il s'énerva quand il prit conscience qu'il allait devoir se justifier d'avoir laissé Del seul dans la salle. Mais au moins, il ne semblait plus avoir la nausée.

Je ralliai enfin le coin de la pièce. Le trajet avait été long. Avant d'atteindre mon but, je pris une profonde inspiration, retins mon souffle et me penchai pour vérifier le poignet de Del. Je n'avais jamais touché Del de son vivant, et je n'en avais pas plus envie maintenant qu'il était mort, mais s'il y avait la moindre chance qu'il reste une étincelle de vie...

Sa peau semblait étrange, caoutchouteuse, ou peut-être était-ce divagation de ma part. Mais l'odeur, elle, n'était pas le fruit de mon imagination, pas plus que l'absence de pouls. Pour m'en assurer, je plaçai ma grosse montre sous les narines de Del. Elles portaient des traces de sang séché. Je me mordis violemment la lèvre et me forçai à rester immobile un instant. Quand je retirai mon bras, la surface de la montre était propre. Je me surpris à reculer de deux pas, comme s'il avait été irrévérencieux ou risqué de tourner le dos au pauvre Del Packard. Je n'avais pas peur de lui quand il était encore possible de lui parler. C'était absurde d'être nerveuse en sa présence maintenant. Mais je dus me le répéter plusieurs fois.

Je décrochai de nouveau le téléphone et composai un numéro. Je relevai les yeux vers Bobo tout en écoutant la tonalité. Il observait le corps avec une fascination horrifiée. Peut-être était-ce le premier cadavre qu'il voyait. Je tendis le bras et tapotai le dos de sa grande main posée sur le comptoir. Il la retourna et me serra les doigts.

— Hum, hum, gronda une voix profonde à l'autre bout du fil.

— Claude, dis-je.

— Lily, répondit-il d'un ton chaleureux et détendu.

— Je suis chez Body Time.

Je lui laissai une minute pour qu'il percute.

— D'accord, reprit-il avec prudence.

J'entendis le grincement des ressorts tandis que le policier se redressait dans son lit.

Peut-être que si j'y allais pas à pas, ce ne serait pas si terrible ? Je jetai un coup d'œil à la silhouette immobile sur le banc.

Aucun moyen d'atténuer ceci. Je me jetai donc à l'eau.

— Del Packard est ici, et il s'est fait... écraser, déclarai-je.

Je parvins à être à l'heure pour mon premier ménage, mais je portais toujours ma tenue d'entraînement et je n'étais toujours pas maquillée. J'étais donc mal à l'aise et me contentai d'un simple hochement de tête pour saluer Helen et Mel Drinkwater. Ce n'était pas non plus des gens très bavards et Helen n'aimait pas me regarder travailler ; elle aimait seulement voir le résultat. Elle n'avait cessé de m'adresser des regards sévères depuis le mois de septembre, quand j'avais été mêlée à une querelle notoire sur le parking du Burger Tycoon – mais elle n'avait rien dit et ne m'avait pas virée.

J'en avais déduit qu'elle avait cessé de s'inquiéter. Le plaisir que lui procurait une maison propre l'avait emporté sur ses craintes quant à ma personnalité.

Aujourd'hui, les Drinkwater sortirent par la porte de leur cuisine à vive allure et chacun se glissa dans sa voiture pour commencer sa journée de travail ; je fus alors en mesure d'entamer ma routine habituelle.

Helen Drinkwater ne souhaite pas un ménage complet de la maison, une demeure à un étage qui date du début du siècle. Elle ne me paie que pour deux heures et demie, ce qui me suffit pour changer les draps, nettoyer les salles de bains et la cuisine, faire la poussière, vider les poubelles et passer l'aspirateur. Je commence d'abord par remettre rapidement de l'ordre pour faciliter la suite de mon travail. Les Drinkwater ne sont pas des gens désordonnés, mais leurs petits-enfants qui vivent en bas de la rue, eux, le sont nettement plus. Je fis un premier tour dans la maison afin de ramasser les jouets éparpillés et les ranger dans le panier qu'Helen a installé à cet effet à côté de la cheminée. Puis j'enfilai mes gants en caoutchouc et me dirigeai vers la salle de bains principale. Les Drinkwater n'ont aucun animal de compagnie et s'occupent eux-mêmes de leur linge et de la cuisine.

Quand j'enroulai de nouveau le cordon de l'aspirateur pour le ranger, la maison avait bien meilleure allure. J'empochai mon chèque sur le chemin de la sortie. Helen le laisse toujours sur le comptoir de la cuisine sous la salière, comme si un vent venu de l'intérieur risquait de le faire s'envoler. Cette fois-ci, elle y avait joint un mot : « *Il faudra qu'on vous prenne un mercredi pour faire les vitres du rez-de-chaussée* », disait l'écriture hérissée de pointes.

Je me réserve le mercredi matin pour les travaux inhabituels, comme aider quelqu'un à faire son ménage de printemps, nettoyer les vitres ou encore, à l'occasion, tondre une pelouse. Je jetai un coup d'œil au calendrier à côté du téléphone, choisis deux mercredis qui me convenaient et inscrivis les dates en bas du mot avec un point d'interrogation.

Je m'arrêtai à la banque pour déposer mon chèque avant de rentrer déjeuner chez moi. À mon arrivée, Claude était en train de remonter mon allée.

Le chef de la police, Claude Friedrich, habite dans les appartements de Shakespeare Garden, juste à côté de chez moi. Ma petite maison est située légèrement en contrebas par rapport aux appartements et séparée du parking des résidents par une haute clôture. Alors que je déverrouillais ma porte d'entrée, je sentis la grande main de Claude me caresser l'épaule. Il aime bien me toucher, mais je l'ai dissuadé d'espérer quoi que ce soit de plus intime entre nous ; ses gestes doivent donc toujours s'en tenir à la franche camaraderie.

— Comment ça s'est passé après mon départ ? demandai-je en traversant mon salon pour me rendre dans la cuisine.

Claude était juste derrière moi et, quand je me retournai pour le regarder, il m'enlaça de ses bras. Je sentis le chatouillis de sa moustache quand il fit glisser ses lèvres sur ma joue pour viser une cible plus prometteuse. Claude était un bon ami, mais il voulait aussi être mon amant.

— Claude, lâche-moi.

— Lily, quand est-ce que tu vas me laisser passer la nuit ici ? demanda-t-il tranquillement, sans supplier, sans le moindre gémissement dans la voix, car Claude n'est pas du genre à supplier ou à gémir.

Je me tournai vivement pour faire face au réfrigérateur. Je sentis les muscles de mon cou et de mes épaules se crisper. Je me forçai à rester immobile. Claude laissa retomber ses mains. Je sortis quelques restes et ouvris lentement la porte du micro-ondes, tentant de ne pas trahir mon agitation par des gestes saccadés.

Tandis que le four vrombissait, je pivotai de nouveau en direction de Claude et levai les yeux vers son visage. Claude a environ quarante-cinq ans, une dizaine d'années de plus que moi, des cheveux bruns grisonnants et un bronzage permanent. Après des années passées à travailler dans les zones sombres de Little Rock et à explorer les recoins obscurs du cœur humain, Claude a quelques rides, des rides profondes et décisives, et un calme écrasant qui lui permet certainement de garder la tête froide.

— Est-ce que tu as envie de moi ? me demanda-t-il.

Je détestais être acculée. Et il n'y avait pas de réponse simple à cette question.

Il me caressa tendrement les cheveux.

— Claude...

J'adorais prononcer son nom, si disgracieux qu'il soit. J'avais envie de poser mes mains de chaque côté de son visage et de lui rendre son baiser. Je voulais qu'il sorte et ne revienne jamais. Je voulais qu'il n'ait pas envie de moi. L'avoir comme ami m'avait plu.

— Tu sais que j'aime mener ma propre vie, voilà ce que je lui répondis.

— C'est Sedaka ?

Oh, *bon sang*. Je détestais ça. Marshall et moi nous fréquentions et couchions ensemble depuis des mois. Sous le regard insistant de Claude, je sentis mes muscles se crisper progressivement. Sans en être vraiment consciente, je glissai ma main sous le col de mon sweat-shirt et touchai mes cicatrices.

— Arrête, Lily, dit Claude d'une voix douce mais très ferme. Je sais ce qui t'est arrivé, et j'ai beaucoup d'admiration pour toi et le fait que tu arrives à vivre avec. Si tu tiens à Sedaka, je ne dirai plus jamais rien. Mais de mon point de vue, toi et moi, nous avons passé beaucoup de bons moments ensemble, et j'aimerais une extension.

— Et des droits exclusifs ? répliquai-je avec un regard assuré.

Jamais Claude ne partagerait une femme.

— Et des droits exclusifs, admit-il calmement. Jusqu'à ce qu'on voie si ça marche.

— Je vais y réfléchir, me forçai-je à dire. Maintenant, à table. Je dois retourner au travail.

Claude m'observa un long moment avant de hocher la tête. Il sortit le thé du réfrigérateur et nous servit un verre chacun. Il ajouta du sucre dans le sien et mit la table. Je posai un bol de fruits entre nous deux, du pain et une planche à découper pour le pain de viande réchauffé. Nous mangeâmes en silence et ce n'était pas pour me déplaire. Tandis que Claude se coupait une pomme en morceaux et que j'épluchais une banane, il rompit ce silence confortable.

— On a envoyé le corps de Del Packard à Little Rock, me dit-il.

— Qu'est-ce que tu en penses ?

J'étais ravie de ce changement de sujet.

— Difficile de dire ce qui a pu se passer, gronda-t-il.

Il avait une voix incroyablement réconfortante, comme le tonnerre qui roule dans le lointain.

— Eh bien, il a lâché la barre sur son cou… ce n'est pas ça ?

Je n'étais pas particulièrement amie avec Del, mais l'idée de le voir lutter pour remonter la barre et échouer, délaissé, était difficilement supportable.

— Pourquoi était-il là-bas tout seul, Lily ? Sedaka était tellement malade que je n'ai rien compris de ce qu'il m'a dit.

— Del s'entraînait pour le championnat de Marvel Gym, à Little Rock.

— Ah… l'affiche, c'est ça ?

Je hochai la tête. Scotchée sur l'un des principaux miroirs qui tapissaient les murs de Body Time, une affiche donnait les détails de l'événement et montrait une photo des vainqueurs de l'année précédente.

— Del y a participé l'année dernière, dans la catégorie poids moyen, en débutant. Il a fini deuxième.

— C'est un bon résultat ?

— Pour un bodybuilder débutant, plutôt pas mal. Del n'avait jamais fait de compétition avant de décrocher cette deuxième place au Marvel Gym. S'il avait gagné cette année – et Marshall pensait qu'il avait ses chances –, Del aurait pu enchaîner les compétitions jusqu'à s'inscrire aux championnats nationaux.

Claude secoua sa large tête, stupéfait à cette perspective.

— Est-ce qu'ils posent comme dans le concours de Miss Amérique ?

— Oui, mais il aurait porté beaucoup moins de tissu. Un monokini, un genre de combi moulante customisée. Et il se serait épilé intégralement…

Claude sembla légèrement dégoûté.

— Je me suis posé la question, justement, à ce propos. Je m'en étais aperçu.

— Il aurait accentué son bronzage. Et il se serait enduit tout le corps d'huile pour la compétition.

Claude haussa les sourcils d'un air interrogateur.

— Je ne sais pas ce qu'ils utilisent, ajoutai-je.

Je commençais à me lasser de cette conversation.

Mais Claude fit une sorte de moulinet de la main qui signifiait : « Développe. »

— Tu as une série de poses à prendre, pour mettre en valeur certains muscles.

Je me levai pour lui faire une démonstration. Je me tournai un peu par rapport à lui, serrai les poings, voûtai les bras en créant une courbe tout en muscles. Je l'observai d'un œil vide avec un petit sourire qui disait : « Regarde à quel point mon corps t'est supérieur. Tu voudrais être comme moi, hein ? »

Claude fit une moue.

— Quel est l'intérêt ?

— Le même qu'un concours de beauté, Claude, répondis-je en reprenant ma place. Sauf qu'on se concentre sur le développement musculaire.

— J'ai vu l'affiche avec les vainqueurs de l'année dernière. Cette femme ne ressemblait à rien de ce que j'avais pu voir jusqu'alors, déclara Claude en plissant le nez.

— Marshall voulait que je m'inscrive.

— Tu ferais ça ? s'exclama-t-il, horrifié. Cette nana avait l'air d'un petit mec avec de gros biscoteaux et des nichons flanqués par-dessus !

Je haussai les épaules.

— Je n'ai pas envie de passer tout mon temps à m'entraîner. Il faut des mois pour se préparer à une compétition. En plus, il faudrait que je cache mes cicatrices, ce qui me semble impossible. Mais c'est ce que Del voulait faire, s'entraîner et participer à la compétition. Développer son potentiel au maximum, disons.

J'avais vu Del observer l'un de ses muscles pendant cinq bonnes minutes, absorbé par son propre reflet, sans tenir compte des autres personnes présentes au club.

— Je pense que j'aurais réussi à soulever le poids qu'il avait mis sur la barre, déclara Claude d'un ton pensif.

Il rinça les assiettes et les rangea dans le lave-vaisselle.

— Il y avait 132 kilos.

Je me dis que Claude était en train de flatter son ego, mais je me gardai bien de l'exprimer à haute voix. Ce dernier semblait avoir un corps convenable, sauf qu'il ne faisait pas d'exercice, et ce depuis que je le connaissais.

— On ne peut pas vraiment comparer le bodybuilding à une compétition d'haltérophilie, précisai-je. Pour s'entraîner à une compétition, certaines personnes utilisent des poids un peu plus légers et font beaucoup de séries, plutôt que des poids vraiment lourds et peu de séries. C'était probablement le poids maximum pour Del.

— Des séries ? répéta prudemment Claude.

— Des séries d'exercices.

— Est-ce qu'il aurait soulevé autant à lui tout seul ? Del n'était pas si costaud…

— C'est ce que je ne comprends pas, admis-je en laçant mes New Balance. Del faisait tellement attention à lui ! Il n'aurait pas pris le risque de se froisser un muscle ou de se blesser si peu de temps avant la compétition. Il avait sûrement un binôme. Il a dit à Bobo qu'il attendait quelqu'un.

— Qu'est-ce que c'est, un binôme ? demanda Claude.

— Un entraîneur, un copain, expliquai-je, et définir un terme qui m'était si familier me rappela que j'avais oublié l'époque où je ne le connaissais pas non plus. Un partenaire d'entraînement. Si tu n'as pas de binôme, tu es obligé de demander à quelqu'un qui s'entraîne au club…

Je compris, en voyant Claude froncer les sourcils, que je manquais de précision.

— C'est quelqu'un qui reste à côté de toi le temps que tu fasses la partie la plus difficile de ton entraînement. Cette personne est là pour jouer le rôle de filet de sécurité : elle te tend les poids, ou la barre, te la reprend quand tu as fini ta série, t'encourage et t'attrape les poignets si elle voit que tu commences à faiblir.

— Pour ne pas laisser tomber les poids sur toi.

— Exactement. Et pour t'aider à faire les derniers mouvements nécessaires pour finir ta série.

— Exemple ?

— Si je faisais des vingt et que c'était ma capacité maximum ou presque, je m'allongerais sur le banc en tenant les haltères, le binôme se mettrait debout ou à genoux à côté de ma tête et, au moment de soulever les poids, si mes bras se mettaient à trembler, il m'attraperait les poignets pour m'aider à les stabiliser.

— Des vingt ?

— Des haltères de vingt kilos. Certaines personnes s'entraînent en soulevant la barre et en ajoutant des poids, d'autres utilisent des haltères de poids différents. Il se trouve que je préfère les haltères. Del aimait la barre. Il pensait obtenir un meilleur développement de la poitrine.

Claude me regarda d'un air pensif.

— Tu es en train de me dire que tu peux soulever quarante kilos avec tes mains ?

— Non, répondis-je, surprise.

Claude sembla soulagé.

— Je peux en soulever cinquante, cinquante-cinq.

— Toi !

— Bien sûr.

— C'est pas énorme, ça ? Pour une femme ?

— À Shakespeare, si, admis-je. Mais dans la salle d'une grande ville, probablement pas. Il doit y avoir une plus grosse équipe de coachs de muscu.

— Alors un homme qui s'entraîne sérieusement, combien serait-il capable de soulever ?

— Un homme de la carrure de Del, de 1,78 mètre, 79 kilos ? Après un entraînement intense, j'imagine qu'il peut soulever peut-être 150 kilos, plus ou moins. Tu vois donc que la puissance n'était pas le seul objectif de Del, même s'il était déjà très fort. Il voulait atteindre un développement musculaire exceptionnel, pour l'allure. Moi, je veux seulement être forte.

— Hmmm, fit Claude en réfléchissant à la différence. Alors tu connaissais Del ?

— Bien sûr. Je le voyais presque tous les matins chez Body Time. Nous n'étions pas particulièrement amis.

Je nettoyai la table puisque je devais partir dans dix minutes.

— Pourquoi ?

Je réfléchis quelques instants tout en rinçant l'éponge. Je l'essorai et la posai sur l'espace qui séparait mes deux éviers. Je traversai le couloir en direction de la salle de bains, me lavai le visage et les mains avant d'appliquer un peu de maquillage pour ma dignité personnelle. Claude s'appuya contre le montant de la porte de la cuisine pour m'observer. Il attendait une réponse.

— On n'avait seulement... rien en commun. Il était d'ici, il avait une grande famille et fréquentait une fille du coin. Il n'aimait pas les Noirs, il n'aimait pas l'équipe de foot de Notre-Dame, il n'aimait pas les mots d'esprit.

Voilà ce que je pouvais dire de plus précis pour lui expliquer.

— Tu trouves que c'est mal d'aimer vivre dans une petite ville ?

Je n'avais pas dit ça pour qu'on analyse ma vision du monde.

— Non, pas du tout. Del était un type bien à certains égards.

J'observai mon visage, mis un peu de rouge à lèvres et haussai les épaules devant mon reflet. Le maquillage ne changeait pas fondamentalement le visage, mais d'une certaine manière, je me sentais toujours mieux quand j'en portais. Je me lavai de nouveau les mains et me tournai pour faire face à Claude.

— Il était inoffensif.

Je me demandai aussitôt ce que j'avais voulu dire. Mais je fus trop décontenancée par l'expression de Claude pour y réfléchir sur le coup.

— Je vais te dire quelque chose, Lily, déclara Claude. Il n'y avait aucune empreinte sur la barre, là où on aurait dû en trouver. Il devrait y en avoir un paquet, à l'endroit où un homme la saisit, non ? On aurait dû relever celles de Del. Mais il n'y avait rien. Il n'y avait que des espèces de traces. Et tu sais quoi, Lily ? Je ne pense pas que tu te maquillerais devant moi si tu me portais le moindre intérêt un tant soit peu sérieux.

Il fit une pause devant la porte d'entrée pour lancer son ultime phrase.

— Et j'aimerais savoir une chose : si Del Packard était tout seul au club, comment a-t-il pu éteindre les lumières après sa mort ?

Cette journée avait commencé de la pire manière qui soit avant de basculer vers l'enfer.

Je faisais le ménage de mauvaise humeur, en colère, et les résultats étaient tout sauf concluants. Je laissai tomber des papiers, me coupai en les ramassant, fis claquer le couvercle des toilettes si fort qu'une boîte de Kleenex dégringola d'une fragile étagère en rotin dans la salle de bains de l'agence de voyages ; j'aspirai quelques punaises à la base du tableau d'affichage et développai une véritable haine pour le poster représentant un couple sur le pont d'un bateau : ils avaient l'air tellement simples ! Ils semblaient vouloir dire : « Ça alors, on va vraiment bien ensemble. Faisons l'amour ! » et en réalité, ça aurait effectivement pu fonctionner.

J'étais ravie que ce soit mon dernier ménage de la journée. Je verrouillai la porte derrière moi avec un soupir de soulagement.

Sur le chemin du retour, je fis un détour par la maison massive que louait Marshall. Il avait proposé de me donner une clé quand on avait commencé à se voir, mais j'avais refusé. Il dut donc venir en chancelant jusqu'à la porte pour me faire entrer, avant de regagner, toujours en titubant, le vieux canapé à carreaux qu'il avait emprunté à un ami quand il avait quitté sa femme. Je déposai le trousseau de clés de Body Time sur la table basse tout aussi délabrée avant de m'asseoir par terre près de lui. Marshall était affalé de tout son long et se sentait manifestement mal en point. Mais il ne se plaignait pas et, en lui touchant le front, je m'aperçus que sa fièvre était tombée.

— Tu peux manger, maintenant ? lui demandai-je, ne sachant ce que je pouvais faire d'autre pour lui.

— Peut-être un peu de pain grillé, répondit-il d'une voix pitoyable, ce qui, venant d'une gorge aussi musclée, produisait un effet curieux.

Marshall a un quart de sang chinois. Il présente une couleur de peau entre le rose et l'ivoire, des cheveux et des yeux sombres. Ces derniers sont à peine bridés. Sinon, il est caucasien, mais en tant que professeur d'arts martiaux, il aime souligner la part orientale de ses origines.

— S'il te plaît, ajouta-t-il d'un air encore plus pitoyable, et je me mis à rire. Méchante ! dit-il alors.

Je me levai, allai chercher son pain au blé complet et lui beurrai une tartine, avant de la lui apporter avec un peu d'eau.

Il se redressa et mangea tout jusqu'à la dernière miette.

— Tu survivras.

Je récupérai l'assiette et la posai dans l'évier. Je décidai que j'allais le dorloter au point de remplir son lave-vaisselle.

Ensuite, je retournai m'asseoir à côté du canapé. Marshall se remit dans sa position initiale. Il me prit la main.

— Oui, je suppose que je vais survivre, admit-il, même si pendant quelques heures, je n'en ai plus eu envie ! Et quand j'ai appris pour Del, mon Dieu ! Qui aurait cru que Del serait assez débile pour lâcher les poids sur sa gorge ?

— Je ne pense pas que ça se soit passé comme ça.

Je rapportai à Marshall l'absence d'empreintes sur la barre et les lumières qui auraient dû être allumées alors qu'elles étaient éteintes.

— Tu penses que le binôme a lâché la barre sur Del par accident et qu'il a paniqué ?

Je haussai les épaules.

— Hé, tu crois quand même pas qu'on aurait tué Del intentionnellement ? Qui ferait ça ?

— Je ne suis pas médecin, donc je ne sais pas si c'est possible... mais admettons que tu aies un poids qui t'écrase la gorge et que tu sois sûr de mourir si tu ne fais rien, est-ce que tu ne tenterais pas tout pour le soulever ?

— Si je n'étais pas tué sur le coup, j'essaierais de toutes mes forces, répondit sinistrement Marshall. Si tu penses que quelqu'un a lâché la barre exprès, qui serait assez cruel pour faire ça ?

Je haussai de nouveau les épaules. D'après moi, beaucoup de gens avaient cette propension à la cruauté, même s'ils ne l'avaient pas encore découverte en eux, et je confiai ma réflexion à Marshall. Je n'arrivais simplement pas à comprendre pourquoi quelqu'un s'adonnerait à ce penchant en tuant notre borné et inoffensif Del Packard.

— Tu es impitoyable parfois, tu le sais ?

Ce n'était pas la première fois que Marshall me disait ça, ces derniers temps. Je lui adressai un regard tranchant. Cette femme impitoyable avait bougé ses fesses à 6 heures du matin pour ouvrir sa salle à sa place.

Il reprit :

— Peut-être que Del fréquentait la femme de quelqu'un d'autre – c'est pour ça que Len Elgin est mort – ou peut-être que cet entraînement intensif a rendu Lindy folle.

— Del était trop centré sur sa personne pour s'attirer des ennuis en allant voir ailleurs, répliquai-je. Et si tu penses que Lindy Roland est capable de soulever vingt kilos, sans parler de cent trente, tu ferais mieux de changer de boulot.

— C'est vrai, celui qui a laissé tomber le poids devait d'abord être capable de le soulever, dit pensivement Marshall. Qui, à notre connaissance, pourrait soulever ce poids ?

— Presque tous ceux qui s'entraînent régulièrement. Surtout les hommes. Moi aussi peut-être, si j'y étais obligée.

Cette dernière partie, je la prononçai avec hésitation. Il me faudrait une sacrée montée d'adrénaline.

— Ouais, mais tu ne tuerais pas Del.

Je pouvais tuer un homme – j'avais déjà, en réalité, tué un homme – mais je ne pensais pas être capable de le faire sans raison. Je me mis à lister mentalement tous les haltérophiles de Body Time.

— J'en trouve au moins douze et je réfléchis depuis moins d'une minute, déclarai-je.

— Moi aussi, admit Marshall en soupirant. J'ai beau avoir de la peine pour Del, sa famille et Lindy, tout ça ne va pas être bon pour les affaires.

— Qui va s'occuper de nettoyer ? demandai-je.

— Est-ce que tu...

— Non.

— Peut-être le service d'entretien de Montrose ?

— Appelle-les, dis-je.

Il me jeta un regard accusateur.

— Tu es tellement froide à propos de tout ça !

Je ressentis une vague d'irritation. Voilà, de nouveau cette accusation ! Marshall voulait que je compatisse à tout ce qui lui arrivait comme si nous étions un véritable couple.

Je n'étais pas prête.

Je remuai les épaules sous mon tee-shirt pour essayer de détendre mes muscles. Je me rappelai une nouvelle fois à moi-même que Marshall était malade. Je retirai ma main de la sienne.

— Marshall, dis-je en gardant une voix calme et posée, si tu voulais de la chaleur, tu t'es trompé de femme.

Il reposa sa tête sur son oreiller et se mit à rire. Je repensai au fait qu'il avait vomi une bonne partie de la nuit et encore un peu ce matin. Je me forçai à me souvenir d'un moment particulièrement agréable passé avec lui dans le lit que j'apercevais par la porte ouverte de la chambre. Il y en avait plusieurs.

Il était mon *sensei*, mon professeur de karaté, depuis quatre ans maintenant. Nous étions devenus amis. Puis Marshall avait quitté sa terreur de femme, Thea. Après cela, nous avions partagé notre lit de temps en temps, et plusieurs heures de bonne camaraderie. Marshall était capable de moments de grande compassion et de sensibilité.

Mais tandis que notre relation progressait, j'avais découvert que Marshall s'attendait à ce que je change, et rapidement ; il s'attendait à ce que tous mes « défauts » s'adoucissent avec ce désir, cette camaraderie, cette compassion et cette sensibilité... que toutes mes particularités se trouvent résolues par le seul fait d'avoir un mec stable.

Et puisque avoir un mec stable, avoir Marshall, était agréable à bien des égards, je me surpris à espérer que ça fonctionnerait ainsi. Mais ce n'était pas le cas.

Alors que je lui disais rapidement au revoir et que je le quittais pour rentrer chez moi, je me sentis mélancolique et agitée. J'avais repoussé Claude, qui était un homme fier ; et j'envisageais maintenant de me séparer de Marshall. Je ne pouvais pas interpréter mes propres signaux, mais je savais que l'heure du changement était arrivée.

Au cours de la semaine suivant la mort de Del Packard, ma vie reprit une fois de plus son cours routinier.

Je n'attrapai pas la grippe.

Une femme venue de Little Rock et spécialisée dans le nettoyage de scènes de crime se présenta à la salle. Elle effaça les traces que la mort de Del avait laissées. Le club put rouvrir et Marshall en reprit la gestion ainsi que ses cours de karaté. Il réorganisa le matériel d'entraînement et mêla le banc sur lequel était mort Del aux autres, pour que personne ne puisse dire qu'il était hanté ou n'essaie de rejouer la scène.

J'assistai au cours de karaté et m'entraînai. Mais je rentrai ensuite seule chez moi plutôt que chez Marshall, contrairement à mon habitude récente. Même s'il sembla légèrement fâché et vexé quand je lui souhaitai bonne nuit, il eut aussi l'air un peu soulagé. Il ne me demanda aucune explication, ce qui fut une agréable surprise.

Je ne vis pas Claude Friedrich. Il me fallut deux jours pour m'apercevoir que je ne le croisais plus et qu'il ne passait plus pour déjeuner à la maison ; ensuite, il me fallut deux jours de plus pour comprendre que c'était intentionnel, calculé. La compagnie de Claude me manquait, mais la pression de son désir, elle, pas du tout.

Et je perdis des clients. Tom et Jenny O'Hagen, qui vivaient à côté de chez moi dans les appartements de Shakespeare Garden, déménagèrent dans l'Illinois pour diriger un autre restaurant Bippy. Mais ce trou dans mon planning ne me préoccupait pas : j'avais une liste d'attente. Je commençai à passer des coups de fil. Les deux premiers se débarrassèrent de moi par une fausse excuse, et je pus sentir l'inquiétude naître quelque part dans mon ventre. Depuis la bagarre sur le parking du Burger Tycoon, j'avais peur que ma clientèle me laisse tomber.

La troisième famille avait trouvé une autre femme de ménage et je la rayai donc de ma liste. La femme qui répondit à mon quatrième coup de téléphone m'apprit que son mari et elle avaient décidé de divorcer et qu'elle s'occuperait elle-même de l'entretien domestique. Nouvelle croix. Le cinquième nom sur la liste était Mookie Preston. Après avoir fouillé ma mémoire, je me souvins que, quand Mme Preston m'avait appelée deux mois auparavant, elle m'avait dit venir d'emménager à Shakespeare. Quand je l'appelai, elle sembla ravie d'apprendre que je pouvais venir travailler chez elle le vendredi matin. Elle louait une maison et voulait que je lui accorde un peu plus que l'heure et demie consacrée auparavant à l'appartement des O'Hagen.

— Pourquoi pas de dix heures à midi le vendredi ?

J'essayais d'imaginer pourquoi une simple jeune femme avait besoin de moi aussi longtemps.

— Nous verrons, répondit la voix chaude et claire. Je suis un peu désordonnée.

Je n'avais jamais vu Mookie Preston, mais à sa voix, elle semblait... excentrique. Mais tant que ses chèques étaient là, je me fichais qu'elle élève des poissons-chats dans sa baignoire ou qu'elle porte un costume de Barney le Dinosaure.

Quand je me rendis chez Body Time le jeudi matin, je trouvai Bobo assis derrière le comptoir à gauche de l'entrée. Il semblait aussi découragé qu'un garçon de dix-huit ans peut l'être. Je jetai mon sac de sport dans un casier en plastique vide, l'un des quinze à être empilés contre le mur droit, après en avoir retiré mes gants d'haltérophilie. Ils semblaient en piteux état et je savais que j'allais bientôt devoir m'en procurer une nouvelle paire ; un autre objet à ajouter à mon budget déjà serré. Je commençai à les enfiler, le regard posé sur Bobo tandis que j'ajustais fermement les bandes de Velcro autour de mes poignets. Bobo me rendit mon regard. Même la manière dont il était assis transpirait la déprime : les épaules affaissées, ses mains inoccupées posées sur le comptoir, la tête inclinée.

— Qu'est-ce que t'as ? demandai-je.

— Ils m'ont déjà interrogé deux fois, Lily, déclara-t-il.

— Pourquoi ?

— J'imagine que l'enquêteur pense que j'ai quelque chose à voir avec l'assassinat de Del.

Il but une gorgée d'une mixture de protéines à l'aspect repoussant qui était en vogue chez les plus jeunes qui s'entraînaient ici. Je n'y aurais pas touché même avec un bâton long de trois mètres.

— Comment ça se fait ?

— Del travaillait pour mon père.

Parmi ses nombreuses sources de revenus, le père de Bobo, Howell Winthrop Junior, était propriétaire de la boutique locale d'équipement marin et sportif. Del y avait travaillé, principalement au rayon du matériel et des vêtements de sport, même s'il devait suffisamment s'y connaître en pêche et en chasse pour vendre les autres articles proposés chez Winthrop Sport. Del lui-même m'avait tout raconté, dans une tirade interminable, quand j'étais passée acheter mon punching-ball.

— Comme beaucoup de gens en ville, fis-je remarquer.

Bobo me regarda d'un œil vide.

— Travailler pour ton père, précisai-je.

Bobo fit un sourire. C'était comme voir le soleil percer à travers un nuage. Ce garçon était vraiment charmant.

— Ouais, mais M. Jinks a l'air de penser que j'avais décrété que Del savait quelque chose qui ruinerait l'affaire de Papa, et que donc soit j'ai voulu le tuer, soit Papa me l'a ordonné.

Dedford Jinks est inspecteur dans la petite brigade de police de Shakespeare.

— Parce que tu es le dernier à l'avoir vu ici ?

Bobo hocha la tête.

— Quelqu'un a dit au chef, qui l'a répété à M. Jinks, que quand un haltérophile n'amenait pas son propre binôme, il demandait à un membre de l'équipe de le remplacer. Cette personne, naturellement, aurait été moi.

Il leva en silence son gobelet de substance visqueuse. Avec un haussement d'épaules, je secouai la tête.

Je luttai contre ma culpabilité. C'était moi qui avais indiqué à Claude que parfois, on demandait à un membre de l'équipe d'endosser le rôle de binôme.

— Je ne connaissais pas très bien M. Packard, reprit la charmante tête blonde. Mais vraiment, je ne crois pas qu'il ait pu trouver quoi que ce soit d'illégal dans les affaires de mon père. Ce n'est peut-être pas très respectueux, surtout maintenant que M. Packard est mort, mais j'ai toujours pensé qu'il n'était pas très intelligent, et s'il avait découvert une irrégularité dans ce que fait mon père, je suis persuadé qu'il ne l'aurait même pas compris. Ou alors il serait allé en parler à Papa.

J'étais tout à fait d'accord avec lui.

— Tu as bonne mine, Lily, reprit Bobo, changeant si abruptement de sujet qu'il me fallut un instant pour intégrer ses paroles.

— Oh. Merci.

Je portais un tee-shirt bleu-vert et un pantalon de survêtement neufs et immaculés provenant de chez Wal-Mart.

— Pourquoi tu ne mets pas quelque chose dans ce genre-là ? demanda Bobo en pointant du doigt le compartiment réservé aux vêtements de sport, que Marshall approvisionnait toujours généreusement en tenues d'entraînement coûteuses.

Celle qui avait attiré l'œil de Bobo était à motif tourbillonnant rose pâle et bleu réalisé grâce à une teinture tie and dye, coupée très bas au niveau des seins et très haut au niveau des jambes, prévue pour être portée avec des collants assortis.

J'émis un petit bruit nasillard.

— Bien sûr.

— Tu serais très jolie. Tu as le corps pour porter ça, dit-il avec sérieux. Ça me plairait de regarder ton dos quand tu fais des tractions.

— Merci, répondis-je, un peu raide. Mais les trucs comme ça, c'est pas mon style, tout simplement.

Je m'éloignai pour dire bonjour à Raphael. Il était rétabli de sa grippe mais semblait préoccupé. Son salut n'avait rien à voir avec ses exclamations habituelles.

— Qu'est-ce qu'il y a ?

— Tu me demandes ce qu'il y a ? répliqua-t-il en se frottant l'arrière de la tête.

Raphael a toujours les cheveux si courts que cette manie de passer sa main acajou dans ses boucles noires et courtes est absolument inutile.

— Je vais te dire ce qu'il y a, Lily.

Il éleva la voix plus que nécessaire, et je compris immédiatement que je n'avais pas choisi le bon moment.

— Tu es une femme bien, Lily, reprit-il, mais les Noirs ne sont pas les bienvenus dans cet endroit.

— Marshall... commençai-je.

J'étais sur le point de dire que Marshall n'était pas raciste ou quoi que ce soit du genre, quand je fus interrompue.

— Je sais bien que Marshall n'est pas sectaire. Mais ici, trop de gens le sont, eux ! Je ne peux pas aller dans un endroit où je ne suis pas le bienvenu en tant qu'homme noir.

En quatre ans, je n'avais jamais entendu Raphael parler de manière aussi sérieuse et avec tant de colère. Il regardait avec mépris et insistance deux individus qui s'entraînaient ensemble à l'autre bout de la pièce. Ces derniers firent une pause, regardèrent Raphael à leur tour pendant une minute, avant de reprendre leur activité. L'un des deux était Darcy Orchard, un type à la carrure massive, aux longs cheveux fins et châtain clair, aux joues mangées par des cicatrices d'acné, avec un visage slave et des jambes épaisses comme des troncs d'arbres. Je ne connaissais pas l'autre homme.

Alors que je réfléchissais à ce que je pouvais répondre à Raphael, celui-ci ramassa son sac de sport et s'éloigna. Je jetai un coup d'œil à Darcy. Il avait le dos tourné et son partenaire soulevait la barre. Toutes les personnes présentes dans la salle semblaient regarder ailleurs.

Tandis que j'entamais ma routine habituelle (aujourd'hui, c'était le jour des jambes et des épaules), j'essayai de ne pas ressasser ce petit incident. Je détestais l'idée de me sentir un jour obligée de quitter le club moi aussi. L'entraînement quotidien avait tellement d'importance pour moi ! Si je n'avais pas le choix, pourrais-je m'acheter mon propre matériel de gymnastique ? Non, pas avec mon budget, pas en ayant payé mon abonnement annuel ici ! Je devais tant économiser, chaque mois, pour les jours sombres qui arriveraient sûrement ! Je soupçonnais déjà Marshall de m'avoir fait une remise sur mon adhésion à Body Time.

D'autres membres du club entrèrent progressivement. Ils commencèrent leur entraînement après s'être adressé un signe de la main et m'avoir saluée. C'était le seul groupe auquel je pouvais prétendre appartenir, à l'exception de mon cours de karaté. Encore quelques minutes auparavant, Raphael était l'un des nôtres. Notre groupe, soudé par la sueur, voyait son nombre d'adhérents fluctuer assez fréquemment : certaines personnes prenaient de bonnes résolutions qu'elles abandonnaient finalement au bout de trois semaines de programme. Il restait un noyau dur, parmi lequel je comptais, qui venait presque chaque jour, et nous avions progressivement appris à nous connaître les uns les autres. Plus ou moins.

Del Packard avait fait partie de ce groupe.

Tous les habitués, à part Del, étaient présents aujourd'hui : Janet Shook, qui prenait également des cours de karaté avec moi, une petite femme trapue aux cheveux sombres qui avait eu le béguin pour Marshall dès le début ; Brian Gruber, un homme séduisant aux cheveux argentés, président d'une usine de matelas ; Jerri Sizemore, ex-femme du Dr John Sizemore, un dentiste du coin ; et Darcy Orchard, qui travaillait chez Winthrop Sport, tout comme Del. Darcy avait l'habitude de s'entraîner avec Jim Box, un autre employé de la boutique, mais aujourd'hui ce dernier était absent – probablement cloué au lit par la grippe ; il avait beaucoup éternué la veille. Je me demandai qui était le nouveau partenaire de Darcy. Ce même coéquipier, que j'avais déjà aperçu aux alentours des appartements de Shakespeare Garden, finit par quitter la salle. Mais Darcy s'attarda.

Darcy se musclait les mollets sur l'appareil qui était ma prochaine destination, et je le regardai donc faire sa deuxième série. La broche était fixée à la marque des 90 kilos et, tandis que j'attendais, il ajusta la pression des épaules. Darcy, qui devait faire 1,82 mètre, avait les pectoraux et les biceps saillants d'un mordu de l'entraînement. Je me dis qu'il avait certainement une petite couche de graisse sous-cutanée. Il portait le type de sweat-shirt déchiré – les manches coupées, le col arraché – qui était le signe du type investi, et son pantalon de survêtement était probablement le même que celui qu'il avait au lycée.

— J'ai fini dans une minute, dit-il, haletant, en faisant une série de douze.

Puis il descendit et se dégourdit les jambes pendant un instant pour détendre les muscles de ses mollets qui venaient de se prendre une sacrée raclée. Il se ressaisit, baissa la fiche de deux encoches supplémentaires pour ajouter vingt kilos à la charge totale, et monta sur la barre étroite, sur la pointe des pieds. Puis il abaissa les talons, les releva, et ainsi de suite pour accomplir une série de douze.

— Aïe ! s'exclama-t-il en descendant. Aïe !

Le regard rivé au sol avec une grimace, Darcy relâcha les muscles de ses jambes qui protestaient.

— Une dernière pour m'achever maintenant, dit-il avant de remonter l'encoche à un poids plus raisonnable.

Il grimpa de nouveau sur le rebord et exécuta très rapidement une série de vingt-quatre, jusqu'à ce que la grimace de concentration sur son visage se transforme en un rictus de douleur.

Au total, tout ceci ne prit que quelques minutes et je fus ravie de pouvoir m'accorder une pause.

— Comment ça va, Lily ? demanda Darcy en marchant sur place pour débarrasser ses muscles de la tension.

Il attrapa une serviette beige et tamponna ses joues grêlées de cicatrices d'acné.

— Bien.

Je me demandai s'il allait dire quelque chose au sujet du départ de Raphael. Mais Darcy avait autre chose en tête.

— J'ai entendu dire que c'était toi qui avais trouvé ce bon vieux Del.

Il scrutait mon visage de ses petits yeux marron.

— Ouais.

— Del était un type bien, dit lentement Darcy.

C'était une sorte d'élégie.

— Il souriait tout le temps. Le gars qui était là avec moi il y a une minute, c'est celui qu'Howell a engagé pour le remplacer. C'est un gros changement.

— C'est un mec du coin ? demandai-je poliment, tout en ajustant les barres pour les épaules à mon mètre soixante-cinq.

— Nan, de Little Rock, je crois. Il est robuste, le fils de pute, 'scuse mon langage.

Je relevai l'encoche à trente-cinq kilos. Je montai sur l'étroit rebord et m'installai sous les barres d'épaule rembourrées pour prendre le poids, et laissai retomber mes talons. Je poussai vingt fois, dans un enchaînement très rapide.

Puis je descendis et fis quelques pas avant de déplacer l'encoche à un poids plus élevé.

— Tu as quelqu'un en ce moment, Lily ? J'ai cru comprendre que Marshall et toi, ce n'était plus d'actualité.

Je relevai les yeux, surprise. Darcy était toujours là. Même s'il avait un corps magnifique, et c'était bien la seule chose chez lui que je trouvais vaguement intéressante, cela ne suffisait pas pour passer une soirée avec lui. Sa conversation m'ennuyait, et il y avait quelque chose chez lui qui me rendait méfiante. J'étais toujours attentive à ce genre d'impression.

— Je n'en ai pas envie, répondis-je.

Il sourit légèrement, comme quelqu'un qui était certain d'avoir mal compris.

— Pas envie de... ? demanda-t-il.

— Sortir avec quelqu'un.

— Ouah, Lily ! Une belle femme comme toi n'a pas envie qu'un homme lui fasse prendre l'air ?

— Pour l'instant, c'est ça.

Je remontai sur l'appareil, pris les quarante-cinq kilos sur mes épaules et commençai une autre série de vingt. Les cinq derniers mouvements furent un véritable challenge.

— Comment ça se fait ? Tu préfères les femmes ?

Darcy ricana, comme s'il se sentait obligé d'avoir l'air méprisant en parlant d'homosexualité.

— Non. Bon, je vais m'arrêter là maintenant.

Darcy sourit de nouveau, d'un air encore plus gêné, même si j'étais restée aussi aimable que possible.

Il semblait incapable d'admettre qu'une femme puisse ne pas vouloir de rendez-vous ; plus particulièrement avec lui. Mais, après avoir attendu un instant que je revienne sur ma décision, il s'éloigna d'un pas arrogant vers la chaise romaine, les lèvres pincées, une moue furieuse sur le visage.

Tout en réglant l'appareil sur cinquante-cinq kilos, je me demandai une nouvelle fois à qui Del avait bien pu demander d'être son binôme. Del aurait fait confiance à n'importe qui dans la pièce. Même Janet et moi étions quasiment assez solides pour l'aider avec les poids les plus bas (mais énormes tout de même) qu'il soulevait pour son culturisme. Janet était presque aussi forte que moi au niveau de la poitrine et des bras, et avait un avantage sur moi au niveau des jambes puisqu'elle donnait deux cours d'aérobic par jour en plus de son travail au Kids'Club, une garderie parrainée par la communauté.

Après avoir fini le travail des mollets, je m'approchai de Janet, qui était occupée à faire des abdominaux. La sueur avait assombri les cheveux courts et bruns qui encadraient son petit visage carré.

— Cent dix, haleta-t-elle quand j'arrivai près d'elle.

Je hochai la tête et attendis.

— Cent vingt-cinq, dit-elle au bout d'un moment, avant de se recroqueviller pour décontracter ses muscles.

Elle ferma les yeux.

— Janet, dis-je après un moment de silence respectueux.

— Hmm ?

— Est-ce que Del t'a déjà demandé d'être son binôme ?

Janet ouvrit les yeux d'un coup, avant de scruter mon visage avec amusement.

— Lui ? Il pensait qu'une femme n'était même pas capable de porter ses sacs de courses, alors encore moins d'être son binôme !

— Il a vu des femmes culturistes aux compétitions. Pour ce que ça vaut, je me souviens qu'il nous avait longtemps observées nous entraîner, un jour.

Janet fit un bruit grossier.

— Ouais, mais on est des monstres pour lui, dit-elle avec un certain ressentiment dans la voix. Enfin, on l'était, se reprit-elle d'un ton plus neutre. Il comparait toutes les femmes à cette Lindy, avec qui il sortait, et Lindy n'est pas capable de couper du jambon sans couteau électrique.

Je laissai échapper un rire.

Janet releva les yeux vers moi avec une certaine surprise.

— C'est bon de t'entendre rire. C'est plutôt rare, remarqua-t-elle.

Je haussai les épaules.

— Maintenant que tu es là, reprit-elle en se redressant et en se tamponnant le visage avec sa serviette, je voulais te demander quelque chose.

Je m'assis sur le banc le plus proche et attendis.

— Est-ce que Marshall et toi, c'est du sérieux ?

Je m'étais attendue à ce que Janet me propose d'être son binôme, ou de travailler avec elle les points délicats du dernier kata que l'on avait appris au cours de karaté.

Tout le monde s'intéressait à ma vie amoureuse, aujourd'hui !

J'appréciais assez Janet, en réalité, et lui répondre allait donc être plus difficile que lorsque Darcy m'avait questionnée. Dire « non » signifierait que Marshall était disponible pour toutes celles qui voudraient tenter le coup et que j'abandonnais toute prétention à son égard. Et répondre « oui » me projetait dans un avenir tout tracé avec Marshall.

— Non, rétorquai-je avant d'entamer ma dernière série.

Sur le chemin du vestiaire, Janet s'arrêta.

— Est-ce que tu m'en veux ? demanda-t-elle.

Je fus légèrement étonnée.

— Non.

Mais je fus vraiment surprise quand Janet se mit à rire.

— Oh, Lily, dit-elle en secouant la tête. Tu es tellement bizarre.

Elle avait dit ça comme si le fait d'être « bizarre » était une adorable petite excentricité de ma personnalité, au même titre qu'insister pour assortir ma culotte à mes chaussures par exemple, ou toujours porter du vert le lundi.

Je quittai Body Time, vaguement contrariée par ma séance d'entraînement. J'avais eu ma première conversation personnelle avec Darcy Orchard et j'espérais bien que ce serait la dernière. J'avais eu confirmation que Janet Shook avait des vues sur Marshall Sedaka ; bon, ce n'était pas vraiment un scoop. J'avais aussi eu confirmation que Del n'aurait jamais demandé à une femme de l'aider pendant son entraînement. Et j'avais découvert que Raphael risquait de recevoir un accueil glacial chaque fois qu'il fréquenterait ce lieu, pour lequel il avait pourtant payé un abonnement.

Tout en rentrant chez moi, j'essayai de trouver ce qui causait mon mécontentement. Pourquoi pensais-je que, hormis un entraînement efficace, j'aurais dû tirer meilleur parti de la matinée ? Après tout, ce qui s'était passé chez Body Time la nuit où Del était mort ne me regardait pas, pas plus que Janet n'était concernée par le fait que Marshall et moi soyons ou non engagés l'un envers l'autre.

Je n'appréciais pas particulièrement Del. Pourquoi me préoccuper de savoir si sa mort était accidentelle ou préméditée ?

J'avais dit à Claude que Del était inoffensif. Alors que je prenais ma douche, j'étudiai réellement le personnage pour la première fois.

Il n'avait jamais fait aucun commentaire facétieux au sujet de ma force, comme j'en récoltais à l'occasion de la part d'autres hommes. Del avait toujours paru plutôt content de me voir quand on se croisait, je ne lui manquais pas quand je n'étais pas là, il aurait été enchanté de pouvoir m'offrir son aide si je la lui avais demandée, il était incroyablement fier d'être le champion de Shakespeare, et il aurait été ravi de continuer à mener sa petite vie... si celle-ci avait pu suivre son cours normal.

Il aimait sa mère et son père, envoyait des fleurs à sa petite amie Lindy, exerçait correctement son travail et vivait sans ennuyer qui que ce soit. La seule chose qu'il voulait par-dessus tout, c'était être de nouveau champion et, cette fois-ci, le numéro un.

Si son binôme l'avait tué par négligence, il devait se livrer. S'il l'avait assassiné par malveillance, eh bien, il faudrait aussi qu'il paie pour ça.

Tout en me séchant les cheveux avec une serviette et en me maquillant, je ressassai mes interrogations quant à la mort de Del : pourquoi avais-je le sentiment d'être personnellement liée aux réponses ?

La police menait son enquête et cela aurait dû suffire à me satisfaire. Je n'avais pas eu le moindre besoin de trouver une explication personnelle après la disparition de Darnell Glass, battu à mort plus tôt au cours de l'automne, ou après le meurtre par balle de Len Elgin quelques semaines plus tard – et ces deux cas n'étaient toujours pas élucidés.

Alors que je montais dans ma voiture pour me rendre à mon premier ménage, une réponse possible me vint à l'esprit. Deux raisons de plus pouvaient expliquer pourquoi la mort de Del me tenait tant à cœur : tout d'abord, Bobo Winthrop était impliqué, en partie à cause de ce que j'avais moi-même dit à Claude. Deuxièmement, j'étais ennuyée que Del ait été assassiné *dans la salle*, l'un des rares endroits où je me sentais comme chez moi. Donc oui, la mort de Del me préoccupait, mais ce qui me préoccupait encore plus, c'était que le responsable paie pour ses actes.

Chapitre 2

Au fil des jours, Claude me manquait de plus en plus. Il avait pris soin de moi, quelques mois auparavant, quand j'avais été blessée. Il m'avait aidée à me laver au gant, à m'habiller, à me remettre au lit. Il m'avait semblé naturel de me maquiller sous ses yeux, acte qu'il avait interprété comme un manque d'intérêt pour sa personne, en tant qu'homme.

Je m'étais dit qu'il avait vu le pire. Le maquillage n'était pas destiné à lui, mais au reste du monde.

La seule chose dont j'étais sûre, enfouie dans ma psyché, c'était que Claude me manquait, que ses visites impromptues à l'heure du déjeuner me manquaient, tout comme ses apparitions sur mon perron avec des plats chinois ou une vidéo qu'il avait louée.

Autre révélation : la liaison que j'entretenais avec Marshall ne me manquait pas. En réalité, ça me faisait du bien de revenir à des rapports amicaux, à la relation professeur/étudiante que nous entretenions avant. Je trouvais ça troublant.

Aujourd'hui, j'avais aperçu la petite amie de Del, Lindy Roland, dans la rue. Lindy était une fille bien charpentée, avec d'épais cheveux bruns et un sourire facile. Mais quand je l'avais vue, elle avait les yeux rouges et son corps semblait affaissé. Aux funérailles de Del, d'après ce que j'avais pu apprendre par le téléphone arabe chez Body Time, Lindy s'était effondrée. Et maintenant, Del était sous terre au cimetière du Doux Repos et Lindy, elle, se retrouvait seule et abandonnée.

Ce soir-là, après avoir dîné en solitaire, fait la vaisselle et tout nettoyé, je me mis à arpenter la maison.

Je pris une autre douche et me démaquillai. Je m'assurai que mes jambes étaient bien douces et mes sourcils bien épilés, et appliquai toutes mes crèmes habituelles ainsi qu'une toute petite touche de parfum.

Je restai debout dans ma chambre, nue et indécise. J'ouvris mon placard en sachant à l'avance ce que j'allais y trouver : des jeans, des tee-shirts, des sweat-shirts. Deux robes et un tailleur qui dataient de mon ancienne vie. La seule idée de séduire me sembla incroyablement stupide quand je vis à quel point j'y étais mal préparée.

Soudain, je changeai d'avis. Ça ne me semblait pas bien. Claude méritait quelqu'un de plus... souple, quelqu'un avec une nuisette en soie et une robe du dimanche.

Dans ma vie, j'accordais plus d'importance au contrôle qu'à tout le reste. Avec Marshall, et maintenant avec Claude, je n'étais pas prête à renoncer à cette indépendance, à lier mon existence à aucune des leurs. Ni l'un ni l'autre n'était suffisamment indispensable à ma vie pour que je saute ce pas effrayant. C'était une amère prise de conscience.

Furieuse contre moi-même et contre Claude, j'enfilai des vêtements sombres et sortis pour aller marcher. Je n'allais pas beaucoup dormir cette nuit. Un rapide regard vers son appartement m'apprit que la lumière était allumée chez lui. Si je m'étais sentie de le faire, je me serais trouvée là-haut, à cet instant, en train de partager cette lumière avec lui, et il aurait été heureux... du moins pour un petit moment.

J'errai à travers Shakespeare en me fondant dans la nuit. Au bout d'un moment, je commençai à ressentir la fraîcheur et l'humidité. Après avoir frissonné sous ma veste et dépassé quelques pâtés de maisons supplémentaires, je prenais le chemin du retour quand je m'aperçus que j'avais de la compagnie.

De l'autre côté de la rue, marchant aussi silencieusement que moi et tout aussi bien camouflé de noir, apparut un homme que je ne connaissais pas, un homme avec de longs cheveux bruns. Dans le silence, nous tournâmes tous deux la tête pour nous regarder. Aucun de nous ne parla ni ne sourit. Je n'étais ni effrayée ni furieuse. En quelques secondes, nous nous dépassâmes et poursuivîmes chacun notre chemin dans la nuit fraîche et humide. Je l'avais déjà vu, songeai-je ; où ? Il me revint à l'esprit qu'il s'agissait de l'homme qui s'entraînait avec Darcy Orchard le jour où Jim Box était resté cloué au lit avec la grippe.

Je rentrai chez moi pour m'entraîner sur mon punching-ball, qui était suspendu au plafond au milieu de ma chambre d'amis totalement vide. Je donnai des *kogen geri*, des coups nets et subits, jusqu'à ce que l'intérieur de mon pied commence à me brûler. Puis des *mae geri*, des coups d'estoc, jusqu'à en avoir mal aux jambes. Puis je frappai le sac à coups de poing, encore et encore, le faisant se balancer au bout de sa chaîne ; il ne s'agissait pas de m'appliquer, seulement de me dépenser et de me défouler.

Je m'effondrai par terre et me séchai le visage avec la serviette rose que je laissais suspendue à un crochet à côté de la porte.

Maintenant, après m'être de nouveau douchée, j'allais probablement réussir à dormir.

Tout en remontant mes couvertures et en tournant la tête du côté droit, je me demandai où était cet homme, ce qu'il faisait, et pourquoi il marchait seul dans la rue au milieu de la nuit.

Le lendemain matin, je me sentais trop faible pour aller chez Body Time, même si je devais travailler ma poitrine et mes biceps, mes exercices préférés. Je me forçai à faire cinquante pompes et levers de jambes en compensation. Alors que j'étais allongée par terre, je remarquai que mes plinthes étaient pleines de poussière et, après m'être tamponné le visage avec la serviette rose, je m'en servis pour les nettoyer. Je jetai ensuite la serviette dans le panier à linge sale et m'attelai à ma préparation matinale habituelle.

Mon premier ménage, le vendredi, était l'appartement de Deedra Dean dans l'immeuble voisin, qui, coïncidence, se trouvait juste au-dessus de celui du chef de la police, Claude Friedrich. À la demande de l'avocat qui représentait les biens de Pardon Albee, j'entretenais les parties communes de la résidence jusqu'à ce que l'héritier de Pardon trouve un autre arrangement. Je remarquai donc toute la boue que les résidents avaient ramenée après les récentes pluies et songeai que j'allais devoir passer un coup d'aspirateur supplémentaire avant mon coup de serpillière du samedi après-midi. Après avoir détaché mon trousseau de clés de ma ceinture, je montai rapidement les escaliers.

Mais la sécurité, sur la porte de Deedra, était enclenchée. Elle était toujours chez elle. Elle allait de nouveau être en retard au travail. Je rangeai les clés dans ma poche et frappai. Je distinguai comme les échos d'une dispute de l'autre côté de la porte, puis un échange virulent entre Deedra et quelqu'un d'autre, un échange que je ne pus décrypter.

Je fus immédiatement en alerte. Non parce que Deedra avait de la compagnie ; ce n'était pas une surprise. Deedra croyait aux joies du don de soi sans distinction. Mais les altercations, les mots violents, ce n'était pas dans ses habitudes. Quand Deedra ouvrit la porte à la volée et recula, je découvris l'identité de son invité : son beau-père, Jerrell Knopp. Jerrell avait fait un « bon » mariage, au-dessus de sa condition, en épousant la veuve et riche Lacey Dean. Jerrell était séduisant – mince, les cheveux grisonnants, avec des yeux bleus éblouissants – et traitait sa femme avec courtoisie et tendresse, à moins que la petite dispute dont j'avais été témoin fût la norme. Mais Jerrell avait un côté mauvais dont Deedra était victime à cet instant précis. Elle avait une marque rouge et brillante sur le bras, comme si Jerrell l'avait retenue d'une poigne de fer. Il ne sembla pas ravi qu'elle me laisse entrer. Pas commode.

— Le chef est juste de l'autre côté de ce mur, mentis-je.

Claude était très certainement au travail en ce moment même.

— Il peut être ici en une fraction de seconde.

Je détournai les yeux de la marque rouge pour les poser sur Jerrell. Je l'aurais affronté s'il l'avait fallu, mais je n'en avais pas envie.

— Ceci est une affaire de famille, Lily Bard. Occupez-vous de vos fesses, dit Jerrell d'une voix très ferme.

Je me dis que le frapper me ferait le plus grand bien.

— C'est l'appartement de Deedra. Je pense qu'elle a son mot à dire sur qui peut rester et qui doit partir.

J'espérais toujours que Deedra fasse preuve d'une certaine fermeté – ou de sens logique – et j'étais toujours déçue. Ce matin ne fit pas exception.

— Vous devriez commencer par ma chambre, déclara-t-elle d'une petite voix.

Elle avait des larmes sur les joues.

— Ça va aller, Lily.

J'adressai un regard d'avertissement à son beau-père et transportai mon chariot de produits d'entretien dans la chambre de Deedra. Elle avait une vue lugubre sur le parking et, au-delà, sur la digue, la voie ferrée, ainsi que sur une petite partie de la quincaillerie et du magasin de bois des Winthrop, dont l'arrière donnait sur la voie ferrée. La chose la plus intéressante de ce panorama, ce matin-là, était la magnifique Taurus rouge de Deedra, qui dépassait à moitié de sa place de parking. Quelqu'un s'était servi d'une bombe de peinture blanche pour y inscrire soigneusement : « *Elle baise avec des nègres* » sur le capot.

Je me sentis vieille et nauséeuse.

Apparemment, Deedra avait commencé à sortir de sa place de parking avant de voir les inscriptions. Puis, je suppose qu'elle s'était ruée dans l'immeuble pour appeler Maman, mais c'est Beau-Papa qui était venu à sa place.

Je ressentis une vague de rage et de peur gonfler en moi. Ma colère initiale était dirigée contre les salauds qui avaient vandalisé la voiture de Deedra, et plus probablement détruit sa vie entière. L'histoire aurait fait le tour de la ville en un rien de temps, et ce, sans discrétion aucune, comme quand il avait été question de la mauvaise réputation de Deedra.

Et puis, c'était moins glorieux de ma part, j'étais en colère contre Deedra. Elle avait *effectivement* couché – de temps en temps – avec Marcus Jefferson, qui vivait lui aussi dans la résidence, en face de chez Claude. Et elle m'avait confié que ce n'était pour aucune raison noble telle que l'amour, ni même pour une raison bizarre telle que le désir de cimenter les relations interraciales. Elle s'envoyait en l'air avec lui uniquement pour s'amuser et parce qu'elle en avait envie.

On ne pouvait pas faire ça à Shakespeare à moins d'être prêt à en payer le prix. Deedra venait juste de recevoir la facture.

Je traversai plusieurs fois ostensiblement le salon pendant que Deedra et Jerrell continuaient de se quereller. Je ne pouvais pas appeler ça un dialogue, puisque ce que l'un disait ne faisait aucune différence sur ce que l'autre répondait. Jerrell reprochait à Deedra la manière qu'elle avait de se traîner dans la boue (et de salir sa mère par la même occasion), de s'avilir, de tous les exposer aux commérages et à la menace du danger.

— Tu sais ce qui est arrivé à ce garçon noir il n'y a pas deux mois ? disait Jerrell d'une voix rauque. Tu veux que quelque chose comme ça t'arrive ? Ou à cet homme avec qui tu couches ?

J'étais en train d'astiquer le miroir situé au-dessus de la commode à neuf tiroirs de Deedra quand Jerrell prononça cette phrase, et je vis mon reflet dans le miroir. J'avais l'air malade. Il faisait référence à Darnell Glass, qui avait été battu à mort par une ou plusieurs personnes. J'avais connu Darnell Glass.

— Mais, Jerrell, je n'ai rien fait de tout ça ! répliqua Deedra en continuant à s'enfoncer. Je ne sais pas où quelqu'un irait chercher une idée pareille !

— Jeune fille, tout le monde sauf ta mère sait que tu n'es qu'une pute qui ne fait pas payer ! s'exclama brutalement Jerrell. Lacey se tuerait si elle apprenait que des mains noires se sont posées sur ton corps.

Je fis une moue dans le miroir tout en époussetant la commode, puis rangeai une paire de boucles d'oreilles dans la boîte à bijoux de Deedra.

— Je n'ai rien fait ! gémit Deedra.

Puérile jusqu'au bout, Deedra pensait que si l'on niait suffisamment une chose, celle-ci n'était en réalité jamais arrivée.

— Deedra, à moins que tu ne changes d'attitude sur-le-champ, je veux dire à cette minute précise, il va t'arriver des choses pires que ce coup de peinture, et je ne serai pas en mesure d'empêcher quoi que ce soit, dit Jerrell.

— Qu'est-ce que tu veux dire ? demanda Deedra en sanglotant. Qu'est-ce qui pourrait être pire ?

Puérile et stupide.

— Il y a bien pire qu'un petit peu de peinture blanche, répondit sinistrement Jerrell, mais avec une voix un peu plus douce. Il y a des gens dans cette ville qui prennent des situations comme la tienne très au sérieux, tu n'imagines pas à quel point.

Il la menaçait.

Mais finalement, j'étais du même avis. Autant je savais désormais que je n'aimais pas Jerrell Knopp, autant n'importe quelle méthode pouvant effrayer Deedra et la persuader de laisser tomber son dangereux mode de vie me convenait tout à fait. Cette femme (et c'était bien une femme dans la vingtaine, même si elle paraissait souvent plus jeune) allait soit contracter le HIV ou une autre maladie, soit ramener chez elle quelqu'un qui la brutaliserait si elle ne changeait pas de mœurs.

— Bon, reprit Jerrell, qui semblait se calmer, j'ai déjà appelé le mécanicien pour refaire ta peinture. Tu n'as qu'à la lui amener. Donnie te déposera au travail et je passerai te prendre pour te ramener ; ta voiture sera prête dans deux jours.

— Je ne peux pas, gémit Deedra. J'en mourrais.

— Tu pourrais mourir si tu ne restes pas à distance des hommes noirs ! répliqua-t-il sur un ton d'avertissement sévère.

Jerrell n'émettait pas seulement des théories. Il savait quelque chose.

Je sentis les poils de ma nuque se dresser. Je pénétrai dans le salon, le chiffon à la main. Jerrell et moi échangeâmes un regard.

— Est-ce que vous voudriez bien conduire ma voiture au garage ? me demanda Deedra, avec cet air de petite fille qui disait qu'elle savait en demander beaucoup, mais qu'il serait trop dur pour *elle* de le faire.

— Non, répondis-je sèchement avant de me remettre au travail.

Je ne sais pas comment Deedra et Jerrell s'arrangèrent. Je m'attelai à mon ménage, concentrée sur chacune des personnes impliquées, y compris Marcus Jefferson. J'étais prête à parier que Marcus commençait à être terrorisé. Il travaillait dans la même usine que Jerrell Knopp, et s'il n'avait pas vu la voiture de Deedra ce matin en partant, quelqu'un à l'usine ne manquerait pas de le lui faire savoir. J'imaginai que Marcus allait être inquiet, sinon totalement terrifié.

Ma cliente la plus âgée, Marie Hofstettler, m'avait dit qu'il s'était écoulé soixante-dix ans depuis le dernier lynchage raciste à Shakespeare. À la place de Marcus Jefferson, ces sept décennies m'auraient semblé être hier.

Deedra et Jerrell disparurent sans même m'avoir parlé ; tant mieux. Je pus finir mon travail en paix, ou du moins dans le peu de paix qu'ils avaient laissée derrière eux. L'appartement résonnait encore des divers accents de peur et de colère. J'avais l'impression que de mauvaises ondes s'abattaient sur Shakespeare comme un brouillard dense. Ma petite ville adoptive avait toujours été tranquille, prévisible et paumée. Je l'aimais comme ça. Je chargeai mon arsenal de produits d'entretien dans ma voiture, en tentant de réprimer l'inquiétude qui me rongeait.

Ma nouvelle cliente, Mookie Preston, était la prochaine sur ma liste, et je parvins à me sentir légèrement plus enjouée en me mettant en route pour chez elle.

Je n'avais jamais travaillé sur Sycamore Street auparavant. La rue était bordée de petites maisons blanches aux allées soigneusement ratissées, dans un quartier qui avait vu le jour dans les années cinquante, un quartier généralement considéré comme un point de départ approprié pour les jeunes mariés ou comme un point de chute pour les retraités.

La demeure que louait Mookie Preston se trouvait au milieu du pâté de maisons et rien ne la distinguait des autres. Une Toyota verte était garée dans l'allée, immatriculée dans l'Illinois. Si l'état de la voiture reflétait celui de la maison, alors Mookie Preston avait besoin de moi. Sérieusement. La Toyota était recouverte de poussière et de traces de boue, et l'intérieur était jonché de papiers et de déchets de fast-food.

Je frappai un coup vif à la porte et la même voix chaude et claire que celle que j'avais entendue au téléphone lança :

— J'arrive, j'arrive !

Près d'une minute plus tard, la porte s'ouvrit et, derrière la moustiquaire, une femme me toisa sans rien dire. Nous nous examinâmes mutuellement.

Mookie Preston était plus jeune que moi, ce qui lui faisait environ vingt-cinq ans. Elle avait des cheveux rêches et roussâtres relevés en queue de cheval, une peau dorée couverte de taches de rousseur et de grands yeux foncés. Si elle portait du maquillage, je ne le voyais pas.

Et malgré le fait qu'elle soit jolie, très jolie, avec un sourire des plus avenants, cette femme me déstabilisa.

Mais en voyant son sourire s'estomper, je me dis qu'elle ressentait la même chose à mon sujet.

— Vous êtes Lily Bard ? demanda-t-elle prudemment.

— En personne.

Lentement, elle ouvrit la moustiquaire. Elle tendit une main dorée et potelée, que je serrai.

Elle fit un pas de côté et j'entrai dans la maison.

Elle se dirigea, hésitante, vers la petite cuisine crasseuse.

— J'aurais dû me souvenir de votre venue et me préparer, mais je me suis laissé prendre par mon travail, dit-elle par-dessus son épaule en empilant des assiettes près de l'évier, prétendant ainsi avoir été réellement occupée à quelque chose quand j'avais frappé.

— Que faites-vous ?

— Je suis généalogiste, répondit-elle sans se retourner, ce qui me parut préférable.

— Hmm, dis-je, ce qui était le bruit le plus évasif qu'il m'était possible de faire. Vous n'avez pas besoin de ranger à ma place. C'est moi la femme de ménage.

Elle baissa les yeux sur l'assiette dans sa main comme si elle n'avait pas réalisé ce qu'elle faisait et, avec beaucoup de précaution, la déposa sur l'égouttoir.

— D'accord.

— Que voulez-vous que je fasse ? demandai-je.

— Bon.

Ma question l'avait calmée, comme je l'avais espéré.

— Je voudrais que vous changiez mes draps – les propres sont dans le placard de la salle de bains –, que vous fassiez la poussière et passiez l'aspirateur. Il n'y a qu'une salle de bains et elle est dans un assez sale état. Occupez-vous du lavabo et de la baignoire, et des plans de travail de la cuisine. Passez la serpillière sur les sols en linoléum.

— D'accord. Autre chose ?

— Je ne vois rien d'autre pour l'instant.

Nous discutâmes de ma paie et de mes heures. Elle estimait qu'il me faudrait jusqu'à 12 h 30 pour remettre la maison en état et, si je me fiais à l'état de la cuisine, j'étais tout à fait d'accord. Je vais chez les Winthrop à 13 heures, d'habitude, ce qui ne me laissait donc pas beaucoup d'intervalle. En chemin pour la maison des Winthrop, j'aurais certainement le temps de passer chez moi avaler un fruit.

J'étudiai d'abord l'agencement des lieux pour organiser mon travail. Mookie s'était retirée dans le salon à l'avant de la maison, qu'elle avait transformé en atelier. Il y avait un vieux canapé, une vieille chaise, une vieille télévision et un énorme bureau. Elle n'avait mis aucun rideau et les stores pendus aux immenses fenêtres étaient couverts de poussière. La corbeille à papier débordait et le bureau, l'accoudoir du canapé et le sol étaient jonchés de gobelets provenant de divers fast-foods. Je gardai une expression neutre. J'avais appris à le faire.

Tandis que Mookie s'asseyait devant son ordinateur, je m'éloignai dans le couloir (plinthes crasseuses, empreintes de doigts sur la peinture) et me dirigeai vers la plus grande des chambres. Je fronçai le nez. Les draps avaient bien besoin d'être changés et le lit n'avait probablement jamais été fait. Il y avait une épaisse couche de poussière sur toutes les surfaces – du moins celles qui n'étaient pas déjà recouvertes d'autre chose, comme des livres de poche, du maquillage, des papiers d'emballage, des mouchoirs, des bijoux, des brosses à cheveux et des accessoires, des tickets de caisse. Je sentis cette petite contraction entre mes sourcils qui signifiait que j'étais perturbée. Puis je passai la salle de bains en revue et secouai la tête d'incrédulité.

La seconde chambre était pratiquement vide, à l'exception de quelques sacs de voyage et quelques cartons éparpillés sur le sol… jetés en vrac.

Je n'étais plus si sûre que le temps alloué me suffise.

Je sortis pour aller récupérer mes affaires dans la voiture en me demandant ce que j'arriverais à faire. J'allais commencer par la salle de bains, c'était certain… puis la chambre.

Le ménage est une tâche qui n'occupe pas vraiment l'esprit, ce que j'apprécie à l'occasion. J'esquissai un vague sourire pour moi-même tout en commençant à nettoyer la baignoire. Je m'étais attendue à ce que Mookie Preston soit totalement blanche, et elle s'était attendue à ce que je sois totalement noire. Nous avions toutes deux été fort étonnées.

Dans un monde meilleur, nous n'aurions même pas remarqué que nous n'étions pas de la même couleur – peut-être même que si nous nous étions rencontrées dans une grande ville, nous aurions célébré notre diversité ethnique. Mais ce n'était pas le meilleur des mondes, du moins pas ici ni maintenant. Pas à Shakespeare. Pas ces temps-ci.

Mon étonnement concernant mon nouvel employeur commença à s'atténuer tandis que je me concentrais sur la tâche à accomplir. Après quelques coups de brosse acharnés, j'avais rendu à la salle de bains un aspect tout à fait convenable. Je hochai fièrement la tête et me tournai pour commencer la chambre.

À ma grande surprise, Mookie Preston se tenait juste derrière moi.

— Désolée de vous avoir fait peur, dit-elle, l'air elle-même plutôt déconcertée devant mes poings serrés.

Je fis un effort pour me détendre.

— Je ne vous ai pas entendue, admis-je, mécontente de moi.

— Ça m'a l'air parfait, dit-elle en me dépassant pour entrer dans la petite pièce. Wow, surtout le miroir !

Ouais, on pouvait se voir dedans, maintenant.

— Tant mieux, dis-je.

— Écoutez, est-ce que ça vous dérange que je sois métisse ?

— Ce que vous êtes ne me regarde pas.

Pourquoi les gens voulaient-ils toujours s'appesantir sur chaque petit détail ? Même avant qu'un gang me retienne prisonnière et dessine au couteau des motifs sur ma poitrine, je n'étais pas du genre bavarde.

— Je ne savais pas que vous étiez blanche.

— En effet.

— Donc, est-ce qu'on peut faire en sorte que ça marche ? insista-t-elle.

— Pour *moi*, ça marche. Je suis en train de travailler, répondis-je en essayant de mettre ce fait en évidence.

Je me mis à retirer les draps de son lit. Ce que je voulais que Mookie Preston retienne de ça, c'est que si ses origines m'avaient posé un véritable problème, j'aurais sauté dans ma Skylark et serais rentrée chez moi pour appeler le prochain nom sur ma liste.

Mais avait-elle compris ou non ? Aucune idée. Après avoir attendu que j'ajoute quelque chose, elle repartit vers son ordinateur, à mon grand soulagement.

Elle s'absenta une fois pour aller faire des courses. Mis à part ce moment de paix, mon nouvel employeur était constamment en mouvement, se levant d'un bond pour aller aux toilettes ou prendre une boisson dans le réfrigérateur, toujours en faisant quelque remarque. Apparemment, Mookie Preston faisait partie de ces personnes incapables de rester en place quand quelqu'un d'autre est en train de travailler. Quand elle m'annonça pour la troisième fois qu'elle se rendait à l'épicerie, je décidai d'en profiter pour nettoyer son atelier sans qu'elle traîne autour de moi.

Après un examen plus approfondi de la pièce sale et presque vide, je me rendis compte que les bandes de papier accrochées au mur étaient des graphiques généalogiques. Certains d'entre eux étaient imprimés en caractères gothiques fantaisistes, et d'autres étaient des impressions plus monotones. Je haussai les épaules. Ce n'était pas mon truc, mais c'était totalement inoffensif. Quelques livres étaient disposés sur le vieux bureau d'appoint constitué d'une planche posée sur des blocs de ciment ; trois d'entre eux étaient écrits par une certaine Sally Hemmings. Il faudrait que je la cherche à la bibliothèque. Il y avait des piles de boîtes de logiciels, qui portaient des titres comme *Comment faire un arbre généalogique* et *Les origines de la famille*. J'aperçus une liste de sites Web imprimée à côté de l'ordinateur ainsi qu'une liste de numéros de téléphone de lieux comme la Bibliothèque d'histoire de la famille et la Fondation des enfants cachés.

Mais plus je dépoussiérais, remettais de l'ordre et passais l'aspirateur, plus je me posais de questions au sujet de cette femme. Elle vivait ici depuis au moins cinq semaines, si elle m'avait appelée pour s'inscrire sur ma liste d'attente juste après avoir emménagé dans cette maison. Pourquoi une jeune femme comme Mookie Preston viendrait s'installer dans une petite ville du Sud si elle n'y avait ni amis ni relations ? Si elle n'était qu'une simple chercheuse en généalogie, alors j'étais une petite chose naïve.

Elle s'absenta un long moment, ce qui me convenait parfaitement. Le temps qu'elle bourre ses sacs plastique de Pepsi Light et de plats tout prêts spécial régime, je remis la maison sur pied. Il me faudrait encore deux séances pour finir de chasser la poussière accumulée pendant toutes ces semaines, mais j'avais démarré sur les chapeaux de roue.

Mookie regarda autour d'elle avec la bouche légèrement entrouverte, et ses cheveux roux et raides effleurèrent ses épaules quand elle tourna la tête.

— C'est vraiment super, dit-elle, et, bien qu'elle le pensât vraiment, elle n'était pas aussi enthousiaste à propos du ménage qu'elle voulait le faire croire. Est-ce que vous pouvez venir toutes les semaines ?

Je hochai la tête.

— Comment préférez-vous que je vous paie ? demanda-t-elle, et nous en parlâmes quelques instants. Vous travaillez pour beaucoup des gens de la haute, je parie ? me demanda-t-elle, juste au moment où je pensais qu'elle avait fini son bavardage. Comme les Winthrop et les Elgin ?

Je l'observai d'un regard ferme.

— Je travaille pour beaucoup de gens très différents, répondis-je.

Je me tournai pour partir et cette fois, Mookie Preston ne me retint pas.

Tandis que je me composais un déjeuner rapide, du fromage, des crackers et un fruit, dans ma propre cuisine – Dieu merci, impeccable et silencieuse –, la sonnette de la porte retentit. Je jetai un coup d'œil par la fenêtre de mon salon avant d'ouvrir. Une fourgonnette rose était garée dans mon allée, avec l'inscription FLEURS FANTAISIE peinte sur le côté.

C'était bien la première fois que ce genre de véhicule s'arrêtait devant chez moi.

J'ouvris la porte, prête à dire au livreur qu'il devait chercher la résidence d'à côté, quand la jeune femme guillerette sur mon perron demanda :

— Mademoiselle Bard ?

— Oui ?

— Elles sont pour vous.

Le « elles » en question désignait un magnifique bouquet de roses, de gypsophiles, de feuillage et d'œillets blancs.

— Vous êtes sûre ? demandai-je d'un air sceptique.

— Lily Bard, au 10, Track Street, lut la jeune femme sur le dos d'une enveloppe, son sourire déclinant légèrement.

— Merci.

Je m'emparai du bouquet, pivotai et refermai la porte du pied. Je n'avais pas reçu de fleurs depuis... eh bien, je ne m'en souvenais même pas. Je posai prudemment le bouquet sur la table de ma cuisine et retirai l'enveloppe de l'emballage en cellophane. Je remarquai qu'elle avait été soigneusement léchée et collée, et j'appréciai la discrétion du mot après l'avoir lu. « *Tu me manques. Claude* », disait-il d'une écriture penchée.

Je fouillai en moi pour savoir comment réagir et découvris que j'ignorais ce que je ressentais. J'effleurai une rose du bout du doigt. Même en portant des gants pour travailler, j'avais tout de même les mains rêches et j'avais peur d'abîmer la douceur délicate de la fleur. Je touchai ensuite la boule blanche d'une gypsophile. Je déplaçai lentement le bouquet au centre de ma table et levai la main pour m'essuyer les joues.

Je réprimai l'envie d'appeler le fleuriste et de lui commander des fleurs à mon tour, pour montrer à Claude combien j'étais touchée. Mais Claude voulait que ce geste soit purement masculin, et j'allais en rester là.

Quand je sortis de chez moi pour aller remettre de l'ordre dans le chaos des Winthrop, je sentis un petit sourire se dessiner sur mes lèvres.

La chance resta de mon côté cet après-midi-là... jusqu'à un certain point. Puisque le temps était clair, je stationnai dans la rue en face de la maison des Winthrop. Je n'utilisais le garage que s'il pleuvait ou s'il neigeait, car ma voiture a une fuite d'huile apparemment irrémédiable et je ne veux pas tacher le sol immaculé des Winthrop. Je m'approchai du garage, qui s'ouvrait sur une rue latérale, et remarquai qu'il était vide. Bien. Aucun des Winthrop n'était à la maison.

Beanie, une femme mince et séduisante qui devait approcher des quarante-cinq ans, était certainement en train de jouer au tennis ou de faire du bénévolat. Howell Winthrop Junior devait être chez Winthrop Sport, chez Maison Winthrop, ou encore chez Pétrole Winthrop. Amber Jean et Howell Trois (c'est ainsi que la famille l'appelait) étaient au collège et au lycée. Bobo travaillait chez Body Time, ou bien suivait ses cours à Montrose. Bien que les Winthrop soient très riches, aucun de leurs enfants n'aurait envisagé de fréquenter une autre université que celle de l'Arkansas, et ma seule surprise était que Bobo aille au campus de Montrose plutôt qu'à la maison mère, située un peu plus au nord à Fayetteville. Le sanglier de l'Université de l'Arkansas figurait en bonne place dans le schéma des Winthrop.

Le vendredi, je fais la poussière, je passe l'aspirateur et la serpillière. J'avais déjà fait la lessive, le repassage et les salles de bains lors de ma première visite de la semaine, le mardi matin. Les enfants Winthrop avaient fait des efforts pour laver les vêtements dont ils avaient besoin entre mes visites, mais ils n'avaient jamais appris à ranger convenablement leur chambre. Beanie était très soigneuse avec ses affaires et Howell n'était pas suffisamment à la maison pour mettre la pagaille.

Je fis une pause pour examiner le portrait de Beanie et Howell Junior, qu'ils s'étaient mutuellement offert pour leur dernier anniversaire. Je pouvais compter sur les doigts d'une main les fois où j'avais vu Howell chez lui au cours des quatre années que j'avais passées au service de la famille. Chauve, il avait bonne mine et peut-être une petite dizaine de kilos en trop. L'artiste avait réussi à les cacher à la perfection. Howell avait le même âge que sa femme, mais ne faisait pas autant d'efforts pour le masquer. Il passait beaucoup de temps dans la maison, plus impressionnante encore, de ses parents – Howell Senior et Arnita, le roi et la reine sans couronne de Shakespeare. Howell Senior, bien qu'officiellement à la retraite, avait toujours son mot à dire sur chaque projet des Winthrop, et les Senior avaient toujours un rôle très actif dans la vie sociale et politique de la ville. *Eux* avaient une domestique noire à plein temps, Callie Gandy.

Comme si j'avais invoqué Howell Jr en pensant à lui, j'entendis une clé tourner dans la serrure et ce dernier apparut de la porte du garage. Il était suivi de l'homme que j'avais vu marcher la nuit précédente.

Maintenant que je le voyais à la lumière, je fus certaine qu'il s'agissait bien de l'homme qui s'était entraîné avec Darcy Orchard le jour où Raphael avait quitté Body Time.

Les deux hommes portaient chacun un grand sac noir et lourd en bandoulière.

Howell s'arrêta dans son élan. Son visage rougit et il sembla manifestement troublé.

— Je suis désolé de vous déranger dans votre travail, dit-il. Je n'ai pas vu votre voiture.

— Je me suis garée en face.

Howell avait dû entrer dans le garage par la rue latérale.

— On ne se mettra pas dans vos pattes, déclara-t-il.

Je fronçai les sourcils.

— D'accord, répondis-je prudemment.

Il était chez lui !

Je regardai son compagnon. J'étais assez proche pour bien distinguer ses yeux. Ils étaient de couleur noisette. Il portait une veste en polyester vert foncé et un sweat-shirt à l'effigie de Winthrop Sport en dessous. Les tee-shirts et les pulls Winthrop, portés par tous les employés, étaient rouge foncé avec des inscriptions blanches et or. L'homme me regardait avec la même intensité que celle que je lui renvoyais.

Il ne ressemblait pas à l'idée que je me faisais des amis d'Howell. Cet homme était beaucoup trop dangereux. Je savais le reconnaître, mais je savais aussi que je n'avais pas peur de lui. J'avais presque oublié la présence d'Howell jusqu'à ce qu'il se racle la gorge :

— Bon, nous serons...

Puis il s'éloigna vers le salon pour se rendre dans son bureau. Après un regard derrière lui, l'homme au sweat-shirt rouge le suivit avant de refermer la porte du bureau. Je restai seule pour finir le ménage dans le salon et la chambre et, pendant tout ce temps, j'essayai de comprendre ce qui était en train de se passer. Il me vint à l'esprit qu'Howell était peut-être gay, mais en repensant aux yeux de Queue de Cheval Noire, je repoussai l'idée.

Je dus de nouveau traverser le salon et notai que la porte du bureau était toujours fermée. Au moins, songeai-je avec un vague soulagement, j'avais déjà fait la poussière et passé l'aspirateur dans le bureau d'Howell. C'était l'une de mes pièces préférées dans cette maison. Les murs lambrissés étaient recouverts de bibliothèques. Une liseuse était disposée à côté d'un fauteuil en cuir, avec des affiches pour la protection des animaux aux murs ; un bureau, qui donnait un air très important et était un enfer à astiquer, se trouvait devant la baie vitrée.

Je ne voulais pas passer pour une fouineuse et travaillai donc vite et bien pour essayer de finir avant qu'ils quittent le bureau, mais ce fut peine perdue. La porte de la pièce s'ouvrit et ils sortirent pile au moment où je passais la serpillière dans la cuisine. Ils avaient les mains vides.

Howell et l'étranger firent des traces de pas sur le sol que j'allais devoir laver de nouveau. Je portais des gants de ménage jaunes, mon vieux jean et un tee-shirt tout aussi vieux, et j'avais très certainement le nez brillant. Tout ce que je voulais, c'était qu'ils partent, et tout ce qu'Howell voulait, lui, c'était atténuer la singularité de la situation en faisant un peu de conversation.

— J'ai entendu dire que c'est vous qui avez trouvé ce pauvre Del ? me demanda-t-il d'un ton sympathique.

— Oui.

— J'ai également entendu dire que vous sortiez avec Marshall Sedaka ? Vous avez une clé de Body Time ?

— Non, répondis-je d'une voix ferme, sans être bien certaine de savoir à quelle question je répondais. J'ai ouvert à sa place ce matin-là pour lui rendre service. Il était malade.

— Mon fils vous admire beaucoup. Il parle souvent de vous.

— J'aime beaucoup Bobo, répondis-je en tentant de garder une voix neutre.

— Il n'y avait pas le signe de la moindre présence sur les lieux de l'accident ?

Perplexe, j'eus du mal à voir où il voulait en venir. Puis tout s'éclaircit. Cette conversation n'avait qu'un seul but : Howell voulait en savoir plus sur la mort de Del Packard.

Je me demandai quel « signe » il pouvait bien imaginer. Des empreintes de pas sur le tapis à l'intérieur et à l'extérieur ? Un mouchoir brodé serré entre les doigts de Del ?

— Excusez-moi, Howell, je dois finir ici et me rendre à mon prochain ménage, dis-je d'un ton abrupt en rinçant la serpillière.

Même s'il lui fallut quelques secondes, l'homme qui signait tant de chèques aux gens du coin comprit le message et s'éloigna à la hâte de la cuisine. Son compagnon s'attarda un instant, suffisamment longtemps pour que je croise son regard en relevant les yeux pour voir s'ils étaient partis. Je les gardai baissés jusqu'à entendre la voiture démarrer dans le garage.

Après avoir consciencieusement nettoyé leurs empreintes de pas, j'essorai la serpillière et la posai devant la porte de derrière pour qu'elle sèche. Avec un certain soulagement, je verrouillai la maison des Winthrop et montai dans ma voiture.

Depuis quatre ans, les Winthrop m'avaient tour à tour irritée, intéressée et avaient constitué pour moi une source de réflexions et d'observations. Mais ils ne s'étaient jamais montrés mystérieux. Le changement de comportement soudain d'Howell, d'habitude si prévisible, me rendit nerveuse, et j'étais déconcertée de la voir fréquenter l'inconnu de la nuit à la queue de cheval noire.

Je découvris que mes sentiments à l'égard des membres de la famille Winthrop avaient évolué : ma tolérance était devenue désormais une tendre indulgence. J'avais travaillé suffisamment longtemps à leur service pour assimiler le sens de leurs vies, pour faire preuve d'une certaine loyauté envers eux.

Et cette découverte ne me fit pas particulièrement plaisir.

Chapitre 3

C'est en rentrant chez moi après mon dernier ménage que je pris conscience de mon état de fatigue. J'avais peu dormi la nuit précédente, accompli une journée entière de travail et j'avais été témoin de tout un tas de comportements étranges.

Mais la voiture personnelle de Claude, une Buick bordeaux, était garée devant chez moi. À vrai dire, j'étais plutôt ravie de la voir.

Sa vitre était baissée et je pouvais entendre le programme d'actualité « Tout Compte Fait » passer à la radio. Claude était avachi sur le siège conducteur, les yeux fermés. Je me demandai depuis quand il attendait, étant donné que quelqu'un avait glissé un bout de papier bleu sous son essuie-glace. Je sentis naître un sourire tandis que je garais ma voiture à sa place et coupais le moteur. Il m'avait manqué.

Je descendis en silence mon allée et me penchai à son oreille.

— Hé, petit génie, murmurai-je.

Il sourit avant d'ouvrir les yeux.

— Lily, dit-il comme s'il aimait particulièrement prononcer mon nom.

Il leva la main pour caresser sa moustache, qui était désormais plus poivre et sel que brune.

— Tu comptes rester là ou tu veux entrer ?

— Entrer, maintenant que tu es là pour me le proposer.

Tandis que Claude sortait de sa Buick, je retirai le prospectus bleu de sous l'essuie-glace. Je supposai qu'il s'agissait d'une publicité pour la nouvelle pizzeria. Je lisai négligemment le titre.

— Claude, dis-je.

Il défroissait sa chemise.

— Ouaip ?

— Regarde.

Il s'empara du papier bleu et l'étudia un instant.

— Merde, dit-il d'un air dégoûté. C'est tout à fait ce dont Shakespeare a besoin.

— Oui, en effet.

REPRENEZ CE QUI EST À VOUS, disait le titre. Puis la suite s'étalait en petits caractères d'imprimerie :

L'homme blanc est une espèce menacée. Avec l'ingérence du gouvernement, les Blancs ne peuvent pas obtenir le boulot qu'ils veulent ni défendre leur famille. RÉAGISSEZ MAINTENANT ! AVANT QU'IL NE SOIT TROP TARD ! Rejoignez le combat. Nous ferons appel à vous. REPRENEZ CE QUI VOUS APPARTIENT. Nous nous sommes suffisamment laissé faire ! RÉSISTEZ ET RENVERSEZ TOUT ÇA !

— Ni adresse ni numéro de téléphone, fit remarquer Claude.

— Le Dr Sizemore en a eu un aussi.

J'en reconnaissais maintenant la couleur, même si je n'avais évidemment pas touché au papier dans la poubelle du dentiste.

Claude haussa ses larges épaules.

— Il n'y a aucune loi contre ça, si stupide que ça puisse paraître.

Le nord de l'Arkansas avait abrité plusieurs organisations défendant la suprématie de l'homme blanc au cours des dernières décennies. Je me demandai s'il s'agissait là d'une ramification de l'une d'entre elles, qui aurait migré vers le sud.

Où que j'aille, à l'épicerie, chez le médecin ou lors des rares occasions où j'avais travaillé dans l'une des églises de la ville, j'avais entendu les gens se plaindre de ne pas avoir assez de temps pour faire tout ce qu'ils avaient à faire. Après avoir lu « Reprenez ce qui est à vous », il me sembla soudain que certaines personnes, elles, avaient un peu trop de temps libre.

Je chiffonnai le papier, pivotai et grimpai les marches de mon perron, la clé à la main, prête à ouvrir les deux serrures. Claude s'étira. Un étirement d'une ampleur digne de sa carrure.

Je me crispai en pensant qu'il allait de nouveau essayer de m'embrasser, mais il se contenta d'entamer un monologue décousu concernant ses difficultés à mettre en place suffisamment de patrouilles dans les rues pour Halloween : la rigolade avait parfois tendance à se transformer en chahut.

Je vidai mes poches sur le comptoir de la cuisine, un petit rituel apaisant. Je ne porte pas de sac quand je travaille : ce n'est qu'une chose de plus à se trimbaler.

— Merci pour les fleurs, dis-je, tournant toujours le dos à Claude.

— Tout le plaisir est pour moi.

— Les fleurs… commençai-je, avant de m'interrompre pour prendre une profonde inspiration. Elles sont très jolies. Et j'ai beaucoup aimé la carte, ajoutai-je après une autre pause.

— Je peux te serrer dans mes bras ? demanda-t-il avec prudence.

— Vaut mieux pas, répondis-je en tentant de paraître prosaïque.

Sur la carte, il avait écrit que ma compagnie lui manquait. Ce n'était évidemment pas vrai. Claude avait beau apprécier ma conversation, son objectif fondamental était de m'attirer dans son lit. Je soupirai. Alors qu'y avait-il de neuf sur les relations homme/femme ?

J'étais plus convaincue que jamais que l'intimité n'était pas une bonne idée, pour aucun de nous.

Je ne lui dis pas, pas tout de suite ; et chez moi, ce n'était pas habituel. Mais ce soir, je voulais un ami. Je voulais la compagnie de quelqu'un que j'appréciais, m'asseoir avec lui et boire un café autour de ma table. Même si je savais que ceci allait renforcer les attentes de Claude, je me laissai provisoirement bercer par l'illusion qu'il ne cherchait que ma camaraderie.

Nous prîmes une tasse de café ensemble et nous partageâmes un fruit, ainsi qu'une sorte de conversation désinvolte ; mais, peut-être parce que j'étais justement en train de me faire des illusions, je ne ressentis pas la chaleur que j'avais espérée.

Claude protesta quand j'allai me changer pour mon cours de karaté, mais j'évite de le rater autant que possible. Je lui fis la promesse qu'à mon retour nous irions dîner à Montrose, et lui proposai en attendant de rester pour regarder le match de football, étant donné que mon écran est plus grand que le sien. Tandis que je montais dans ma voiture, j'eus soudain la conviction, lasse, que j'aurais dû lui dire de rentrer chez lui.

Je traversai la salle principale de Body Time à grands pas, en tentant de me réjouir de l'entraînement qui m'attendait et qui allait m'aider à me détendre. Mais dans l'ensemble, j'étais... mécontente de moi.

Bien que je sois revenue plusieurs fois depuis la mort de Del, je jetais toujours un coup d'œil en direction du coin où son corps avait reposé sur son banc. Une petite réplique du trophée qu'il avait remporté pour sa seconde position à la compétition de Marvel Gym, l'année précédente, était toujours à sa place, au premier plan de la vitrine située à côté du distributeur de boissons : la salle dans laquelle un champion s'entraînait était toujours reconnue au même titre que le vainqueur.

Je m'arrêtai pour admirer la coupe qui brillait sur son support en bois et lus la gravure. Dans la vitre, je pouvais voir le reflet d'autres champions potentiels qui s'adonnaient à leur routine habituelle. J'agitai légèrement la main pour m'assurer que j'étais bien là aussi.

Je secouai la tête et empruntai le couloir, jusqu'aux portes de la salle d'aérobic et de karaté. Je m'inclinai à l'entrée de la pièce en signe de respect et entrai. Janet Shook avait déjà revêtu son kimono, dont la blancheur immaculée soulignait ses cheveux et ses yeux sombres. Elle se tenait à la barre pour travailler ses coups de pied latéraux. Marshall parlait avec Carlton Cockroft, mon voisin et comptable, que je n'avais pas vu depuis au moins une semaine. Il y avait une nouvelle femme en train de se dégourdir les muscles, une femme avec de très longs cheveux blonds et un bronzage marqué, obtenu à coups de séances d'UV. Elle portait un kimono avec une ceinture marron, et je l'observai avec respect.

Raphael, qui n'avait pas mis un pied chez Body Time depuis le matin où il était parti en colère, était en train de s'entraîner au système de blocage à huit points avec Bobo Winthrop. J'étais ravie de voir Raphael, ravie de voir que ce qui n'avait cessé de le ronger avait fini par s'atténuer. Alors que je les observais tous les deux, je remarquai pour la première fois que Bobo était aussi grand que Raphael. Il fallait vraiment que j'arrête de le voir comme un petit garçon.

— Yihaa, Lily ! s'exclama gaiement Bobo.

Je m'étais doutée qu'avec son caractère naturellement enjoué Bobo ne pourrait pas déprimer bien longtemps, et je fus rassurée de le voir sourire et l'air moins préoccupé. Après que Raphael et lui eurent fini, Bobo s'approcha de moi tandis que je finissais de nouer ma ceinture.

Quand il tendit simplement les deux mains pour les poser de chaque côté de ma taille, avant de s'accroupir très légèrement et de me soulever, je me fis la réflexion que, dans son kimono blanc, Bobo ressemblait à un héros de film d'action 100 % américain.

On ne m'avait pas soulevée comme ça depuis que j'étais devenue adulte, et cette sensation me renvoya brusquement en enfance. Je me surpris à rire, la tête baissée vers Bobo, qui m'adressait un sourire éblouissant. Par-dessus son épaule, j'aperçus l'étranger aux cheveux noirs, debout dans le couloir. Les yeux posés sur moi, un léger sourire aux lèvres, il se tamponnait le visage avec une serviette.

Marshall, après avoir adressé un signe de tête à Queue de Cheval Noire, ferma les doubles portes.

Bobo me reposa par terre.

Je lui envoyai un faux coup à la gorge et il me bloqua trop tard.

— Je t'aurais eu, l'avertis-je. Tu es plus fort, mais je suis plus rapide.

Bobo souriait face au succès de son petit jeu et, avant que j'aie pu m'écarter, il m'agrippa fermement les poignets. Tout en me rapprochant de lui, je tournai les paumes vers le haut en refermant les mains sur ses pouces, et il me libéra. Je fis semblant d'abattre le côté de mes mains contre son cou. Puis je lui tapotai l'épaule et m'éloignai avant qu'il ait d'autres idées.

— Un jour je t'aurai, me lança Bobo en agitant le doigt.

— Tu risquerais de le regretter, fit remarquer Raphael. Cette nana peut te bouffer au petit déjeuner.

Bobo devint écarlate. Je réalisai qu'il avait perçu un double sens dans la remarque de Raphael. Je me tournai pour cacher mon sourire.

— En rang ! ordonna sévèrement Marshall.

La femme blonde avait le niveau le plus élevé des élèves présents. Elle prit la première place dans la rangée. Moi, j'ai une ceinture verte avec une bande marron. Je pris une profonde inspiration, refrénai quelques éventuels sentiments indignes et me préparai à être aimable.

— *Kiotske*, dit Marshall.

Tout le monde se concentra, les talons rapprochés.

— *Rei*.

Tout le monde s'inclina vers lui et il nous rendit notre salut.

Nous entamâmes alors les trois douloureuses minutes de position *shiko dachi* – comme si l'on était assis sur des chaises invisibles – et de gymnastique suédoise. Marshall semblait de méchante humeur, aujourd'hui. Je ne voulais pas être assez mesquine pour penser qu'il nous donnait du travail supplémentaire uniquement pour essayer d'impressionner le nouveau membre de la classe ; mais il prolongea la série d'abdominaux jusqu'à cent. Pour enchaîner avec une centaine de levers de jambes et une centaine de pompes.

Je dus me mettre en binôme avec la nouvelle femme, plutôt qu'avec Janet, pour les abdominaux. Ses jambes, accrochées aux miennes, me faisaient l'effet de bandes d'acier. Elle ne semblait même pas essoufflée après une série de quatre-vingts, même si les vingt suivants lui demandèrent plus d'efforts. Elle finit par transpirer légèrement après les mouvements de jambes, et par respirer un peu plus péniblement après les cent pompes. Mais elle eut encore l'énergie de me sourire quand elle se releva. Je me tournai légèrement vers Raphael et lui jetai un regard. Il remua les sourcils à mon intention. Nous étions impressionnés.

— Posture de blocage *sanchin dachi* pour le *jodan uki* ! ordonna Marshall. *Komite !*

Tout le monde se mit en position : on avançait le pied droit en l'orientant vers l'intérieur, jusqu'à ce que le talon soit parallèle aux orteils du pied gauche. J'observai la blonde du coin de l'œil, en me demandant si elle venait d'une autre discipline. C'était le cas, mais elle apprenait tout de même vite ; le regard intensément concentré sur Marshall, elle avança son pied droit, dans le bon angle, en arc de cercle, et tourna ses orteils à quarante-cinq degrés de son corps, les genoux légèrement fléchis. Elle plaça sa main gauche dans un creux près de ses côtes et plia le bras droit en fermant le poing, positionnant celui-ci devant elle à hauteur d'épaule.

Alors que nous commencions le *kihon*, travaillant nos coups et nos blocages, je me surpris à être distraite par ma nouvelle voisine. Je fis un effort résolu pour la sortir de ma conscience. À partir de là, je me sentis plus à mon aise et le cours se déroula mieux. Pour l'entraînement, Marshall me mit en équipe avec Carlton. Entre nos prises où nous nous libérions l'un l'autre et celles où nous nous maîtrisions, Carlton et moi échangeâmes des nouvelles du quartier. Il avait entendu dire que nous allions avoir de nouveaux lampadaires, et que le lopin de terre au coin de chez nous

– que j'avais toujours considéré comme du terrain gaspillé – avait été départagé entre les cinq enfants d'une vieille dame qui était décédée quatre ans auparavant. Carlton n'avait pas encore découvert ce que le nouveau propriétaire comptait faire de ce terrain, sur lequel construire une maison relèverait du défi.

Tandis que j'enfonçais un doigt sur un point de pression du bras de Carlton, ce qui le fit chanceler sur ses genoux, il me confia qu'il avait trouvé un papier bleu sous son essuie-glace quand il était sorti prendre son courrier dans l'après-midi.

— Complètement dingo, commenta-t-il.

J'espérai que tout le monde réagirait de manière aussi catégorique en lisant ce prospectus. Puis ce fut au tour de Carlton, mais il appuya trop fort et, depuis ma position au sol, je relevai les yeux vers lui, les sourcils froncés.

À la fin du cours, la blonde s'approcha de Marshall. Ses cheveux flottaient au-dessus de ses fesses, raides et épais, et, même si son style juvénile ne s'accordait pas vraiment à son âge apparent, l'effet était indéniablement suffisant pour attirer toute l'attention qu'elle désirait. Janet, assise par terre en train de nouer ses lacets, avait une mine maussade.

J'étais prête à partir, sac de sport et trousseau de clés à la main, quand Marshall me fit un signe.

— Lily, dit-il avec un grand sourire, voici Becca Whitley, la nièce de Pardon.

Pardon Albee, le propriétaire de la résidence voisine de ma maison, était décédé au printemps. Becca Whitley avait tardé à venir jeter un œil sur son héritage. L'une des habitantes de la résidence, Marie Hofstettler, une vieille femme qui était aussi l'une de mes clientes préférées, m'avait dit que l'avocat qui m'avait engagée pour entretenir les couloirs était le même que celui qui collectait les loyers depuis quelques mois. Et Deedra m'avait déclaré que, quand son bail avait expiré, son loyer avait été augmenté.

— Je sais que j'ai mis du temps à venir à Shakespeare pour régler la succession d'oncle Pardon, dit la blonde, rejoignant ainsi mes pensées.

Décontenancée, je me concentrai pour enrayer mes divagations.

Je l'observai à la dérobée pour la première fois. Elle avait un visage étroit, avec des traits forts mais aux proportions réduites. Son bronzage intense était parsemé de taches de rousseur. Elle portait des lentilles de contact, à en juger par la couleur saphir de ses yeux, qui étaient par ailleurs très maquillés. Elle avait également appliqué du rouge à lèvres rose bonbon et une nuance plus foncée sur le contour de ses lèvres. L'effet n'était pas loin d'être vampirique ; mais il était très certainement prédateur.

Becca Whitley était en train de dire :

— J'avais un divorce à régler à Dallas et un appartement à vider.

— Alors vous emménagez à Shakespeare ? demandai-je, à peine capable de contenir ma stupeur.

J'observai sa crinière « Parce que je le vaux bien » et le bombé de ses seins sous son kimono, et songeai qu'elle allait certainement mettre en émoi tous les coqs du quartier. Marshall était déjà en train de se pavaner, agitant pratiquement sa crête, et semblait à deux doigts d'entamer le chant de la séduction. Pas étonnant que ce soir il m'ait accordé plus de regards blessés qu'au cours des deux dernières semaines. Je dus me retenir de ricaner.

— Je pense que je vais m'installer dans l'appartement d'oncle Pardon, du moins pour le moment, disait Becca Whitley. C'est tellement pratique !

— J'espère que vous ne trouverez pas Shakespeare trop calme pour vous après une aussi grande ville, dis-je.

À l'idée que Marshall soit attiré par Becca, je réalisai que je ne ressentais qu'un tout petit pincement au cœur, presque négligeable ; ce n'était que justice.

— Oh, j'ai vécu à Austin, qui n'est qu'une ville de taille moyenne, répondit Becca. Mais j'ai passé ces derniers mois à Dallas et je ne supportais pas le trafic incessant, ni la pression. Vous voyez, je viens de divorcer et j'ai besoin de commencer une nouvelle vie.

— Des enfants ? demanda Janet avec espoir.

Elle était apparue derrière moi.

— Pas un seul, répondit gaiement notre nouvelle Shakespearienne. J'imagine que je suis trop occupée.

Marshall essayait de dissimuler son soulagement avec autant d'efforts que ceux fournis par Janet pour cacher sa déception.

— J'entretiens les couloirs de la résidence depuis la mort de Pardon, dis-je. Vous voulez que je continue, ou bien vous avez prévu autre chose ?

— Je pense que je vais m'en occuper, dit Becca.

Je hochai la tête et rassemblai mes affaires. Cette rentrée d'argent supplémentaire avait été la bienvenue, mais travailler tard le samedi soir, nettement moins.

Quand Janet et moi fîmes un salut en sortant de la pièce, Marshall était toujours en train d'exprimer à Becca son souhait de la revoir au cours suivant.

— Qu'elle aille se faire foutre, dit Janet d'une voix calme et vicieuse tandis que nous rejoignions le parking.

J'avais dans l'idée que Marshall ne mettrait pas bien longtemps avant de la prendre au mot et de s'en charger personnellement ; Carlton, célibataire de longue date le plus éligible de Shakespeare, avait lui aussi semblé intéressé.

J'appréciais Janet, et je savais que l'apparence sexy et saisissante de Becca Whitley comme l'effet indéniable qu'elle faisait à Marshall l'avaient contrariée. Elle attendait depuis deux ans que Marshall la remarque.

— Elle va pas faire long feu, à Shakespeare, dis-je à mon amie déçue.

Je fus surprise de m'entendre prononcer ces paroles.

— Merci, Lily, dit Janet, l'air tout aussi surpris. On verra, il n'y a plus qu'à attendre.

À ma grande stupéfaction, elle me serra légèrement dans ses bras avant de monter dans sa Trooper.

Quand j'entrai chez moi par la porte de la cuisine, j'entendis le son de ma télévision. Claude, installé dans le fauteuil inclinable, était en train de regarder le match. Il semblait se sentir comme chez lui et ça m'énervait. Il leva nonchalamment la main quand je lui lançai un « salut », je ne me pressai donc pas pour me laver et m'habiller. Quand je réapparus, de nouveau maquillée et pomponnée, Claude buvait un verre de thé glacé dans la cuisine.

— Qu'est-ce que tu penses de notre nouvelle propriétaire ? lui demandai-je.

— La fille Whitley ? Elle ressemble à un raton laveur avec tout ce maquillage sur les yeux, non ? dit-il paresseusement.

Je souris.

— Prêt pour aller dîner ? demandai-je.

Nous fûmes bientôt en route pour Montrose, la grande ville la plus proche. Située à l'ouest et légèrement au nord de Shakespeare, elle constituait le pôle commercial pour beaucoup de petites villes comme Shakespeare. C'était là (Montrose devait comporter quarante mille habitants permanents, un peu plus pendant l'année universitaire) que se rendaient les Shakespeariens qui ne voulaient pas faire le trajet jusqu'à Little Rock, située un peu plus loin au nord-est.

Je n'avais jamais vraiment apprécié Montrose, une ville qui ressemble à tant d'autres aux États-Unis qu'un touriste ne saurait faire la moindre différence. Elle n'avait aucun caractère : non, elle avait des magasins. On y trouvait tous les fast-foods et les chaînes de boutiques habituels, un complexe de cinq cinémas et un centre commercial Wal-Mart. De mon point de vue, l'intérêt principal de Montrose résidait dans sa bibliothèque bien fournie, sa librairie indépendante et peut-être quatre restaurants où l'on mangeait assez bien et qui n'appartenaient pas une chaîne. Plus un ou deux qui en faisaient partie mais restaient décents.

Au cours des mois pendant lesquels j'avais fréquenté Marshall, j'avais passé plus de temps à Montrose qu'au cours de mes quatre années précédentes à Shakespeare. Marshall n'était pas sensible au charme des soirées tranquilles à la maison.

Nous avions essayé tous les restaurants, vu tous les Jackie Chan et tous les Steven Seagal, visité toutes les boutiques de sport pour comparer leurs prix à ceux pratiqués chez les Winthrop, et nous faisions nos courses hebdomadaires au centre commercial.

Ce soir, Claude suggéra d'aller voir un film. Je faillis accepter, par politesse. Mais en repensant aux heures inconfortables passées avec Marshall, j'admis :

— Je n'aime pas vraiment aller au cinéma.

— Pourquoi ?

— Je n'aime pas être assise dans le noir avec plein d'étrangers, être obligée de les écouter remuer, triturer des papiers et parler sans arrêt. Je préfère attendre que les films sortent en vidéo pour les regarder chez moi.

— D'accord. Qu'est-ce que tu voudrais faire alors ?

— Je voudrais manger à El Paso et aller à la librairie, répondis-je.

Silence. Je le regardai du coin de l'œil.

— Qu'est-ce que tu dirais de Catch the Wave et la librairie ? demanda-t-il.

— Ça marche, dis-je, soulagée. Tu n'aimes pas le tex-mex ?

— J'ai mangé là-bas la semaine dernière quand j'ai dû aller au tribunal.

Tandis que nous attendions nos plats au restaurant de fruits de mer, Claude déclara :

— Je crois que la mère de Darnell Glass va intenter une action civile contre la police de Shakespeare.

— Contre la police ? m'exclamai-je vivement. C'est injuste ! Ça devrait être contre Tom David.

Tom David Meicklejohn, l'un des patrouilleurs de Claude, figurait depuis bien longtemps sur ma liste noire et, après l'incident de Darnell Glass, il était directement monté en première place.

Soudain, je me demandai si cette conversation n'était pas la véritable raison des fleurs et de cette soirée.

— Son avocat a également appelé Todd Picard. Tu crois que tu pourrais me rapporter encore une fois le déroulement des faits ?

Je hochai la tête mais, en mon for intérieur, je poussai un soupir. Je rechignais toujours à me rappeler la nuit du Combat. J'avais été interrogée à maintes reprises au sujet du Combat : c'est ainsi que tous les Shakespeariens appelaient cette affaire. Elle avait eu lieu sur le parking du Burger Tycoon, un fast-food local qui faisait vaillamment concurrence aux McDonald's et Burger King, tous deux situés sur Main Street.

Je n'avais fait qu'intervenir au milieu de la crise, mais j'en avais suffisamment lu et entendu par la suite pour comprendre en détail ce que j'avais réellement vu.

Darnell Glass était assis dans sa voiture sur le parking du Burger Tycoon et discutait avec sa petite amie. Bob Hodding, qui essayait de se garer sur la place voisine, heurta le pare-chocs arrière de Glass. Hodding était un étudiant blanc de seize ans au lycée de Shakespeare. Glass avait dix-huit ans et étudiait en première année à l'Université de Montrose. Il venait de faire le premier versement pour l'achat de sa première voiture. Quand il entendit le grincement caractéristique des deux pare-chocs raclant le sol, Glass se mit donc bien évidemment en colère. Il bondit de sa voiture avec force gestes et cris.

Hodding fut instantanément sur la défensive car il connaissait la réputation de celui dont il venait de heurter la voiture. Darnell Glass avait fréquenté les écoles de Shakespeare avant de s'inscrire à l'université, c'était un jeune homme brillant et prometteur. Mais il était également connu pour son agressivité et son côté explosif dans ses relations avec ses pairs blancs.

Bob Hodding avait grandi avec le drapeau confédéré flottant au-dessus de sa maison. Il avait encore en mémoire les réactions excessives de Glass pendant certaines confrontations. Mais il n'avait pas peur puisque trois de ses potes se trouvaient dans la voiture, et il ne comptait pas présenter d'excuses à Darnell devant eux ni admettre qu'il conduisait de manière absolument déplorable.

Plus tard, un couple de témoins a affirmé à Claude, en privé, qu'Hodding avait tout fait pour humilier

Darnell Glass et le faire enrager, y compris des références à la mère du jeune homme noir, professeur au lycée de Shakespeare et activiste reconnue.

Personne ne fut surpris quand Glass finit par péter un plomb.

Et c'est à cet instant que j'étais arrivée. Je n'avais jamais croisé Darnell Glass ou Bob Hodding auparavant, mais j'étais là quand le Combat a commencé.

Ainsi que deux policiers.

Je venais de me garer sur une place de l'autre côté de Glass ; j'avais choisi cette nuit-là entre toutes pour venir m'acheter un hamburger plutôt que de me faire la cuisine, un événement tellement rare que je l'interprétai, plus tard, comme une farce douteuse du destin. C'était une soirée très chaude de début septembre ; à Shakespeare, nous devons tondre nos jardins jusqu'au mois de novembre.

Je portais mon tee-shirt et mon baggy habituels, et je venais de finir ma journée de travail. J'étais fatiguée. Je voulais seulement récupérer ma commande et regarder un vieux film à la télévision, peut-être lire un ou deux chapitres du thriller que j'avais emprunté à la bibliothèque.

L'officier de patrouille de Shakespeare, Todd Picard, qui n'était pas en service, était justement au Burger Tycoon pour prendre le dîner de toute sa famille. L'officier de patrouille Tom David Meicklejohn, qui, lui, était en service, s'était garé pour acheter un Coca. Je ne savais pas à ce moment-là que deux agents de police étaient présents sur les lieux.

Mais leur présence n'avait pas fait grande différence, même si, bien entendu, cela aurait dû être le cas.

J'avais vu Darnell, le nerveux, porter judicieusement le premier coup, puis Bob Hodding, plus grand et plus musclé, avoir un haut-le-cœur et se plier en deux ; c'est alors que ses amis avaient fondu sur Darnell comme des abeilles en furie.

Si j'avais eu une arme ou un sifflet, peut-être qu'un son brusque les aurait arrêtés, mais je n'avais que mes poings. Ces garçons étaient de robustes lycéens bourrés d'adrénaline et j'avais ma journée de travail dans les pattes. La tâche se compliquait si je ne voulais pas faire trop de dégâts sur ces petits salauds. Je pouvais les mettre à terre assez facilement si j'étais prête à causer de vrais dommages. Puisque Bob Hodding était provisoirement hors jeu, en train de vomir ses tripes dans les myrtes qui bordaient le parking, je me concentrai sur ses potes.

Je me déplaçai derrière le plus grand des trois, qui abattait une pluie de coups sur Darnell. Tout d'abord, je pinçai de ma main droite un point de pression dans l'épaule du garçon, qui se tenait entre les autres agresseurs. Avec ma main gauche, j'appuyai sur un point dans le haut de son bras. Le garçon hurla. Alors qu'il commençait à s'effondrer, je me servis de son corps comme bouclier contre le gamin aux cheveux noirs sur ma droite qui essayait de se jeter sur moi, à l'aveuglette ; son erreur fut de garder les jambes écartées en forme de A... la position de quelqu'un qui ne s'est jamais battu dans la rue. Je le frappai dans les couilles, un *kogen geri* furtif et très soigné.

Il en eut pour un petit moment.

Le garçon que j'avais éliminé en premier finit par s'effondrer en gémissant. Il rampa et essaya de se relever pour comprendre ce qui venait de lui arriver.

Du coin de l'œil, je remarquai enfin la voiture de patrouille. Je vis l'adjoint Tom David Meicklejohn en descendre. Il se contenta de sourire avec son expression rustre et cruelle, et d'écarter les bras pour empêcher les spectateurs de se mêler à la bagarre. Un homme en civil, les bras encombrés de sachets et d'un plateau en carton rempli de gobelets, était en train de crier quelque chose à Tom David. J'appris plus tard qu'il s'agissait de Todd Picard, qui n'était pas en service à ce moment-là.

Pendant ce temps, le troisième garçon saisit Darnell par la taille et essaya de le soulever du sol en lui faisant une prise de catch. Perdant patience et modération, je lui fis un crochet au genou et, comme prévu, ses jambes s'effondrèrent. Mais le sol était en pente et il entraîna Darnell dans sa chute. Ce dernier roula rapidement sur le côté. Je glissai moi-même sur un emballage et tombai à mon tour ; le pied du garçon qui se débattait, chaussé d'une grosse botte, s'abattit violemment juste sur l'arête de ma hanche droite. Je roulai sur moi-même et sautai sur mes pieds avant que la douleur ne plante ses crocs en moi. Quand le catcheur se remit à genoux, je lui tirai le bras dans le dos.

— Je le casse si tu bouges d'un millimètre, dis-je.

La plupart des gens savent reconnaître quand quelqu'un est vraiment sincère. Il ne bougea pas.

Se retrouver au sol pendant une bagarre est un très mauvais signe, mais Darnell, malgré ses diverses blessures sanguinolentes au visage et ses violentes commotions, n'avait pas perdu l'esprit. Bob Hodding, qui commençait à se remettre de son coup à l'estomac, hors de lui, s'approcha de Darnell en chancelant pour faire un nouvel essai. Darnell donna un coup de pied à Bob, qui chancela vers l'arrière et se retrouva dans les bras d'un marine, qui s'avérait être en ville pour profiter d'un congé et rendre visite à sa famille. Cet immense jeune homme, tout droit sorti de son entraînement militaire, contourna Tom David pour agripper Bob Hodding d'une poigne de fer, avant de lui donner un conseil judicieux, sinon grossier.

Je restai immobile, haletante, parcourant le groupe des yeux à la recherche d'un éventuel adversaire ultime. J'avais mal à la lèvre et je remarquai les gouttes de sang brillantes qui tachaient mon tee-shirt gris ; à un moment donné, je m'étais pris un coup de coude dans la bouche. Je me redressai, évaluai les dispositions du garçon que je maîtrisais toujours ; plus aucune trace de rage. Le marine, dont je n'ai jamais su le nom, capta mon regard et m'adressa un signe de tête approbateur.

— Désolé de ne pas être sorti plus tôt, dit-il. Est-ce que c'était du taekwondo ?

— Du goju. Pour combat rapproché.

— Mon sergent instructeur serait fou de vous, déclara-t-il.

Je tentai péniblement de sourire.

À cet instant, un bruit qui ressemblait à une sirène retentit dans la rue. Il sortait de la bouche de la petite amie de Darnell, Tee Lee Blaine, qui avait assisté à la bagarre depuis l'intérieur de la voiture. Elle se ruait maintenant pour aider Darnell à se relever. Elle pataugeait dans un flot d'émotions, partagée entre la peur (pour elle et pour Darnell), la colère (à cause des dégâts sur la voiture) et la rage (contre la bande, qui s'y était mise à plusieurs contre un). Elle connaissait le nom de chacun des garçons, et elle leur en attribua quelques nouveaux.

Je croisai le regard de Tom David Meicklejohn. J'avais une formidable envie de lui tomber dessus.

Il me sourit.

— Je contiens la foule, déclara-t-il brièvement.

Pendant ce temps, Todd Picard avait eu le temps de déposer la nourriture dans sa voiture et de s'approcher du véhicule de Tom David. Todd semblait avoir honte. Je l'avais enfin reconnu et, si j'en avais encore eu l'énergie, je l'aurais giflé lui aussi. Je n'attendais rien de Tom David, mais Todd aurait pu me donner un coup de main.

Pour la première fois, je réalisai qu'il y avait une foule assez dense. Burger Tycoon est situé sur Main Street (Shakespeare ne fait pas preuve de beaucoup d'imagination quant aux noms de rue) et le restaurant était plein. Il est vrai que si Tom David n'avait pas retenu la foule, l'incident aurait pu se transformer en émeute générale ; mais, comme j'en avais été témoin, il avait pratiquement permis à tout ceci d'arriver.

Soudain, ma hanche qui avait encaissé le coup se mit à palpiter. J'étais à court d'adrénaline. Je m'assis pour soulager mes muscles et appuyai ma tête contre la voiture.

— Lily ! Ça va ? s'exclama une voix dans la foule, et j'aperçus mon voisin.

Carlton, soigneusement apprêté, comme toujours, était accompagné d'une brune à la poitrine généreuse et à la tête recouverte de boucles. Je me souviens d'avoir pensé à sa partenaire plus longtemps que nécessaire, essayant de me rappeler l'endroit où travaillait la jeune femme.

Ça m'avait fait du bien d'entendre quelqu'un se préoccuper de mon état. Je me sentais à la fois totalement à plat et légèrement tremblante.

— Ça va aller, répondis-je.

Je fermai les yeux. J'allais devoir me lever dans une minute. Je ne pouvais pas rester assise ici avec l'air blessé.

Puis Claude se pencha sur moi en disant :

— Lily, Lily ! Tu es blessée ?

— Évidemment ! répondis-je avec colère, avant d'ouvrir les yeux. J'ai dû faire le boulot de tes flics à leur place ! Aide-moi à me relever.

Je m'emparai de la main que Claude me tendit, puis il tira fermement pour me relever. Mon mouvement manquait peut-être de grâce, mais au moins, une fois debout, j'étais bien stable sur mes pieds.

Darnell Glass s'était lui aussi relevé entre-temps, mais il était appuyé contre sa voiture, soutenu d'un côté par Tee Lee. Le marine relâcha son prisonnier et les jeunes Blancs montèrent dans la voiture de police de Tom David.

— Tu as un problème avec un de tes agents, là, dis-je à Claude.

— J'ai d'autres problèmes pour le moment, répondit-il calmement, et je remarquai que la foule était agitée ; plusieurs jeunes garçons échangeaient des mots virulents sur le parking. Monte dans ma voiture, dit-il. Je vais chercher le garçon et la fille.

Nous nous rendîmes donc tous au commissariat. Le reste de la soirée fut vraiment déplorable. Les jeunes Blancs étaient tous immatures. Leurs parents s'abattirent sur nous comme une nuée d'abeilles africaines bourdonnantes et furieuses. L'un des pères menaça en hurlant de me poursuivre en justice pour avoir blessé son fils – celui que j'avais frappé à l'entrejambe – et je retournai ce préjudice contre lui.

— Je serais ravie d'expliquer à la cour comment une femme a tabassé votre fils et deux de ses copains, déclarai-je, qui étaient eux-mêmes en train de s'acharner sur quelqu'un à trois contre un.

Je n'entendis plus le moindre commentaire à propos d'éventuelles poursuites.

Jusqu'à maintenant. Et je n'étais pas la cible de la plainte.

Quand notre serveuse s'éloigna, Claude déplia sa serviette sur ses genoux et piqua une crevette.

— Tom David était là et il n'a rien fait, dit-il, avec un soupçon d'interrogation dans la voix. Todd était là et il n'a rien fait.

Je haussai les sourcils.

— C'est ça. Tu en doutes ?

Il me jeta un regard par-dessous ses épais sourcils.

— Tom David dit qu'il a dû empêcher les autres personnes de se mêler à la bataille. Et Todd dit qu'il avait peur de ne pas être reconnu en tant qu'officier puisqu'il n'était pas en service ; il avait peur qu'on croie qu'il se joignait à la bagarre.

— Évidemment que c'est leur version, et il se peut même qu'il y ait une part de vérité. Mais ils ont aussi laissé deux personnes faire leur travail à leur place, le marine et moi. Je suis certaine que Tom David voulait que Darnell se fasse passer à tabac. Au pire, Todd, lui, s'en fichait.

Claude évita mon regard, manifestement mécontent à l'idée qu'un membre de son équipe puisse laisser libre cours à la violence sans tenter de la maîtriser, même si, à ma connaissance, Claude ne portait aucun amour à Tom David Meicklejohn.

— Et Darnell a donné le premier coup, reprit-il, de nouveau sur le ton de quelqu'un qui est en train de confirmer une vérité désagréable.

— Oui. Et c'était un sacré coup.

— Tu n'avais jamais rencontré aucun de ces garçons auparavant, ajouta Claude.

— Non.

— Alors pourquoi ce parti pris ?

Je le dévisageai, la fourchette en suspension à mi-chemin de ma bouche, avec des petits morceaux de sole plantés dans ses dents.

— Je ne m'en suis pas mêlée, jusqu'à ce qu'ils se jettent tous sur lui, dis-je après un instant de réflexion. J'aurais fait la même chose si Darnell avait été blanc et les autres, noirs.

J'y réfléchis quelques secondes. Oui, c'était vrai. Puis cette vague de colère familière monta brusquement.

— Mais apparemment, on dirait que j'aurais dû économiser mes forces et les laisser le piétiner.

Une rougeur monta aux joues de Claude. Il croyait que je l'accusais de quelque chose. Mais ce n'était pas le cas, du moins pas consciemment.

Darnell Glass n'avait pas survécu longtemps à cette soirée sur le parking du Burger Tycoon.

Quatre semaines plus tard, il avait été battu à mort dans une clairière située dans les bois au nord de la ville.

Personne n'avait été arrêté pour ce crime.

— Si les rumeurs sont vraies et que Mme Glass intente vraiment une action en justice, tu peux t'attendre à être appelée comme témoin.

Claude se sentit obligé de souligner ce fait, et ça ne lui plaisait pas plus qu'à moi.

— Je regrette qu'on ait commencé à parler de ça, dis-je, consciente que c'était une parole futile. Si tu es vraiment inquiet pour l'avenir de ton service car tu penses qu'il reposera sur mon témoignage... je ne peux pas changer ou nuancer ce que j'ai vu. Je comprendrais que tu ne veuilles plus me voir.

Ce n'était pas le lieu pour ça. J'avais parlé trop franchement. Et je ressentis un curieux pincement au cœur quand les mots sortirent de ma bouche.

— C'est ce que tu veux ? demanda Claude.

Il avait une voix très calme.

L'heure de vérité.

— J'ai envie de te voir si c'est en tant qu'ami, mais je ne nous vois pas devenir amants. Je ne pense pas que ce soit pour nous.

— Et si moi, je le pense ?

Je pouvais voir la distance qui grandissait dans ses yeux.

— Claude, je me sens bien quand je suis avec toi, mais si on couche ensemble, ça gâchera tout. Je ne pense pas qu'on puisse donner une autre dimension à notre relation.

— Lily, tu m'as toujours plu, dit-il après une longue pause. Mais je suis à un âge et dans une situation qui m'obligent à réfléchir, je ne peux pas être dans la police pour toujours. Je veux une femme, et un foyer, quelqu'un avec qui aller camper, quelqu'un avec qui décorer le sapin de Noël. Je pensais que tu pourrais être cette personne. Mais d'après ce que j'entends, ce ne sera pas le cas.

Mon Dieu, je détestais expliquer mes émotions.

— Je ne peux pas faire ça, Claude. Je ne peux pas sauter ce pas avec toi. Et si je te fais perdre du temps à essayer, tu pourrais manquer quelque chose de mieux.

— Il ne peut rien y avoir de mieux, Lily. Je pourrais peut-être trouver quelque chose de différent, quelque chose de bien. Mais jamais mieux.

— Bon, dis-je calmement, on est à Montrose, le trajet à faire pour rentrer est long et on est obligés de le faire ensemble. On aurait aussi bien fait de rester à Shakespeare, hein ? Comme ça tu aurais pu rentrer chez toi, j'aurais pu m'enfermer chez moi et nous aurions pu panser nos plaies.

— Je voudrais pouvoir croire que tu as des plaies à panser, Lily, dit-il. Allons voir ces livres.

Évidemment, après la discussion au restaurant, la visite à la librairie me parut moins amusante.

Je lis principalement des biographies ; j'espère peut-être y trouver la clé pour rendre ma vie plus légère en découvrant comment d'autres y sont parvenus. Ou peut-être que, dans mon misérable passé, j'aimais la compagnie ; je pouvais toujours trouver des vies plus rudes que la mienne. Mais pas ce soir.

Je me surpris à penser non pas à Claude et moi, mais à Darnell Glass.

Je jetai un coup d'œil aux livres de récits criminels, que je ne peux plus supporter en dehors des actualités à la télévision.

Personne n'écrirait jamais de livre sur Darnell Glass.

Un passage à tabac fatal en Arkansas, surtout d'un homme noir, n'a aucun intérêt médiatique, à moins que le responsable de la mort de Darnell soit arrêté et génère une sorte de publicité sordide – si le meurtrier était l'un des élus locaux, ou si la mort de Darnell était la première frasque d'un tueur en série extravagant, par exemple.

J'avais tout de même réussi à parcourir l'article. Le journal de Shakespeare faisait tout pour désamorcer les situations tendues, mais même le peu de références, brèves, aux multiples blessures infligées au jeune homme, me serrèrent l'estomac.

Darnell Glass avait eu la mâchoire cassée, cinq côtes brisées, de multiples fractures au bras, et le coup fatal lui avait écrasé le crâne. Il avait subi d'importantes blessures internes, conséquences d'un passage à tabac acharné.

Il était mort entouré d'ennemis – dans la rage, la terreur, l'incrédulité – dans une clairière quelconque au milieu des bois.

Personne ne méritait ça. Enfin... je devais revoir cette réflexion : je pouvais aisément trouver quelques personnes que je ne pleurerais pas si elles finissaient de la même manière. Mais Darnell Glass, même s'il n'était pas un saint, était un jeune homme brillant sans antécédent criminel, et dont le pire crime (apparemment) était d'avoir un sale caractère.

— Allons-y, dis-je à Claude, qui sembla surpris de la sécheresse de mon ton.

Je gardai le silence pendant tout le trajet du retour, ce que Claude interpréta peut-être comme des regrets. Ou de la bouderie. Quoi qu'il en soit, il me déposa un baiser brutal sur la joue devant ma porte, un baiser qui avait une sorte de finalité assez froide. J'eus l'impression, tandis que j'observais son large dos s'éloigner, que je n'allais jamais le revoir. Je rentrai chez moi et contemplai les fleurs, toujours aussi belles et fraîches. Je me demandai si Claude regrettait maintenant de me les avoir envoyées. Je faillis les retirer du vase pour les jeter à la poubelle. Mais ce geste aurait été idiot, et ç'aurait été du gaspillage.

Alors que je me préparais pour aller me coucher, heureuse d'être enfin seule, je me demandai si l'accusation de Marshall était vraie. Étais-je quelqu'un de froid ?

Je n'ai jamais pu me voir sous cet angle ; autoprotectrice, peut-être, mais pas froide. J'avais l'impression que sous la surface, j'étais toujours enflammée.

Je me tournai et me retournai dans mon lit, essayant de pratiquer des techniques de relaxation.

Je me relevai pour aller marcher. Il faisait frisquet dehors, à minuit en plein mois d'octobre, et il y avait du vent ; il allait de nouveau pleuvoir avant le matin. Je portais un tee-shirt, un sweat-shirt et un pantalon de survêtement dans des teintes sombres : j'étais d'humeur détestable et je ne voulais pas que quiconque me voie. Les lampadaires au coin de ma rue, Track Street, dispensaient leur habituel nimbe fragile. La fenêtre de Claude était plongée dans l'ombre, ainsi que toutes celles de la résidence ; les jeunes comme les vieux s'étaient couchés de bonne heure. L'Église réunie de Shakespeare, ou l'ERS comme l'appelaient ses membres, était elle aussi éteinte, à l'exception des lampes de sécurité. Il y avait très peu de mouvement dans la ville, point final. Shakespeare se lève tôt et se couche tôt, à l'exception des hommes et des femmes qui travaillent dans l'équipe de nuit d'un ou deux fast-food, et les gens qui travaillent de nuit à l'usine de matelas ou à l'usine de transformation de poulet, qui tourne vingt-quatre heures sur vingt-quatre.

Je me rendis jusqu'au quartier de classe moyenne dans lequel avait grandi Darnell Glass, l'un des seuls quartiers de la ville à être métissé. Je passai devant la petite maison que la mère de Darnell, Lanette, avait achetée quand elle était revenue à Shakespeare après avoir quitté Chicago. Celle-ci aussi était plongée dans l'ombre et dans le silence. Aucune de ces maisons ne possédait de garage ou de porte cochère, et il me fut donc facile de voir que Lanette Glass n'était pas chez elle.

Mais je ne tardai pas à découvrir où elle se trouvait.

Chez Mookie Preston.

Alors que je repensais à ma curieuse séance de ménage chez Mookie aujourd'hui, je dérivai vers chez elle sans vraiment y penser. Je me retrouvai donc en face de la maison quand Lanette Glass en sortit. J'étais trop loin pour voir son expression, que les ombres profondes jetées par le lampadaire derrière elle m'auraient de toute façon cachée, mais à sa posture – les épaules voûtées, la tête se balançant légèrement de droite à gauche, le sac serré fermement contre elle –

je pus voir que Lanette Glass avait des ennuis et qu'elle était préoccupée.

Je m'interrogeais de plus en plus sur les intentions de la mystérieuse Mookie Preston.

Tandis qu'une légère brise agitait mes cheveux, je sentis un souffle froid parcourir ma colonne vertébrale. Quelque chose était en train de se préparer à Shakespeare, quelque chose de malsain et de dangereux. J'avais toujours été satisfaite des rapports interraciaux qui régnaient dans ma ville d'adoption. Il y avait encore des tabous, un sacré paquet, et même probablement plusieurs dont je n'étais pas consciente. Mais il y avait aussi des gens de couleur à des postes de direction, des Noirs qui possédaient de belles maisons. Plusieurs boîtes de nuit et une église cohabitaient. Le système scolaire public semblait fonctionner avec de petites frictions, et Lanette Glass n'était que l'une des nombreuses enseignantes noires.

Les habitudes et les préjugés qui dataient de plus d'un siècle n'allaient pas s'évanouir du jour au lendemain, ni même en trente ans ; et j'avais toujours estimé qu'il y avait eu des progrès, lents et discrets.

Je me demandais maintenant si j'avais vécu au paradis des fous. J'avais supposé que la plupart des gens, de toutes origines, avaient accueilli ce changement aussi bien que moi, et je le pensais toujours. Mais quelque chose de diabolique s'insinuait en Shakespeare, et ce depuis des mois.

Peut-être trois semaines après l'assassinat de Darnell Glass, Len Elgin avait été retrouvé mort, tué d'une balle dans la tête, dans son pick-up Ford, sur une route de campagne peu fréquentée juste à la périphérie de la ville. Len, un fermier blanc et prospère d'une cinquantaine d'années, était un homme chaleureux et intelligent, pilier de l'église qu'il fréquentait, père de quatre enfants, lecteur avide et chasseur assidu. Len était un ami personnel de Claude. Ce dernier avait été miné par son échec à résoudre l'affaire, et les rumeurs qui s'étaient répandues comme une traînée de poudre avaient rendu l'enquête sur la mort de Len encore plus délicate.

L'opinion publique avait relié le meurtre d'Elgin à la mort de Darnell Glass. Bien sûr, les coupables, dans cette version, étaient des Noirs extrémistes, tout comme la mort de Glass avait été attribuée à des extrémistes blancs.

Une autre rumeur avait circulé, selon laquelle Len avait trompé son épouse, Mary Lee, avec la femme d'un autre fermier. Si l'on en croyait cette allégation, le meurtrier était soit Mary Lee, soit l'autre fermier (qui s'appelait Booth Moore), ou bien encore la femme de Moore, Erica. Ceux qui accusaient Erica supposaient que Len avait mis un terme à leur relation.

Quoi qu'il en soit, la bagarre – le Combat – avait été le déclencheur de tout ça.

Nous perdions tous notre sens de la communauté ; nous nous divisions en groupes, non seulement par race, mais aussi par degré d'affinités avec celle-ci. Je repensai à l'horrible graffiti sur la voiture de Deedra. Je repensai à la jubilation à peine dissimulée de Tom David Meicklejohn, cette nuit de septembre sur le parking. Je me souvenais avoir aperçu, à travers les vitres de la limousine qui suivait le corbillard, le visage de Mary Lee Elgin tandis que le cortège funéraire défilait. Et puis, banale dans son acharnement, mais pas moins vicieuse pour autant, la feuille de papier bleu sous l'essuie-glace de Claude.

Croire que la mort de Del, au club de gym, n'avait aucun rapport avec celles de Darnell Glass et Len Elgin relevait assurément de l'utopie. Comment était-il possible que trois hommes soient mis à mort dans une ville de la taille de Shakespeare en l'espace de deux mois, et que leurs assassinats soient tous aussi mystérieux ? Si Darnell Glass avait été poignardé derrière un bar au cours d'une bagarre pour une fille, si Len Elgin avait été tué dans le lit d'Erica Moore, si Del avait eu l'habitude de s'entraîner tout seul et que, peut-être, on lui avait diagnostiqué une faiblesse physique...

Je fis un nouveau tour du côté des appartements. Je levai les yeux vers celui de Claude, en pensant avec tristesse à l'homme qui se trouvait à l'intérieur. Fallait-il que je change d'avis à propos de ce que je lui avais dit et que je lui donne une seconde chance ? J'appréciais vraiment beaucoup Claude, je lui étais reconnaissante, et il avait un lourd poids sur les épaules.

Mais c'était le métier qu'il avait choisi. Et la mort de Darnell Glass étant survenue dans le comté, l'enquête était donc le problème du shérif Marty Schuster. Je ne savais pas grand-chose à propos du shérif, sauf qu'il était bon politicien et vétéran du Vietnam. Je me demandai s'il allait être capable de calmer la tempête naissante qui faisait trembler les fenêtres de Shakespeare.

Je dus marcher une heure encore avant de pouvoir aller dormir.

Chapitre 4

Quand je me réveillai, je regardai les trombes d'eau qui tombaient de l'autre côté de la fenêtre, une pluie froide et grise d'automne. J'étais restée au lit un peu plus tard que d'habitude, étant donné le mal que j'avais eu à m'endormir la veille au soir. Je devais me dépêcher pour arriver à temps chez Body Time. Avant de m'habiller, je me servis une tasse de café que je bus à la table de ma cuisine, le journal du matin ouvert devant moi. J'étais plongée dans mes pensées.

Je fis mon entraînement sans parler à quiconque. Puis je rentrai chez moi bien plus en forme.

Je pris une douche, m'habillai, me maquillai et ébouriffai mes cheveux avec art.

Je me demandai si l'homme aux cheveux noirs était lui aussi sorti se promener, cette nuit.

Alors que j'avançais lentement dans l'allée qui menait à l'arrière de la petite clinique de Shakespeare, une structure peu inspirée bâtie en brique jaune et qui datait du début des années soixante, j'étais prête à parier que Carrie Thrush serait au travail aujourd'hui.

Effectivement, la vieille Subaru du médecin était garée à sa place habituelle derrière le bâtiment. Je me servis de ma clé pour entrer et lançai un « salut ! » dans le couloir. La clinique de Carrie était déprimante. La couleur des murs avait elle aussi souffert d'un cruel manque d'inspiration et les sols étaient recouverts d'un linoléum brun et abîmé. Elle n'avait pas encore le budget pour faire des rénovations. Elle avait d'importantes dettes.

La réponse de Carrie me parvint vaguement et je m'avançai jusqu'à l'entrée de son bureau. Le seul point positif du bureau de Carrie, c'est sa taille raisonnable. Carrie faisait elle-même une grande partie du travail ingrat pour économiser de l'argent et rembourser les emprunts qu'elle avait dû souscrire pour suivre ses études de médecine. Elle portait un jean noir et un chandail couleur rouille. Carrie est petite, ronde, pâle et sérieuse, et elle n'a pas eu le moindre rendez-vous galant depuis qu'elle est arrivée à Shakespeare, voilà environ deux ans.

En premier lieu, cela risquerait d'accaparer le peu de temps libre qu'elle pourrait parvenir à se dégager. Et puis, les hommes sont intimidés par le calme et l'intelligence de Carrie. C'est du moins ce que j'imaginais.

— Il s'est passé quelque chose d'intéressant cette semaine ? demanda-t-elle, comme si elle voulait se distraire de la pile de papiers posée devant elle.

Elle repoussa ses cheveux bruns, qui lui arrivaient au menton, derrière ses oreilles et réajusta ses lunettes sur son nez retroussé. Ses beaux yeux marron étaient grossis plusieurs fois par les verres.

— Becca Whitley, la nièce, s'est installée dans l'appartement de Pardon, déclarai-je après un temps de réflexion. L'homme qui remplace Del Packard au magasin de sport des Winthrop habite dans l'ancien appartement de Norvel Whitbread. Et Marcus

Jefferson a déménagé en vitesse après l'incident de la peinture sur la voiture de Deedra Dean.

J'avais vu la remorque de location attelée à la voiture de Marcus le matin précédent.

— C'était probablement ce qu'il y avait de mieux à faire, dit Carrie. Même si ce sont de bien tristes circonstances.

J'essayai de réfléchir à d'autres nouvelles intéressantes.

— J'ai dîné à Montrose avec le chef de la police, lui dis-je.

Carrie avait besoin d'un peu de frivolité après avoir passé la semaine à être sérieuse et à jouer le rôle d'un décideur digne de Dieu.

— C'est la nièce dont tout le monde parlait, celle à qui Pardon a tout légué ?

Carrie s'était focalisée sur le premier sujet. Mais elle allait faire le tour de chacun d'entre eux.

Je hochai la tête.

— À quoi elle ressemble ?

— Elle a de longs cheveux blonds, elle met beaucoup de maquillage, elle s'entraîne et prend des cours de karaté, et elle doit probablement causer des éjaculations nocturnes à la moitié des types qu'elle rencontre.

— Elle est intelligente ?

— Je sais pas.

— Est-ce qu'elle a déjà reloué l'appartement de Marcus ? Il y a un technicien de labo, à l'hôpital, qui cherche un nouveau logement.

Shakespeare possédait un petit hôpital, perpétuellement menacé de fermeture définitive.

— Je ne pense pas que la poussière ait eu le temps de se déposer pour le moment. Dis au technicien d'aller là-bas et de frapper à l'appartement du fond à droite.

— Et sinon, que s'est-il passé avec le chef ? Il t'a montré sa matraque ?

Je souris. Carrie avait un sens de l'humour grivois.

— Il aimerait bien, mais je ne pense pas que ce soit une bonne idée.

— Il te tourne autour depuis des mois comme un chien fidèle, Lily. Dis-lui d'abandonner ou toi, abandonne-toi à lui.

On me rappelait ainsi une nouvelle fois combien les gens, dans une petite ville, en savaient sur vous quand bien même vous essayiez de préserver votre vie privée.

— Considère qu'il est « abandonné » à compter d'hier soir, répondis-je. Mais j'apprécie sa compagnie. Il le sait.

— Tu penses pouvoir être à l'aise avec lui maintenant ?

Je songeai à une réponse rapide et à une autre, honnête et plus longue. Je m'assis sur l'un des fauteuils réservés aux patients et dis :

— C'était possible jusqu'à ce que Claude commence à parler du procès de Darnell Glass.

— Oui, j'ai entendu dire que Mme Glass s'est entretenue avec un avocat de Little Rock pour intenter des poursuites. Tu serais un témoin, non ?

— J'imagine.

— Tom David Meicklejohn est un tel salaud !

— Mais c'est un salaud de l'équipe de Claude. Elle poursuivrait le service de police tout entier, pas seulement Tom David ou Todd.

Carrie secoua la tête.

— Des remous en perspective. Tu penses que Claude et toi pouvez survivre à ça, en tant qu'amis ?

Je haussai les épaules.

Carrie eut un sourire ironique.

— C'est une tâche pénible que d'être ta confidente, Bard.

Je restai assise en silence une minute.

— J'imagine que ça vient du fait d'avoir été la Victime de l'Année, après mon viol : je me suis confiée à trop de gens, des gens que je connaissais depuis toujours, qui m'ont tourné le dos et ont raconté tout ce que je leur avais dit à la presse.

Carrie me regarda, la bouche légèrement ouverte de surprise.

— Mince alors, finit-elle par dire.

— Je dois aller travailler.

Je me levai et enfilai mes gants de ménage jaunes, me préparant pour m'attaquer aux toilettes des patients en premier, puisque c'est toujours l'endroit le plus sale.

Quand je quittai la pièce, Carrie se penchait de nouveau sur sa paperasse avec un petit sourire aux lèvres.

Une de mes autres clientes préférées était Marie Hofstettler, et je fus affligée de voir qu'elle n'était pas dans l'un de ses jours « souples ». Quand je me servis de ma clé pour entrer dans l'appartement du rez-de-chaussée, je vis au premier coup d'œil qu'elle n'était pas assise dans son fauteuil habituel. Marie vivait dans les appartements de Shakespeare Garden, voisins de ma maison, depuis des années. Son fils, Chuck, qui vit à Memphis, me paie pour venir faire le ménage chez sa mère une fois par semaine, et pour l'emmener où elle veut le samedi.

— Madame Hofstettler ! appelai-je.

Je ne voulais pas l'effrayer. Ces derniers temps, elle semblait oublier les jours où je devais venir.

— Lily, répondit-elle d'une voix faible.

Je courus jusqu'à la chambre. Marie Hofstettler était appuyée sur un coude, ses longs cheveux blancs et soyeux retenus en une tresse négligée et posés sur son épaule. Elle me parut plus petite et ses innombrables rides semblaient plus profondes, ciselées dans sa peau fine. Elle avait mauvaise mine, un teint à la fois pâle et gris.

Elle avait l'air mourante. L'effort qu'elle avait fourni pour m'appeler l'avait visiblement épuisée. Elle cherchait son souffle. Je décrochai le téléphone sur la table de nuit, coincé entre une photographie encadrée de son arrière-petit-fils et une boîte de Kleenex.

— N'appelez pas, parvint-elle à dire.

— Vous devez aller à l'hôpital, répliquai-je.

— Je veux rester ici, murmura-t-elle.

— Je sais, je suis désolée. Mais je ne peux pas...

Ma voix s'estompa quand je réalisai que j'étais sur le point de dire « être responsable de votre mort ». Je m'éclaircis la voix. Je songeai au courage dont elle faisait preuve face à la douleur qu'elle endurait depuis des années, à cause de son arthrite et de son cœur en mauvais état.

— Ne le faites pas, supplia-t-elle.

Alors que je m'agenouillais à côté du lit et prenais la main de Mme Hofstettler dans la mienne, je repensai à toutes les personnes de la résidence que j'avais vues aller et venir. Pardon Albee était mort, les O'Hagen avaient déménagé, les York avaient disparu et Norvel Whitbread était en prison pour falsification de chèques : et tout ceci parmi les locataires qui avaient habité les huit appartements de Shakespeare Garden à cette même époque l'année précédente.

Et maintenant, c'était le tour de Marie Hofstettler.

Elle mourut dans l'heure.

Quand j'estimai que la fin était proche, et que je sus qu'elle ne m'entendait plus, j'appelai Carrie.

— Je suis chez Mme Hofstettler, dis-je.

J'entendis Carrie fourrager dans ses papiers.

— Que se passe-t-il ?

Carrie comprit, au ton de ma voix, que quelque chose n'allait pas.

— Elle est en train de nous quitter, dis-je très calmement.

— Je suis en route.

— Elle veut que tu conduises lentement.

Un silence.

— Je comprends, dit Carrie. Mais tu dois appeler le 911 pour couvrir tes arrières.

Je reposai le téléphone de ma main libre. Je tenais les doigts fins et décharnés de Marie de l'autre. Tandis que je concentrais mon regard sur le visage de la vieille femme, elle poussa un soupir, puis son âme quitta son corps. Je soupirai à mon tour.

Je composai le 911.

— J'étais en train de faire le ménage chez Marie Hofstettler, déclarai-je. J'ai quitté la pièce un moment pour nettoyer la salle de bains, et quand je suis revenue la voir, elle était... Je crois qu'elle est morte.

Ensuite, je dus agir rapidement. J'attrapai du produit pour les vitres pour donner un petit coup dans la salle de bains. Je laissai le vaporisateur près du lavabo avec quelques serviettes en papier et plongeai le balai-brosse dans les toilettes en versant à la hâte du nettoyant bleu dans l'eau de la cuvette.

Carrie Thrush frappa à la porte, et elle se penchait tout juste au-dessus du corps de Marie quand les urgentistes firent leur apparition.

Au moment où je les faisais entrer, la porte de l'autre côté du couloir s'ouvrit et Becca Whitley sortit la tête. Elle était tirée à quatre épingles, vêtue d'un pantalon rouge sur mesure et d'un pull noir.

— La vieille dame ? me demanda-t-elle.

Je hochai la tête.

— Elle fait une crise ?

— Elle est morte.

— Vous voulez que j'appelle quelqu'un ?

— Oui. Son fils, Chuck. Je vais vous donner le numéro.

Pendant que Carrie et les urgentistes s'occupaient de Mme Hofstettler avant de l'installer sur un brancard, j'allai chercher le répertoire téléphonique que la vieille femme gardait près du téléphone du salon et le donnai à Becca Whitley.

J'étais soulagée, au-delà des mots, que cette tâche me soit épargnée, non seulement parce que je n'aimais pas Chuck, mais aussi parce que je me sentais coupable. Alors qu'on poussait le corps de Marie dans l'ambulance, je repensai à ce que j'aurais dû faire ; j'aurais dû appeler Carrie ou le 911 immédiatement, appeler la meilleure amie de Marie – la vieille Mme Winthrop, Arnita – puis encourager Marie à se battre. Mais ces derniers mois, Marie souffrait de plus en plus et devenait de plus en plus dépendante. J'avais à maintes reprises dû l'habiller et, plusieurs fois alors que ma venue n'était pas prévue, j'avais découvert que Marie était restée au lit toute la journée car elle ne pouvait pas faire autrement. Elle avait refusé la proposition de son fils de s'installer en maison de retraite, refusé d'avoir une infirmière à domicile et décidé elle-même de l'instant où elle allait lâcher prise.

Soudain, je réalisai combien Mme Hofstettler allait me manquer et combien le fait d'avoir assisté à sa mort allait me marquer. Je m'assis sur les marches qui montaient au premier étage et sentis l'humidité sur mes joues.

— J'ai eu la femme de Chuck, m'annonça Becca.

Je me demandais comment elle avait pu s'approcher de moi sans que je l'entende, quand je remarquai qu'elle était en chaussettes.

— Elle ne semblait pas vraiment bouleversée, ajouta-t-elle.

Je ne relevai pas les yeux vers elle.

— Ils l'avaient rayée de leur vie il y a déjà quelques années, dis-je d'un ton catégorique.

— Vous n'êtes pas sur son testament, si ? me demanda Becca d'une voix calme.

— J'espère que non.

Je finis par regarder dans sa direction, elle m'observa de ses yeux pourvus de lentilles bleues et, après un instant, elle hocha la tête et rentra chez elle.

J'avais peur de terminer mon travail chez Mme Hofstettler sans permission. Si quiconque venait me poser des questions sur sa mort, je ne voulais pas que le fait d'être restée chez elle pour finir le ménage paraisse suspect, comme si j'effaçais des preuves ou que je volais des objets de valeur. Je fermai donc la porte à clé derrière moi et rendis ma clé à Becca, qui s'en empara sans le moindre commentaire.

Tandis qu'elle refermait à son tour sa porte, j'entendis qu'on en fermait une à l'étage du dessus. Je levai les yeux vers les escaliers. L'homme qui louait l'appartement de Norvel Whitbread descendit, l'homme qui était entré avec Howell chez les Winthrop la veille. Il avait peut-être mon âge, estimai-je, il faisait un petit mètre quatre-vingts, avec un nez droit et proéminent, et des sourcils noirs au-dessus de ses yeux noisette. Ses cheveux étaient à nouveau retenus en queue de cheval. Il avait des lèvres étroites et finement ciselées, ainsi qu'un menton solide. Une mince cicatrice, légèrement plissée, courait depuis la racine de ses cheveux au-dessus de son œil droit, jusqu'à sa mâchoire. Il portait une vieille veste en cuir, un tee-shirt en flanelle vert foncé et un jean.

Je fus en mesure de le détailler avec minutie car il s'arrêta au bas de l'escalier pour me regarder longuement.

— Vous avez pleuré, finit-il par dire. Est-ce que ça va ?

— Je ne pleure pas, répondis-je en colère, avec absurdité.

Je croisai son regard. J'eus la sensation d'être ravagée par la peur, l'impression de percevoir quelque chose en moi se fissurer.

Il haussa ses sourcils droits, me dévisagea quelques secondes de plus avant de poursuivre son chemin et de se diriger vers le parking des résidents. La porte ne s'ouvrit pas avant un long moment. Je le vis s'asseoir dans sa voiture et rester immobile une minute ou deux avant de sortir de sa place et de s'éloigner.

Les funérailles de Mme Hofstettler eurent lieu le lundi, un délai rapide, même pour Shakespeare. Elle avait organisé le service funèbre deux ans auparavant ; je me souvenais avoir vu le prêtre épiscopal, un petit homme presque aussi âgé qu'elle, lui rendre visite pour l'entretenir à ce sujet.

Je n'avais pas mis les pieds dans une église depuis des années, et je dus mener une longue lutte intérieure. J'avais déjà dit adieu à Marie, mais j'eus soudain la vive impression qu'elle aurait voulu que j'assiste à son enterrement.

Raide et à contrecœur, j'appelai deux de mes clients réguliers du lundi pour reporter ma venue. Je brossai et défroissai le tailleur noir que je possédais depuis longtemps et qui m'avait coûté si cher (il datait de mon ancienne vie et je l'avais gardé car il pouvait toujours servir). Je m'étais acheté une paire de collants et enfilai l'horrible matière. Avec une grimace de dégoût, je glissai mes pieds dans des chaussures noires à hauts talons. Deux de mes cicatrices étaient visibles, pâles et fines, à cause de l'encolure carrée du tailleur. Mais je songeai que ma pâleur les atténuait et, de toute manière, je ne pouvais rien y faire. Je n'allais certainement pas acheter une autre tenue. Celle-ci m'allait encore, quoique avec quelques changements : mon entraînement assidu avait resculpté mon corps.

Le tailleur noir manquait cruellement de fantaisie, je mis donc les boucles d'oreilles en diamants de ma grand-mère et ajoutai sa broche en diamants à l'ensemble. J'avais toujours un joli sac noir ; tout comme le tailleur, c'était une relique de mon ancienne vie.

La police de Shakespeare escorte toujours les funérailles locales et l'un des véhicules est toujours stationné devant l'église. Je n'avais pas prévu cela, et encore moins que celui-ci, qui régulait le trafic devant l'église, serait conduit par Claude. Il me regarda sortir de ma Skylark et me suivit des yeux, bouche bée, tandis que je me dirigeais vers l'église.

— Lily, tu es superbe, dit-il avec un étonnement qui n'était pas très flatteur. Je ne t'ai jamais vue sur ton trente et un comme ça.

Je lui jetai un regard et franchis l'entrée obscure de Saint Stephen. La toute petite église épiscopale, sombre et ancienne, était remplie par les amis et les relations de la longue vie de Marie Hofstettler : ceux de son époque, ses enfants, d'autres membres de l'église, des bénévoles de ses œuvres de bienfaisance préférées. Seuls deux bancs avaient été réservés à l'avant pour la famille. Chuck, qui avait maintenant la cinquantaine bien sonnée, était le seul enfant vivant de Mme Hofstettler. Il était évident que les places libres restantes devaient être réservées aux personnes âgées, qui composaient la majorité de ses proches. Je restai debout au fond et inclinai la tête quand on amena le cercueil recouvert du drap mortuaire, le regard rivé sur les cheveux clairsemés à l'arrière de la tête de Chuck qui suivait le cortège. Il regardait le drap brodé avec une sorte de fascination affligée. Pour moi, l'enveloppe et son contenu n'avaient aucun intérêt. L'essentiel de Marie était ailleurs. Le cercueil n'était là que pour offrir un élément sur lequel concentrer chagrin et méditation, de la même manière qu'un drapeau offre un élément de concentration lors d'un accès de patriotisme.

La meilleure amie de Marie, Arnita Winthrop, était assise à l'avant à côté de son mari, Howell Senior, de son fils et sa femme. Le vieux M. Winthrop tenait la main de sa femme. D'une certaine manière, je trouvai ça touchant. Je remarquai que Beanie, toujours aussi chic, avait éclairci ses cheveux de quelques teintes. Beanie et Howell Junior, eux, ne se tenaient pas la main.

Le service, qui m'était peu familier, progressa lentement. Sans livre de prières, j'étais perdue. Nous étions quelques-uns à être debout et d'autres personnes se pressèrent à l'intérieur, même après le début de la célébration. Il me fallut quelques minutes avant de réaliser qui se tenait derrière moi. Comme si une sorte de radar interne s'était déclenché, je tournai légèrement la tête pour distinguer l'homme qui était descendu du premier étage de la résidence le jour de la mort de Marie, le mystérieux ami d'Howell.

Il était aussi pomponné que moi. Il portait un costume avec une veste à rayures bleu marine très fines. Il avait troqué ses Nike pour une paire de mocassins étincelants. Sa chemise était blanche et sa cravate assez traditionnelle, à rayures bleu marine, vert et or. Sa queue de cheval et sa cicatrice plissée contrastaient singulièrement avec le costume qui lui donnait une allure de banquier.

Quand je le repérai, il tourna la tête vers moi. Nos yeux se croisèrent. Je regardai de nouveau devant moi. Que faisait-il ici ? Qui était-il ? Un pote des marines qu'Howell avait perdu de vue depuis longtemps ? Le garde du corps d'Howell ? Pourquoi Howell Winthrop aurait-il besoin d'un garde du corps ?

Quand le service interminable toucha enfin à sa fin, je quittai l'église aussi vite que possible. Je refusai de regarder autour de moi. Je montai dans ma voiture et rentrai chez moi pour me changer avant d'aller travailler. Même pour Marie, je ne comptais pas aller au cimetière.

Le lendemain matin, chez Body Time, Darcy Orchard m'accueillit avec un :

— C'est vrai que tu travailles pour une négresse ?

— Quoi ?

Je réalisai que je n'avais pas entendu ce mot depuis des années. Ça ne m'avait pas manqué.

— Tu bosses pour la nana qui loue la maison sur Sycamore ?

— Oui.

— Elle doit être à moitié noire, Lily.

— D'accord...

— Elle t'a dit ce qu'elle faisait ici, à Shakespeare ?

— Non.

— Lily, ça ne me regarde pas, mais ça ne semble pas juste, une femme blanche qui fait le ménage chez une Noire.

— Tu as raison. Ça ne te regarde pas.

— Je dis ça pour toi, Lily, dit lentement Darcy. Tu sais te taire.

Je me tournai pour le dévisager. J'étais en train de faire des développés-couchés et, sans me lever, je pivotai sur le siège étroit. Je le détaillai des yeux, depuis son corps splendide jusqu'à ses joues mangées par l'acné, puis je regardai son ombre derrière lui, Jim Box, une version plus sombre et allégée de Darcy.

— Oui, répondis-je enfin. En effet.

Je me demandai quelle serait la réaction de Darcy si je lui disais que la dernière fois que j'avais fait le ménage chez Mookie Preston, j'avais trouvé un fusil sous son lit, ainsi qu'un paquet de cibles, toutes percées en plein centre.

Le jour suivant, je restai chez Body Time plus longtemps que d'habitude. Je réserve toujours le mercredi matin pour les ménages d'urgence et la seule chose que j'avais prévue aujourd'hui, c'était le nettoyage semi-annuel de la penderie de Beanie Winthrop.

Bobo travaillait ce matin et, une nouvelle fois, il semblait déprimé. Jim et Darcy attaquaient avec détermination leur entraînement des triceps. Ils me firent tous deux de brèves salutations avant de se concentrer de nouveau sur leur programme. Je leur rendis leur signe de tête en m'étirant.

Jerri Sizemore agita ses doigts dans ma direction. Je songeai que ça devait être l'effet de ma nouvelle tenue.

Je m'étais lâchée, au point d'acheter un pantalon d'entraînement élastique bleu qui m'arrivait aux mollets et une brassière de sport assortie, mais l'effet dénudé ne me plaisant pas plus que ça, j'avais enfilé par-dessus un vieux tee-shirt découpé.

Après avoir fini mon programme habituel, je décidai d'essayer quelques tractions, juste pour voir si j'en étais capable. Je me tournai pour être face au mur plutôt qu'à la salle, car mon tee-shirt se soulevait quand je levais les bras, dévoilant une partie de mes côtes recouvertes de cicatrices. J'avais rapproché un tabouret pour m'aider à m'agripper à la barre au départ, mais ensuite, je le repoussai d'un petit coup de pied pour ne pas être tentée de tricher.

La première traction se passa assez bien, ainsi que la deuxième et la troisième. Je m'observai dans le miroir fixé au mur, remarquant avec irritation que le tee-shirt laissait effectivement apparaître beaucoup de peau. Je n'aurais jamais dû écouter les flatteries de Bobo.

Au quatrième mouvement, j'éprouvai tant de difficulté que je ne me serais même pas souciée que le tee-shirt tombe. Mais je m'étais promis d'en faire au moins sept. Je fermai les yeux pour me concentrer. Je poussai un gémissement en achevant le cinquième et me laissai pendre à la barre, désespérant de finir ma série. Je fus prise par surprise quand de larges mains m'agrippèrent par les hanches et me soulevèrent, m'apportant ainsi juste assez de soutien pour que je puisse finir la sixième traction. Je descendis et grognai : « Encore une » avant de me hisser de nouveau. Les mains me soulevèrent un tantinet, me permettant d'accomplir le septième et dernier mouvement.

— Fini, dis-je avec lassitude. Merci, Bobo.

Les larges mains me reposèrent sur le tabouret qu'il avait de nouveau rapproché.

— Je vous en prie, répondit une voix qui n'était pas celle de Bobo.

Après un moment, les mains s'écartèrent, laissant une impression de chaleur sur mes hanches et mon ventre.

Je pivotai sur le tabouret. L'homme aux cheveux noirs se trouvait derrière moi. Il portait un sweat-shirt gris déchiré et un pantalon de survêtement rouge. Il ne s'était pas rasé ce matin.

Il s'éloigna et commença à faire une série de fentes de l'autre côté de la pièce. Choisissant un exercice presque au hasard, je calai mes pieds sous la barre de l'appareil de développés-couchés et entamai une série d'abdominaux, les bras croisés sur la poitrine. Je gardai un œil sur l'étranger qui travaillait les muscles de ses jambes. Après s'être échauffé, il retira son sweat-shirt, révélant un marcel rouge et de sacrées épaules. Je lui tournai le dos.

En quittant la salle, je faillis demander à Bobo s'il connaissait le nom de l'homme. Puis je songeai : plutôt mourir que demander quoi que ce soit à qui que ce soit, encore moins à Bobo. Je rassemblai mon sac de sport et ma veste, puis me dirigeai vers la porte.

Marshall entra au même moment. Il passa le bras autour de mes épaules. Je m'écartai, surprise, mais il m'attira contre lui et m'étreignit.

— Désolé pour Marie Hofstettler, dit-il avec douceur. Je sais que tu l'appréciais beaucoup.

J'étais embarrassée de m'être méprise sur ses intentions, et sa prévenance et sa tendresse me rappelèrent ce qui m'avait, au départ, attirée chez lui. Mais je voulais qu'il me lâche.

— Merci, dis-je d'un ton guindé.

L'homme aux cheveux noirs nous regardait, debout à côté de Darcy et Jim qui bavardaient entre eux. Il me semblait maintenant que quelque chose chez lui m'était légèrement familier, un vieil écho de la période la plus sombre de ma vie. Je n'arrivais pas à remonter la piste de ce souvenir jusqu'à son origine.

— Comment va ta hanche ? demanda Marshall d'un ton professionnel.

— Un peu raide, lui confiai-je.

Le coup que j'avais pris pendant le Combat s'était révélé être une blessure plus gênante que je ne l'avais imaginé sur le coup. Debout sur mon pied gauche, je fis pivoter ma jambe d'avant en arrière pour lui montrer l'amplitude de mon mouvement. Il s'accroupit devant moi en l'observant. Il me demanda de lever la jambe de côté, comme un chien qui urine, la position que l'on adopte au karaté pour les coups latéraux. C'était très inconfortable. Marshall me parla de ma hanche pendant environ cinq minutes encore, avec d'autres personnes qui y allèrent de leurs commentaires et de leurs conseils, comme si je les leur avais demandés.

Mais je n'en reçus aucun de la part de l'homme aux cheveux noirs, bien qu'il se fût rapproché pour écouter la discussion, qui passa de ma hanche au Combat, puis de la poursuite au civil de Lanette Glass à la prochaine réunion qui se tiendrait dans l'une des églises noires.

Tandis que je me douchais et m'habillais, je songeai combien il était étrange que cet homme aux cheveux noirs surgisse un peu partout.

Il pouvait s'agir d'une coïncidence. Ou peut-être que je devenais simplement paranoïaque. Il se pouvait qu'il garde un œil sur quelqu'un d'autre que moi ; peut-être Becca Whitley ? Ou peut-être, songeai-je, animée, les finances de l'Église réunie de Shakespeare avaient-elles suscité l'intérêt d'une quelconque agence gouvernementale ? Le pasteur, frère Joel McCorkindale, avait toujours alerté en moi ce sens qui détectait la folie, le vice, chez les autres personnes. Peut-être que M. Queue de Cheval Noire en avait après le bon frère.

Alors pourquoi ce rendez-vous secret avec Howell ? Les sacs noirs ? Je n'avais pas ouvert la banquette sous la fenêtre la veille quand j'avais fait le ménage, car je n'avais rien à faire dans le bureau d'Howell.

Bien sûr, je pouvais imputer toutes sortes de choses à un employé type, qui aimait aussi se maintenir en forme, qui assistait aux funérailles d'une vieille femme qu'il ne connaissait pas et qui avait des petits secrets avec son employeur.

Avec Mookie Preston, Becca Whitley et cet homme à la cicatrice et aux longs cheveux noirs, j'allais, en un rien de temps, perdre mon statut d'émigrée la plus exotique de Shakespeare.

C'était une journée froide où l'on voyait presque de la buée sortir de notre bouche. Même si je n'aimais pas travailler avec des manches longues, j'enfilai un vieux col roulé que je portais quand il faisait trop froid. Je l'avais acheté avant de commencer à renforcer ma musculature et il était désormais serré au cou, aux épaules, à la poitrine, aux bras... Je secouai la tête devant mon reflet dans le miroir. Je semblais aussi grossière que Becca Whitley. Je jetterais ce pull à la fin de la journée, mais il ferait très bien l'affaire pour nettoyer la penderie de Beanie. J'enfilai mon baggy et une vieille paire de Converse et, après avoir vérifié dans le miroir une dernière fois que mes cheveux étaient bien bouclés et ébouriffés, et que mon maquillage était sobre et discret – la façon de se maquiller de Becca m'avait rendue plus consciente encore des risques qu'il y avait à exagérer –, je sortis pour monter dans ma voiture.

Elle ne démarra pas.

— *Saloperie !* m'exclamai-je, avant d'ajouter d'autres petites choses.

Je soulevai le capot. L'une des conséquences de mon éducation raffinée, c'est que j'y connais que dalle en mécanique. Et depuis que je me suis endurcie, j'ai été beaucoup trop occupée à gagner ma vie pour combler cette lacune. Je retournai chez moi et appelai le seul mécanicien en qui j'avais confiance à Shakespeare.

Quand on décrocha, je fus accueillie par un morceau de rap abrutissant.

— Cédric ?

— Qui ça ?

— Cédric ?

— Je vais le chercher.

— Allô ? On a demandé Big Cédric ?

— Cédric, c'est Lily Bard.

— Lily, qu'est-ce que je peux faire pour toi par cette belle et froide journée ?

— Tu peux venir voir ce qui cloche avec ma voiture ? Elle marchait bien ce matin, et là elle ne veut plus démarrer.

— Je ne vais pas te faire l'affront de te demander si tu as vérifié ton niveau d'essence ?

— Je suis ravie que tu ne me fasses pas cet affront.

— D'accord, bon alors, je finis avec la voiture que j'ai commencée et je viens juste après. Tu seras là ?

— Non, je dois aller travailler. Je peux y aller à pied. Je laisserai la clé dans la voiture.

— D'accord, on va s'occuper de ça.

— Merci, Cédric.

Il raccrocha sans plus de cérémonie. Je soupirai en pensant à la facture que j'allais devoir payer – encore une fois – avec un budget aussi serré que le mien. Je séparai la clé de la voiture de mon trousseau et l'introduisis dans le contact, puis je me mis en route pour la maison des Winthrop.

À Shakespeare, les distances ne sont jamais très grandes. Mais il y avait une sacrée trotte pour aller jusqu'au quartier des Winthrop, dans la partie nord de la ville, surtout par ce froid.

Au moins, il ne pleuvait pas.

Je dus me le rappeler souvent pendant le trajet. Je me promis de m'offrir un très bon déjeuner, peut-être un sandwich entier au beurre de cacahuètes et confiture avec ma soupe maison. Je méritais aussi un autre petit plaisir. Peut-être une nouvelle paire de bottes ? Hé non, impossible si je devais payer les réparations de la voiture...

Finalement, j'arrivai chez les Winthrop vers 9 h 30, le joyau du nouveau quartier le plus opulent de Shakespeare. Ce quartier, et ce n'était pas un hasard, était le plus éloigné de la zone noire, au sud-ouest, ainsi que de mon petit terrain, situé un peu moins au sud et plus à l'est.

La parcelle des Winthrop occupait un angle. Aujourd'hui, puisque je n'avais pas ma voiture qui perdait de l'huile, j'entrai par la porte de la cuisine au fond du garage, qui formait une aile sur le côté de la maison et donnait sur Blanche Street. La façade, elle, donnait sur Amanda Street. Pour compenser la petitesse des arbres plantés devant la maison (il s'agissait d'un nouveau lotissement), le paysagiste avait transformé l'arrière en une véritable jungle, entourée d'une clôture en bois. Il y avait plusieurs portes sur cette clôture de sécurité : les Winthrop les maintenaient toujours soigneusement fermées à clé pour éviter que les enfants du quartier ne s'introduisent dans le jardin pour faire un plongeon dans la piscine ou jouer à cache-cache. La maison était flanquée d'une demeure de la même taille qui avait employé le même paysagiste ; pendant les saisons les plus vertes, leur pâté de maisons ressemblait à la cage d'un oiseau tropical dans un zoo de prestige. Une allée étroite reliait les portails arrière des deux habitations. Elle courait tout le long du pâté de maisons et permettait un passage aux bennes à ordures de la ville, ainsi qu'au service qui entretenait toutes les pelouses du quartier.

Pour une fois, je pénétrai dans la cuisine des Winthrop avec une joie incontestable. La pièce était sombre et chaleureuse, formidablement chaude. Pendant deux minutes, je restai debout vers un conduit de chauffage, savourant le souffle d'air chaud qui ravivait ma circulation. Je retirai ma vieille veste en polyester et l'accrochai à l'une des chaises devant la table ronde sur laquelle la famille prenait la plupart de ses repas. Je sortis de la cuisine d'un pas lent, tout en me frottant les mains, et entrai dans l'immense pièce à vivre, recouverte d'une élégante moquette vert chasseur et décorée dans des tons taupe, bordeaux et doré. Je ramassai un coussin pour le regonfler avant de le replacer d'un geste machinal dans le coin du canapé, qui pouvait facilement accueillir quatre personnes.

Essayant toujours de me réchauffer, je m'approchai des baies vitrées coulissantes et regardai à l'extérieur. Le jardin avait un air mélancolique et déprimant en cette fin d'automne, avec son feuillage dégarni et ses clôtures apparentes. La bâche grise qui recouvrait la piscine était tachetée de petites flaques d'eau de pluie. Les couleurs chaudes du séjour étaient bien plus agréables, et j'en fis le tour en ramassant des choses par-ci par-là, le temps de ranimer mes muscles gelés.

Le plaisir de me retrouver au chaud me donna envie de chanter. Je n'avais redécouvert ma voix que récemment ; c'était comme si, pendant des années, j'avais oublié que j'avais cette capacité. Au début, les souvenirs m'avaient assaillie – je me rappelai avoir chanté dans des mariages, quand j'étais ado, avoir été soliste à l'église... je me souvenais de ma vie telle qu'elle avait été, à l'époque. Mais j'avais dépassé tout ça.

Je me mis à fredonner.

Même si ce n'était pas mon jour de ménage habituel, je fis un tour complet de la maison, comme je le faisais toujours. À l'étage, la chambre de Bobo était rangée et le couvre-lit tiré bien droit. Ni Amber Jean ni Howell Trois n'avaient eu d'illumination de ce genre, mais ils n'avaient jamais été aussi négligés que Bobo. Les deux salles de bains de l'étage étaient plus ou moins en ordre. Au rez-de-chaussée, Beanie faisait toujours le lit dans l'immense suite parentale et suspendait méticuleusement ses vêtements, tant ils lui avaient coûté cher. La famille de Beanie avait un véritable respect pour l'argent.

Je commençai à chanter le tube « The First Time Ever I Saw Your Face » tout en me dirigeant vers le placard de la cuisine qui contenait les « affaires de ménage » pour sélectionner ce dont j'avais besoin : des chiffons à poussière, l'aspirateur, le produit pour les vitres avec le torchon adéquat et du cirage.

Deux fois par an, pour une rémunération supplémentaire, bien sûr, j'effectuais ce petit service pour Beanie. Je vidais entièrement l'énorme penderie, jusqu'au moindre objet. Puis je nettoyais le placard, réorganisais ses vêtements et vérifiais que toutes ses chaussures étaient cirées et prêtes à être portées. Je mettais de côté chaque vêtement qui devait être raccommodé ou auquel il manquait un bouton, à l'intention de Beanie, ou plutôt de sa couturière.

J'arrivais à la fin de la ballade que j'étais en train de chanter quand je ramassai tout mon attirail de nettoyage pour le transporter dans la grande chambre plongée dans la pénombre – Beanie n'ouvrait pas les rideaux – et les déposai par terre à côté de la penderie. J'ouvris la porte dont l'intérieur était équipé d'un miroir et tendis la main pour allumer la lumière.

Quelqu'un m'agrippa le poignet et me tira brusquement à l'intérieur.

Je me débattis immédiatement, car Marshall m'avait appris à ne pas hésiter ; si l'on hésite, si l'on vacille, on a déjà perdu sur le plan psychologique. En fait, je faillis devenir hystérique et oublier mon entraînement, mais je m'accrochai aux miettes de discernement qu'il me restait. Je serrai fermement le poing gauche et frappai de toutes mes forces, mais je n'arrivais pas à localiser précisément mon assaillant et je n'avais aucune idée de son identité.

Mes coups entrèrent en contact avec de la chair : une joue, me semblait-il. Mon adversaire grogna mais ne relâcha pas sa formidable prise sur mon poignet droit, et je devais lutter pour garder ma main gauche libre. Je sus qu'il s'agissait d'un homme en l'entendant grogner et je visai donc son entrejambe, mais il parvint à m'éviter en se tordant sur le côté. Il essayait d'attraper ma main libre et, à mon grand désespoir, il finit par y parvenir. Je tentai de me libérer en m'avançant pour tourner les paumes vers le haut et lui écraser les pouces, le même geste qui avait fonctionné sur Bobo ; une fois libre, je pourrais lui asséner un coup sur les tempes ou lui enfoncer les doigts dans les orbites, je n'étais pas trop exigeante ; j'allais le tuer ou le blesser de quelque manière que ce soit.

Mais je ne pus jamais effectuer ce mouvement car mon adversaire s'y était préparé. Il fit glisser ses mains pour me saisir juste en dessous des coudes. J'abattis violemment ma tête vers l'avant pour lui casser le nez, mais je heurtai sa poitrine à la place. Alors que je renversais de nouveau la tête en arrière, j'entendis ses dents grincer et visai donc son menton, mais ce ne fut pas suffisant pour lui infliger une vraie blessure. Je me concentrai de nouveau sur son entrejambe avec mon genou et, cette fois-ci, je réussis à atteindre quelque chose car il grogna de nouveau. Transportée par mon enthousiasme, j'essayai de le faire tomber en faufilant ma jambe entre les siennes pour lui donner un coup à l'arrière du genou. C'était incroyablement stupide de ma part, car je réussis mon coup : je le fis tomber, certes, mais sur moi.

Plaquée au sol sous lui, je sentis ses mains puissantes m'aplatir les bras sur le côté et ses jambes appuyer sur les miennes. Je perdis la tête. Je le mordis à l'oreille.

— Bon sang ! Arrêtez !

Il ne relâcha pas sa poigne, ce que je tentais vainement de le forcer à faire, mais il abattit son front sur le mien, utilisant mon propre geste contre moi. Il n'y avait pas mis toute sa force, loin de là, mais je hoquetai de douleur et sentis des larmes me picoter les yeux.

Il déplaça son visage près de mon oreille pour coller sa joue contre la mienne, un contact curieusement intime. Je me cambrai et poussai de toutes mes forces pour me libérer, mais je sentais bien que mes gestes étaient faibles.

— Écoutez-moi, siffla-t-il.

Alors que j'ouvrais la bouche pour crier, espérant le prendre au dépourvu le temps d'une seconde, il prononça la seule chose qui pouvait amener à une trêve.

— Ils sont en train d'entrer par effraction, murmura-t-il. Pour l'amour du ciel, fermez-la et ne bougez plus. Ils nous tueront tous les deux.

Je la fermai et tentai de rester immobile, malgré mes tremblements incontrôlés. Mes yeux finirent par s'acclimater à la quasi-obscurité du placard et, grâce à la faible lumière qui entrait par la porte entrouverte, je distinguai le visage de l'homme au-dessus de moi. M. Queue de Cheval Noire.

Après une seconde, je ne fus plus tellement surprise.

Ses yeux n'étaient pas baissés sur moi, mais rivés à l'extérieur de la penderie ; il écoutait attentivement les légers bruits qui pénétraient à cet instant précis mon esprit embrouillé par la peur et la rage.

Il se pencha de nouveau pour placer sa bouche près de mon oreille et posa sa joue fraîchement rasée contre la mienne.

— Ça va leur prendre du temps. Ils n'ont aucune idée de la façon dont on entre par effraction, dit-il d'une voix si basse que j'avais l'impression qu'elle venait de ma propre tête. Bon, maintenant, vous êtes qui, putain ?

— La putain de *femme de ménage*, chuchotai-je, la mâchoire crispée.

J'avais tous les muscles du corps tendus et je ne parvenais pas à m'arrêter de trembler malgré mes efforts. Mais je commençais enfin à me détendre un peu, sachant que dans le cas contraire, j'allais rester en position faible et désavantagée.

— C'est mieux. On est du même côté, murmura l'homme en sentant mon corps se calmer et s'immobiliser sous lui.

— Qui êtes-vous ? demandai-je.

— Moi, me dit-il à l'oreille, je suis le putain de *détective.*

Il se déplaça légèrement au-dessus de moi. Il n'était pas aussi calme ou froid qu'il voulait le laisser paraître.

Son corps réagissait à la proximité du mien, et il commençait à être mal à l'aise.

— Si je vous lâche, est-ce que vous allez me causer des problèmes ? Ils sont bien plus dangereux que moi.

Je réfléchis quelques instants. Je n'avais aucune certitude qu'il était vraiment détective. Et détective pour qui ? Le FBI ? Privé ? De l'ATF [1] ? De la police de Shakespeare ? Du département Winthrop ?

J'entendis un bris de verre.

— Ils sont entrés, souffla-t-il dans mon oreille. Écoutez, on change de stratégie de jeu.

— Huh, fis-je avec mépris, presque inaudible.

Je détestais les métaphores avec le sport. Je me sentis mieux presque immédiatement. L'agacement vaut mieux que la peur ou la confusion.

— S'ils nous trouvent, ils nous tueront, me répéta-t-il.

Ses lèvres, contre mon oreille, me donnèrent soudain envie de frissonner de nouveau, mais pour une raison complètement différente. Son corps parlait au mien de tous ses pores, peu importe ce que sa bouche disait.

— Bon, ce que je veux que vous fassiez, quand ils seront tous dans la maison, murmura-t-il, le souffle court, c'est vous mettre à crier. Je sors par la porte d'entrée, je fais le tour jusqu'à l'allée pour noter leur numéro de plaque et identifier leur voiture, pour essayer de savoir où ils vont se rendre ensuite.

Je me demandais quel avait été son plan initial. Celui-ci semblait totalement conçu au pied levé. Et

1. L'ATF (Bureau of Alcohol, Tobacco, Firearms and Explosives) est le service fédéral des États-Unis chargé de la mise en application de la loi sur l'alcool, le tabac, les armes et les explosifs, et de la lutte contre leur trafic. *(N.d.T.)*

désormais ses mains, au lieu de m'agripper les bras, les caressaient lentement.

— Ils sauront que c'était moi, ils vont s'en prendre à moi !

— Si vous n'êtes jamais dans leur champ de vision, ils n'auront aucune raison de croire que vous les avez vus. Donnez-moi trois minutes, avant de hurler.

— Non, dis-je très brièvement. J'allumerai l'aspirateur.

Je sentis l'irritation monter par vagues chez M. Queue de Cheval.

— D'accord, finit-il par dire. Peu importe.

Puis il se glissa sur le côté et se releva. Il me tendit une main que j'acceptai sans réfléchir. Il tira avec autant de facilité que le matin même quand il m'avait aidée dans mes tractions. Puis il me fit un bref signe de la tête pour m'indiquer que le compte à rebours était lancé ; il se glissa hors de la penderie, traversa la chambre de Beanie et vraisemblablement le petit couloir qui menait à la cage d'escalier. Sa sortie fut beaucoup plus subtile que l'entrée des cambrioleurs.

Je jetai un coup d'œil à ma grosse montre d'homme, réglai le chronomètre pour le détective autoproclamé, en essayant de ne pas me demander pourquoi j'exécutais ses ordres. Au bout de deux minutes et demie, je me risquai à sortir de la penderie. J'entendais maintenant nettement les intrus. Une fois entrés dans la maison, ils avaient abandonné toute tentative de rester silencieux.

Après avoir branché l'aspirateur, je me mis soudain à chanter à pleins poumons « Siffler en travaillant ». Sans attendre de réaction, j'appuyai sur le bouton « ON » et l'aspirateur ronronna. Je fis bien attention à rester dos à la porte de la chambre tout en me mettant industrieusement à aspirer, car je voyais dans le miroir de la coiffeuse si quelqu'un arrivait derrière moi. Je surpris une ombre passer sur le miroir, mais son propriétaire était dans le sens du départ. Je leur avais fait peur.

Quand je fus certaine qu'ils étaient partis, j'éteignis l'aspirateur. Prudemment, je fis une nouvelle fois le tour de la maison des Winthrop. L'une des baies vitrées qui menaient à la piscine était brisée. Au-delà de la piscine bâchée, je vis que l'un des portails en bois était entrouvert. Les Winthrop avaient besoin d'un système de sécurité complet, songeai-je gravement. Puis je pris conscience que j'allais devoir nettoyer toutes les vitres, et ma colère monta de manière irrationnelle.

Il fallait aussi que j'appelle la police.

Il n'y avait aucun moyen de faire autrement.

Devais-je évoquer M. Queue de Cheval Noire ? S'il n'y avait pas eu Claude, j'aurais menti sur-le-champ. Tous mes liens avec la police avaient été douloureux. Sauf que j'avais confiance en Claude. Il fallait que je lui dise la vérité. Mais que pouvais-je lui dire, justement ?

J'étais tout à fait certaine qu'Howell Junior avait dû permettre au « détective » sa présence dans la maison ou lui donner les clés. Mes interrogations quant à leur relation resurgirent. Finalement, peu importait la nature de cette relation : il m'aurait semblé trahir la loyauté, quelle qu'elle soit, dont j'étais censée faire preuve envers les Winthrop en révélant à la police que Queue de Cheval Noire était déjà caché dans la maison avant mon arrivée, anticipant cette infraction très précise.

C'était épineux.

J'appelai le commissariat et signalai l'effraction, et j'eus quelques instants pour me creuser les méninges.

La version la plus sûre, c'était la tirade classique. « Je sais rien, m'sieur. »

Je fus immensément soulagée que Claude ne vienne pas. Dedford Jinks, l'inspecteur qui avait fait si peur à Bobo, et deux autres patrouilleurs répondirent à mon appel. En écoutant ces derniers, je parvins à entendre que Claude était en réunion avec le magistrat du comté et le maire, et qu'il n'avait pas été mis au courant de l'incident.

Dedford était un bon vieux provincial avec une bedaine de buveur de bière qui débordait d'une ceinture usée, gagnée à l'époque où il capturait des veaux au lasso. Il avait des cheveux fins et grisonnants, une bouche fine et compressée, le teint rougeaud. Dedford ne se laissait jamais duper.

Voici ma version : j'avais entendu de petits bruits, mais pensé qu'il s'agissait d'un membre de la famille qui était rentré. À partir de là, je disais la vérité : j'avais branché l'aspirateur, entendu un gros remue-ménage, pourtant je n'avais vu personne.

Après avoir inspecté le jardin et trouvé un portail ouvert, ainsi que des empreintes de pas dans les parterres de fleurs, la police me libéra.

— Je dois nettoyer, dis-je en désignant le verre brisé sur la moquette épaisse des Winthrop.

Ils avaient ramassé les plus gros morceaux pour essayer de relever des empreintes digitales, mais il restait encore beaucoup d'éclats éparpillés.

— Oh, dit l'un des patrouilleurs, déconcerté. Eh bien, d'accord.

C'est alors qu'Howell fit irruption dans la maison, plus prompt et rapide que jamais. Il avait le visage rouge.

— Mon Dieu, Lily, vous allez bien ?

Il me prit la main et la garda dans la sienne. Je la retirai. C'était étrange. Je pouvais sentir les policiers échanger des regards entre eux.

— Oui, Howell, je vais bien.
— Ils ne vous ont pas fait de mal ?
J'écartai les mains pour attirer son attention sur mon corps indemne.
— Mais le bleu sur votre front ?
Je le touchai avec précaution. Oui, c'était certain, mon front était sensible et enflé. Merci, monsieur Queue de Cheval. J'espérais bien qu'il avait mal à l'oreille.
— J'ai dû me cogner dans la porte, dis-je. J'étais plutôt agitée.
— Oui, bien sûr. Mais aucun des hommes ne vous a…
— Non.
— Je ne savais pas du tout que vous seriez là aujourd'hui, dit Howell en sortant son mouchoir blanc de sa poche avant de se tamponner le visage. Je suis vraiment soulagé que vous n'ayez rien.
— Je suis venue m'occuper de la penderie de votre femme. Je ne le fais que deux fois par an, expliquai-je.
Je parlais trop à mon goût. J'espérais que personne n'allait le remarquer. J'étais secouée. Je savais maintenant qu'Howell était directement impliqué dans les événements singuliers de cette journée. C'était du moins lui qui avait fait entrer Queue de Cheval, ce dernier devait donc se trouver là en toute légitimité. J'imaginai qu'Howell devait maintenant se demander où diable il était passé et quel rôle il avait joué dans ce fiasco.
— Je vais nettoyer ce désordre avant de partir, proposai-je de nouveau.
— Non, non, vous devez rentrer chez vous ! s'exclama Howell, son beau visage charnu froissé par l'inquiétude. C'est moi qui vais ramasser.

Échange de regards entendus entre les policiers présents à portée d'oreille. Merde.

— Mais j'aimerais…

Je laissai ma phrase en suspens tandis que Dedford haussait un sourcil dans ma direction. Si j'insistais encore, Howell en ferait tout autant et finirait par attirer l'attention sur sa préoccupation inhabituelle quant à mon état de santé. Il était manifestement assailli par la culpabilité. S'il continuait comme ça, toutes les personnes présentes allaient comprendre que quelque chose clochait, et elles pourraient même croire qu'Howell entretenait plus qu'une simple relation avec sa femme de ménage, ce qui serait déjà suffisamment dur en soi.

— Où est votre voiture ? demanda soudain Howell.

— Elle ne démarrait pas ce matin, répondis-je d'un ton las, en voyant que j'essayais de me justifier. Je suis venue à pied.

— Oh, mon Dieu, tout ce chemin ! Je suis sûr que l'un de ces garçons sera ravi de vous ramener chez vous !

L'un des « garçons », le plus gros et le plus âgé avec une moue incrédule, répondit qu'il en serait effectivement ravi.

On me déposa donc devant chez moi avec style. Ma voiture se trouvait toujours sous son abri, mais avec un bout de papier jaune coincé sous l'essuie-glace, qui disait : « *Je l'ai réparée. Tu me dois 68,23 $.* » C'était beaucoup plus direct et honnête que les papiers bleus qui avaient soudain tapissé les pare-brise de toute la ville. Je me tournai vers le patrouilleur, qui attendait de me voir rentrer chez moi en toute sécurité.

— Est-ce que vous êtes au courant pour les prospectus qu'on retrouve tous sous nos essuie-glaces ?

— Je sais qu'il n'y a aucun décret contre ça, répondit-il, et son visage se referma comme un poing. Tout comme il n'y en a aucun contre la réunion que les Noirs ont l'intention de tenir ce soir pour en parler.

— Où ça ?

— La réunion ? À l'église épiscopale méthodiste africaine Golgotha, sur Castle Road. On doit rester présents, au cas où il y aurait du grabuge.

— C'est préférable, répondis-je, et, après l'avoir remercié de m'avoir ramenée chez moi (et avoir été disposé à partager certaines informations sans poser de question), je m'installai dans mon fauteuil inclinable et me plongeai dans mes réflexions.

Chapitre 5

Je ne sais pas ce que j'espérais du reste de la journée. Je pense que je m'attendais à ce que l'homme de la penderie resurgisse à tout instant : pour me dire ce qui s'était passé quand il était parti, pour me demander s'il m'avait fait mal pendant notre accrochage, pour s'expliquer.

Après l'avoir croisé à tous les coins de rue, je ne le voyais désormais plus du tout. Je passai par l'inquiétude, la colère, avant de m'inquiéter de nouveau. Je dus apaiser mes sentiments, les geler ; il me semblait que la peur et la rage engendrées par notre lutte silencieuse dans la penderie de Beanie – quel endroit ! – m'avaient poussée au-delà de certaines limites.

Pour tromper cette nervosité, j'assistai le soir même à la réunion qui se tenait à l'église Golgotha. J'eus quelques difficultés à la trouver, puisqu'elle était située au centre du plus grand quartier résidentiel noir de Shakespeare, dans lequel je n'avais que rarement l'occasion de venir. L'église en elle-même, en brique rouge et plus grande que je m'y attendais, était bâtie sur un monticule, avec des marches en béton fissurées, bordées par une rampe qui menait aux portes principales. Le terrain occupait un angle et un énorme lampadaire illuminait l'escalier. Golgotha jouissait d'un emplacement si central que je vis beaucoup de monde approcher du lieu de rencontre malgré les rafales de vent froid.

J'aperçus aussi deux voitures de police sur le chemin. L'une d'elles était conduite par Todd Picard, qui m'adressa un hochement de tête mécontent. Il était facile de comprendre que chaque fois qu'il me voyait, je lui rappelais un épisode qu'il voulait oublier. Je ressentais la même chose pour lui.

Je montai les marches de l'église d'un pas rapide, pressée de me mettre à l'abri du vent. J'avais l'impression d'avoir été gelée toute la journée. En haut, derrière les portes d'entrée, se trouvait un grand vestibule équipé de portemanteaux, d'une table recouverte de documentation gratuite sur le planning familial et les Alcooliques anonymes, ainsi que sur la pratique de la prière quotidienne ; deux portes s'ouvraient de chaque côté, qui devaient donner sur un vestiaire ou peut-être sur une pièce réservée à la chorale. À l'avant, deux séries de portes s'ouvraient sur le corps de l'église. J'empruntai celles de droite et suivis les gens dans la nef. Une longue rangée de bancs occupait le centre, et de plus courtes bordaient les côtés, séparés par de grandes allées, la même configuration que dans la plupart des églises. Je choisis un long rang central, au hasard, et me glissai vers le milieu pour permettre un accès facile aux retardataires.

La réunion devait commencer à 19 heures et je constatai avec surprise qu'elle fut ponctuelle. Le taux élevé de fréquentation témoignait des sentiments très vifs qui parcouraient la communauté afro-américaine. Je n'étais pas le seul visage blanc de l'assemblée ; les Sœurs catholiques, qui dirigeaient une garderie pour enfants défavorisés, étaient assises à quelques mètres. Claude était également présent : un bon calcul en matière de relations publiques, songeai-je. Il m'adressa un bref signe de tête. Le shérif Marty Schuster était assis sur l'estrade derrière Claude. À ma grande surprise, c'était un homme ratatiné qu'on aurait cru incapable d'arrêter ne serait-ce qu'un opossum. Son apparence était décevante ; j'avais entendu dire plus d'une fois que le shérif Schuster avait fendu sa part de crânes. Son secret, d'après ce que m'avait un jour confié Jim Box, c'était de toujours frapper le premier coup, et le plus violent.

Claude et Marty Schuster partageaient l'estrade avec un homme que je supposai être le pasteur de l'église, un homme petit et trapu, doté d'une grande dignité et d'un regard impétueux. Il tenait une bible.

Un autre visage clair attira mon regard. Mookie Preston, assise toute seule. Quand Lanette Glass entra, les deux femmes échangèrent un long regard avant que Lanette prenne place à côté d'un autre professeur.

J'aperçus Cédric, mon mécanicien, et Raphael Roundtree qui était accompagné de sa femme. Cédric m'adressa un sourire surpris ainsi qu'un petit geste de la main ; le salut de Raphael fut plus contenu. Sa femme me dévisageait.

La réunion se déroula comme beaucoup de réunions communautaires, avec un objectif mal défini. Elle débuta avec une prière si fervente que je crus presque à la possibilité que Dieu vienne déposer sur-le-champ l'amour et la compréhension dans le cœur de chacun. S'Il le fit, les résultats ne furent pas immédiats. Tout le monde avait quelque chose à dire et voulait le dire simultanément. Tous furieux au sujet des papiers bleus, ils voulaient savoir ce que le chef de la police et le shérif comptaient faire à ce propos. Avec des longueurs fastidieuses, les hommes de loi expliquèrent qu'ils n'y pouvaient rien ; les polycopiés ne présentaient aucune obscénité et ne contenaient aucune incitation claire et manifeste à la violence. Bien sûr, cette réponse ne satisfit pas la plupart des personnes présentes dans l'église.

Au moins trois d'entre elles essayaient de prendre la parole quand Lanette Glass se leva. Le silence s'installa progressivement ; un profond silence.

— Mon fils est mort, déclara-t-elle.

La lumière crue et fluorescente vint se refléter dans les verres de ses lunettes et Lanette cligna des yeux. La mère de Darnell avait probablement la quarantaine, avec une silhouette ronde et agréable, et un joli visage rondelet. Elle portait un tailleur-pantalon marron, crème et noir. Elle semblait très triste, très en colère.

— Vous avez beau dire « Nous ne savons pas ceci » et « Nous ne pouvons pas deviner cela », vous savez tous pertinemment que Darnell a été assassiné par ces mêmes hommes qui distribuent ces papiers.

— Nous ne pouvons pas en être certains, madame Glass, répliqua Schuster, impuissant. Je compatis à votre chagrin, et le meurtre de votre fils est l'un des trois homicides que la police de la ville et du département essaie de résoudre – croyez-moi, nous y travaillons, nous voulons savoir ce qui est arrivé à votre fils – mais nous ne pouvons pas nous fourvoyer et accuser des personnes qui n'ont même pas d'identité.

— Moi, je peux, répliqua Lanette d'un ton sans réplique. Et je peux aussi dire ce que tout le monde pense ici, les Noirs et probablement les Blancs aussi : si Darnell n'avait pas été assassiné, Len Elgin ne serait pas mort et Del Packard non plus, certainement. Et je veux savoir ce que nous, la communauté noire, sommes supposés faire à propos des rumeurs d'une milice armée qui se créerait dans notre ville, des hommes armés blancs qui nous détestent.

J'attendis la réponse avec intérêt. Une milice armée ? Le problème, c'était que chaque Blanc ou presque – et chaque Noir – de la ville était déjà armé. Les pistolets ne sont pas vraiment rares dans cette région, où beaucoup de citoyens trouvent sage de porter une arme pour aller à Little Rock. On pouvait acheter des armes chez Winthrop Sport si l'on voulait du haut de gamme ; on pouvait aussi en trouver chez Wal-Mart ou chez le prêteur sur gages, ou même n'importe où à Shakespeare. Donc son histoire d'armes n'était pas à proprement parler une nouvelle sensationnelle, en revanche le coup de la milice, si.

Je ne fus pas vraiment surprise quand Claude et Marty Schuster protestèrent et clamèrent leur ignorance quant au développement d'une milice armée au sein de notre bonne vieille ville.

La réunion était effectivement terminée, même si personne ne voulait l'admettre. Tout le monde avait eu son mot à dire, mais qui n'avait abouti à aucune solution, tout simplement parce qu'il n'y en avait pas pour ce problème. Quelques réactionnaires essayaient toujours de convaincre les autorités de faire une déclaration obligeant la loi à éradiquer le groupe qui incitait apparemment les Shakespeariens blancs à s'engager dans une quelconque action contre les Shakespeariens noirs, mais Marty et Claude refusaient de se faire acculer sur ce sujet.

Les gens se levèrent et commencèrent à se diriger vers les deux sorties en traînant des pieds. Je vis Claude, Marty Schuster et le pasteur se diriger vers l'aile située sur ma gauche. Je restai debout pour admirer la chaire sculptée, tout au bout de l'aile droite, avant de sortir de mon rang. J'avais remonté la fermeture de mon manteau et j'étais en train d'enfiler mes gants en cuir noirs quand je sentis une main se poser sur mon bras. Je pivotai pour croiser les yeux écarquillés de Lanette Glass.

— Merci d'avoir aidé mon fils, dit-elle.

Elle m'adressa un regard résolu, mais soudain, ses yeux se remplirent de larmes.

— Je n'ai pas été capable de l'aider quand il le fallait, répliquai-je.

— Vous ne pouvez pas vous en vouloir, dit-elle d'une voix douce. Vous ne pourriez pas compter le nombre de fois où j'ai pleuré depuis qu'il est mort, en pensant que j'aurais pu l'avertir d'une manière ou d'une autre, le sauver. J'aurais pu sortir chercher du lait moi-même, au lieu de lui demander d'aller à l'épicerie. C'est là qu'ils lui sont tombés dessus, vous savez, sur le parking... du moins, c'est là qu'on a retrouvé sa voiture.

Sa nouvelle voiture, avec son pare-chocs enfoncé.

— Mais vous, vous vous êtes battue pour lui, poursuit calmement Lanette. Vous avez versé du sang pour lui.

— Ne me faites pas meilleure que je suis, répliquai-je d'un ton plat. Vous êtes une femme courageuse, madame Glass.

— Ne me faites pas meilleure que je suis non plus, répliqua-t-elle à son tour. J'ai remercié le marine noir le lendemain de l'agression. Je ne vous ai jamais remerciée jusqu'à ce soir.

Je baissai les yeux sur mes mains, sur le sol, évitant les grands yeux bruns de Lanette ; et, quand je les relevai, elle avait disparu.

La foule continuait de sortir lentement. Les gens parlaient entre eux en secouant la tête, en enfilant leurs manteaux, leurs bonnets et leurs gants. Je me mêlai à eux, perdue dans mes pensées. Je remontai légèrement ma manche pour jeter un coup d'œil à ma montre : il était 20 h 15. Derrière les portes en face de moi, je m'aperçus que la foule était dense dans le hall de l'église. Les gens hésitaient avant de sortir dans le froid. Il y avait environ trois personnes entre moi et les portes, et au moins six personnes derrière moi.

La femme corpulente qui se trouvait sur ma gauche se tourna vers moi pour me dire quelque chose. Je ne sus jamais ce que c'était. La bombe explosa.

Je n'arrive pas à me souvenir si je compris ce qui était arrivé à cet instant ou non. Quand j'essaie, j'ai mal à la tête. Mais j'ai dû me tourner. D'une manière ou d'une autre, j'ai senti que la chaire se désintégrait.

Je fus propulsée par un souffle puissant qui provenait de derrière, et je vis la tête de la femme à côté de moi se séparer de son corps quand un plateau de quête lui trancha le cou. Je fus éclaboussée de sang au moment où son corps s'effondra, ainsi que sa tête, avant de me retrouver projetée dans les airs. Mon manteau épais et mon écharpe aidèrent à atténuer le choc, tout comme les corps des personnes derrière moi. Les bancs en bois amortirent également une partie de la déflagration, mais ils volèrent en éclats, bien sûr, et leurs fragments propulsés furent meurtriers... certains d'entre eux étaient aussi gros que des lances, et tout aussi fatals.

La détonation m'assourdit les oreilles et je volai en silence. Tout ceci arriva en même temps, impossible à remettre dans l'ordre... la tête de la femme vola avec moi, et nous fûmes expédiées dans l'autre monde.

J'étais étendue sur le côté, sur une surface bosselée. Quelque chose d'autre reposait sur moi. Quelque chose d'humide. Un vent froid soufflait dans l'église et des flammes vacillaient ici et là. J'étais en enfer. Je regardai les flammes et me demandai pourquoi j'avais si froid. Puis je réalisai que, si je tournais légèrement la tête, je pouvais voir les étoiles alors que je me trouvais dans un bâtiment. C'était tout à fait étonnant ; il fallait que je partage cette découverte avec quelqu'un. Les lumières étaient éteintes, mais je voyais à peu près. Je sentais aussi de la fumée, l'odeur âcre du sang et d'autres choses, pires. Et une forte odeur chimique recouvrait tout, une odeur totalement nouvelle pour moi.

Je suis dans une piteuse situation, songeai-je. Il faut que je bouge. Je veux rentrer chez moi. Prendre une douche.

J'essayai de m'asseoir. Je n'entendais absolument rien, ce qui rendait mon état encore plus surréaliste. Avec certains sens inondés de données et d'autres totalement abrutis, il était facile de me convaincre que c'était un cauchemar. Je perdis connaissance quelques minutes, je suppose. Puis je revins à moi. Il y avait quelqu'un près de moi, je le sentais, je pouvais sentir du mouvement mais pas l'entendre. Je me tournai péniblement sur le dos, posai les mains sur ce qui barrait ma poitrine, quoi que ce fût, et poussai. La chose bougea. J'essayai de nouveau de m'asseoir mais je retombai en arrière. J'avais mal. Un visage apparut dans l'obscurité devant moi. C'était celui de Lanette Glass. Elle était en train de parler, je le savais car ses lèvres bougeaient.

Enfin, elle sembla réaliser que je ne la comprenais pas. Ses lèvres remuaient lentement. Je finis par comprendre qu'elle disait :

— Où... est... Mookie ?

Je me souvenais de Mookie, et je me souvenais l'avoir vue un peu plus tôt. Elle se trouvait de l'autre côté de l'église – voilà où j'étais, à l'église Golgotha – et je tournai les yeux pour regarder Mookie qui arrivait dans l'entrée depuis l'intérieur de l'église.

— Est-ce que vous m'entendez ? demandai-je à Lanette.

Je ne m'entendais pas moi-même. C'était incroyablement étrange. Ça me fit penser à une visite chez le dentiste, où l'on ne sent plus ses propres lèvres après qu'il a soigné une dent. Je décrochai pendant une petite minute. Lanette me secoua. Elle hochait frénétiquement la tête. Il me fallut un moment pour comprendre qu'elle me faisait savoir qu'elle m'entendait. Merveilleux ! Je souris.

— Mookie est de l'autre côté de l'église, dis-je. Dans l'entrée.

Lanette disparut.

Je me demandai si je pouvais me relever et aller dans un endroit plus chaud, prendre une douche. Je tentai de rouler sur mes genoux ; je poussai la chose qui se trouvait sous moi, pour me retourner sur le ventre. Quand ce fut chose faite, je m'aperçus que cette masse était en réalité le corps d'une petite fille, de peut-être dix ou douze ans. Ses cheveux étaient ornés de perles. Un éclat de bois tranchant saillait de son cou. Son regard était vide. Je choisis de fermer mon esprit. Je me hissai à l'aide d'un banc renversé et me soutins contre un autre. Je m'interrogeai quant à cette multitude de bancs. Puis je compris : l'église ; les bancs de prière.

Je parvins à me redresser. Tout vacillait autour de moi et je dus me tenir au dossier d'un banc, ou plutôt à un pied puisque ce dernier était renversé. J'avais bien peur que tous les éclats lumineux signifient que j'étais en train de perdre la vue ; mais c'étaient des éclats bleus. Je regardai à travers les portes du sanctuaire vers l'entrée, puis vers l'extérieur ; toutes les portes étaient ouvertes. Non. Il n'y avait plus de portes. Peut-être voyais-je des voitures de police ? Pour une urgence comme celle-ci, ils allaient sûrement venir en renfort ?

Je me demandai comment me sortir de cet endroit. Bien que l'électricité se soit coupée, il y avait un gros lampadaire juste à l'extérieur, dont la lumière pénétrait par les trous dans le plafond. Des flammes s'élevaient de plusieurs endroits autour de moi, même si je ne les entendais pas crépiter.

Je me souvins que j'étais quelqu'un de fort. J'aurais dû être en train d'apporter mon aide. Bon, il n'y avait rien à faire pour la fillette sous moi. J'avais aidé Lanette en lui disant où se trouvait Mookie la dernière fois que je l'avais vue. Et regardez ce qui s'était passé : Lanette était partie. Peut-être devais-je me débrouiller toute seule, hein ? Mais alors, je pensai à Claude. Il fallait que je le trouve et que je l'aide. Il me semblait que c'était mon tour.

Je fis un pas chancelant, maintenant que j'avais un but. Ma jambe gauche me faisait très mal, mais ce n'était pas vraiment une surprise. Ça ne calma pas la douleur pour autant. Je baissai la tête à contrecœur et repérai une très longue coupure sur le côté de ma cuisse. J'étais terrifiée à l'idée de voir un autre éclat de bois dépasser, mais ce n'était pas le cas. En revanche, je saignais. Et c'était un euphémisme.

Je fis un autre pas en avant, enjambant quelque chose que je ne voulais pas identifier. Je sentais ma gorge bouger et je savais que j'émettais des sons, même si je ne les entendais pas, ce qui était certainement préférable. Il valait mieux que je ne les entende pas. La poussière qui flottait dans la lumière donnait au faisceau du réverbère qui pénétrait par le toit un aspect surréaliste.

Je me déplaçai prudemment à travers les décombres, là où, quelques minutes plus tôt, avait régné l'ordre ; les morts, mourants et blessés graves avaient remplacé les gens propres et vivants. Ma jambe se déroba sous moi. Je me relevai. Je distinguai d'autres personnes qui remuaient. Un homme se redressa sur ses genoux quand je m'approchai de lui. Je lui tendis la main. Il la regarda comme s'il n'en avait jamais vu de sa vie. Son regard remonta le long de mon bras, jusqu'à mon visage. Il tressaillit. Je songeai que je devais être dans un sale état. Mais il ne semblait pas non plus au mieux de sa forme. Couvert de poussière, du sang coulant d'une profonde entaille dans son bras. Il avait perdu la manche de son manteau. Il me prit la main, je tirai et il se releva. Je lui adressai un signe de tête avant de poursuivre mon chemin.

Je découvris Claude dans l'aile opposée de l'église, là où je l'avais vu la dernière fois en train de parler avec le shérif et le pasteur. Je me trouvais plus proche de la bombe du côté est de l'église, mais le shérif et le pasteur étaient morts. L'un des luminaires, en forme de barre métallique, s'était décroché du plafond pour s'écraser sur eux. Ils faisaient à peu près la même taille. Claude avait dû se tenir un pas devant eux. Je vis ses jambes dépasser sous la lourde barre ; il était allongé sur le ventre. Ses mains, ses bras et l'arrière de sa tête étaient couverts de poudre blanche, de débris et de sang foncé. Il ne bougeait pas.

Je lui touchai le cou, sans savoir pourquoi je faisais ça, et commençai à pousser la longue barre qui lui bloquait les jambes. Elle était très lourde. Je souffrais atrocement et j'avais désespérément envie de m'allonger par terre. Mais je sentais qu'il ne fallait pas, que ce n'était pas bien, et je continuai de pousser et de tirer le luminaire.

Je parvins enfin à libérer les jambes de Claude. Il remua et se hissa sur ses bras. Je fis la connexion, dans ma tête, entre la lumière bleue clignotante et Claude. Je vis un groupe de lumières qui oscillait autour de nous, illuminant des millions et des millions de grains de poussière, et je crus que tout ça provenait de mon imagination. Mais, progressivement, je finis par prendre conscience qu'il s'agissait de lampes de poche dans les mains des secouristes.

Ils allaient certainement s'occuper en priorité des blessés graves ; en même temps, je dus admettre que je voulais vraiment rentrer chez moi et me laver. Peut-être qu'une ambulance pourrait me déposer chez moi ? Aucun doute que j'étais repoussante et que je sentais mauvais, et j'étais tellement engourdie ! Peut-être que Claude et moi pourrions prendre tous les deux la voiture, puisque nous étions voisins. Je m'agenouillai à côté de lui et me penchai pour regarder son visage. Il était à l'agonie, les yeux grands ouverts. Quand il me vit, ses lèvres se mirent à bouger. Je lui souris en secouant la tête pour lui faire comprendre que je n'entendais rien. Il retroussa les lèvres sur ses dents, et je compris que Claude était en train de crier.

Oh, il fallait que je me relève, réalisai-je avec lassitude. J'y parvins, mais je me sentais mal à la seule idée de devoir marcher. Je fis quelques pas en traînant des pieds et distinguai une silhouette verticale dans l'obscurité incertaine. Elle pivota et je fus éblouie par l'explosion soudaine de lumière provenant de la lampe de poche. C'était Todd Picard, et il me parlait.

— Je n'entends plus rien, dis-je.

Il balaya mon corps de haut en bas avec le faisceau de sa lampe et, quand je pus de nouveau voir son visage, il semblait souffrant.

— Je sais où est Claude, dis-je. Vous avez besoin de lui, non ?

Il s'éclaira lui-même avec le faisceau.

— Où... est...il ? mima Todd avec ses lèvres.

Je saisis sa main libre et l'entraînai.

Je pointai Claude du doigt.

Todd se tourna dans une autre direction et je le vis lever la main vers sa bouche en remuant les lèvres ; il appelait à l'aide. Claude était toujours en vie ; il bougeait les doigts. Je me penchai pour lui donner de petites caresses rassurantes, avant de m'affaler sur lui. Je ne parvins pas à me relever.

Je ne me souviens pas avoir été hissée sur la civière ; en revanche, je me souviens des secousses quand on m'a emmenée. Je me souviens de l'éclat des lumières au service des urgences. Je me souviens de Carrie, vêtue de blanc, l'air si propre, si calme, et qui essayait de me poser des questions. Je continuais à secouer la tête, je n'entendais absolument rien.

— Sourde, finis-je par dire, et elle arrêta de remuer les lèvres.

Autour de moi, des gens s'activaient ; le couloir de l'hôpital était dans un état proche du chaos. Puisque je n'étais pas la blessée la plus grave, je devais attendre mon tour, tant pis, sauf qu'on ne me donnerait aucun médicament contre la douleur tant que Carrie ne m'aurait pas examinée.

Je sombrai plusieurs fois et me réveillai pour voir des gens aller et venir dans le couloir, des civières passer devant moi, tous les médecins de la ville et du personnel médical de toutes sortes.

Et alors, avec une impression très curieuse, je sentis des doigts sur mon poignet. Quelqu'un s'emparait de mon sac et, même si je savais que ça n'avait rien d'extraordinaire, il fallait que j'ouvre les yeux. J'y parvins dans un effort. Le détective était penché sur moi. Indemne.

Je n'entendais toujours pas bien, mais un peu plus qu'auparavant, et je pouvais lire sur les lèvres.

— Est-ce que vous êtes blessée à la tête ? demanda-t-il.

— Je ne sais pas, répondis-je lentement, articulant chaque mot avec peine. Mais à la jambe, oui.

Il baissa les yeux.

— Ils vont devoir recoudre, me dit-il, l'air très en colère. Qui puis-je appeler pour vous ? Vous devriez avoir quelqu'un ici avec vous.

— Personne, répondis-je.

Parler m'était pénible.

— Vous avez le visage en sang.

— La femme à côté de moi a été...

Je ne pouvais pas dire *décapitée*.

— Sa tête s'est détachée, achevai-je avant de refermer les yeux.

Quand je les rouvris, quelques instants plus tard, il avait disparu.

Je me réveillai à peine quand Carrie me recousit, et je découvris avec surprise que je me trouvais dans la salle de radiologie. À part ces petits déplacements, je passai toute la nuit dans le couloir, ce qui me convenait. Toutes les chambres étaient occupées par les blessés les plus graves. Et je compris, d'après le flot constant de personnel ambulancier, que certaines personnes étaient transférées à Montrose ou à Little Rock.

Carrie réapparut très souvent pour me réveiller et vérifier l'état de mes yeux, les infirmières me prirent le pouls et la tension et ce que je voulais par-dessus tout, c'était me retrouver seule. Les hôpitaux sont tout sauf des lieux où l'on vous laisse tranquille.

Quand j'ouvris les yeux la fois suivante, il faisait jour. J'aperçus la matinée pâle et humide à travers les baies vitrées de la salle des urgences. Un homme en costume se tenait près de ma civière. Il me regardait. Lui aussi semblait légèrement dégoûté. Je commençais à me lasser de cette façon qu'avaient les gens de me regarder.

— Comment vous sentez-vous, mademoiselle Bard ? demanda-t-il, et je pus l'entendre, bien que sa voix ressemblât étrangement à un bourdonnement d'abeille.

— Je ne sais pas. Je ne sais pas ce qui m'est arrivé.

— Une bombe a explosé, m'apprit-il. À l'église Golgotha.

— D'accord.

J'intégrai la vérité, c'était la première fois que je pensai au mot *bombe*. Une bombe. Artisanale. Quelqu'un avait donc fait ça intentionnellement.

— Je suis John Bellingham, du FBI.

Il me montra sa plaque, mais j'avais l'esprit trop embrouillé pour y donner un sens.

J'assimilai toutefois l'information en essayant justement de lui trouver une signification. Je songeai que puisque Claude et le shérif étaient hors d'état, le FBI avait été appelé en renfort pour maintenir l'ordre. Puis les choses s'éclaircirent légèrement. Un attentat à l'église. Les droits civils. Le FBI.

— OK.

— Pouvez-vous me décrire ce qui s'est passé la nuit dernière ?

— L'église a explosé alors que nous partions.

— Pourquoi avez-vous assisté à la réunion, mademoiselle Bard ?

— Je n'aime pas les papiers bleus.

Il me regarda comme si j'étais folle.

— Les papiers bleus...

— Les prospectus, dis-je en commençant à m'énerver. Les prospectus bleus que quelqu'un colle sous les essuie-glaces de tout le monde.

— Êtes-vous une militante des droits civils, mademoiselle Bard ?

— Non.

— Avez-vous des amis dans la communauté noire ?

Je me demandai si Raphael se considérait comme mon ami. Oui, décidai-je.

— Raphael Roundtree, répondis-je prudemment.

Il sembla noter cette information.

— Avez-vous pu découvrir s'il allait bien ? demandai-je. Et Claude, est-ce que Claude est vivant ?

— Claude…

— Le chef de la police, précisai-je.

Je n'arrivais pas à me rappeler le nom de famille de Claude, ce qui me fit un effet très curieux.

— Oui, il est en vie. Pouvez-vous me décrire avec vos propres mots ce qui s'est passé dans l'église ?

Je lui répondis lentement :

— La réunion a duré longtemps. J'ai regardé ma montre. Il était 20 h 15 quand je suis partie, que je remontais l'allée jusqu'à la sortie.

Il nota précisément cet élément.

— Avez-vous toujours votre montre ? demanda-t-il.

— Vous pouvez regarder, dis-je, indifférente.

Je ne voulais pas bouger. Il baissa le drap et regarda mon bras.

— Elle est là, dit-il.

Il sortit un mouchoir, l'humidifia avec sa langue et me frotta le poignet. Je réalisai qu'il nettoyait le cadran.

— Désolé, s'excusa-t-il, et, quand il rangea le mouchoir dans sa poche, je vis que ce dernier était taché de sang.

Il se pencha sur moi, essayant de lire l'heure sans me déplacer.

— Hé, elle fonctionne toujours, dit-il gaiement.

Il vérifia sa propre montre.

— Et pile à l'heure, reprit-il. Alors, il était 20 h 15 et vous partiez... ?

— La femme à côté de moi était sur le point de me dire quelque chose, ajoutai-je. Et soudain, sa tête n'était plus là.

Il semblait grave et sérieux, mais il n'avait aucune idée de ce que j'avais ressenti ; même quand j'y repensais, ce n'était pas très clair pour moi-même. Je ne me souvenais pas exactement... je voyais le bord étincelant du plateau de quête. J'en parlai donc à John Bellingham. Je me souvins aussi de Lanette qui était venue me parler, ce que je lui mentionnai également ; je me rappelais aussi avoir aidé un homme à se relever, et je savais que j'avais traversé l'église pour retrouver Claude. Mais je refusais de me remémorer ce que j'avais vu en la traversant, et de me rappeler cette soirée.

Je racontai à John Bellingham comment j'avais retrouvé Claude, puis comment j'avais guidé Todd jusqu'à lui.

— Est-ce vous qui avez retiré la barre de ses jambes ? me demanda l'agent.

— Je crois, oui, répondis-je lentement.

— Vous êtes sacrément forte.

Il me posa d'autres questions, beaucoup d'autres : qui j'avais vu, des personnes blanches en particulier, bien sûr, et où j'étais assise... bla bla bla bla.

— Essayez d'en savoir plus sur Claude, lui dis-je, lassée de cette conversation.

Au lieu de ça, il m'envoya Carrie.

Celle-ci semblait si fatiguée qu'elle avait le teint gris. Sa veste blanche était désormais crasseuse et ses lunettes barbouillées d'empreintes de doigts. J'étais heureuse de la voir.

— Tu as une longue entaille à la cuisse. J'y ai fait quelques points de suture et posé quelques pansements. Tu as une légère commotion cérébrale. Tu as le dos couvert de bleus, et les fesses aussi. Un éclat de bois t'a manifestement éraflé le cuir chevelu, c'est l'une des raisons pour lesquelles tu avais une mine aussi horrible quand on t'a amenée, et une autre écharde t'a arraché un petit bout de lobe. Il ne devrait pas te manquer. Tu as des dizaines d'écorchures, aucune sérieuse, mais elles seront toutes douloureuses. J'ai encore du mal à y croire, pourtant tu n'as aucune fracture ! Comment va ton ouïe ?

— Tout est bourdonnant, dis-je avec un effort.

— Oui, j'imagine. Ça va s'améliorer.

— Donc je peux rentrer chez moi ?

— Dès qu'on sera sûrs pour la commotion. Probablement dans quelques heures.

— Est-ce que tu vas me facturer une chambre alors que je suis restée dans le couloir toute la nuit ?

Carrie se mit à rire.

— Non !

— Bien. Tu sais que j'ai une mauvaise assurance.

— Ouais.

Carrie s'était arrangée pour que je reste dans le couloir. Je ressentis un élan de gratitude.

— Et Claude ? demandai-je.

Son visage devint plus sérieux.

— Il a une jambe salement cassée, en deux endroits, commença-t-elle. Comme toi, il a une commotion cérébrale et il est provisoirement sourd. Il a une grave coupure au bras et ses reins sont écrasés.

— Il va s'en remettre ?

— Oui, mais ça va prendre du temps.

— Est-ce que tu t'es occupée de mon ami Raphael Roundtree, par hasard ?

— Non, ou peut-être que si et que j'ai oublié son nom, c'est tout à fait possible.

Carrie bâilla et je compris combien elle était épuisée.

— Mais je vais aller me renseigner.

— Merci.

Une infirmière apparut quelques minutes plus tard pour m'annoncer que Raphael avait été soigné et libéré la nuit précédente.

Quelques heures plus tard, une bénévole de l'hôpital me ramena à ma voiture, toujours garée à deux pâtés de maisons des ruines de l'église Golgotha. La bénévole était assez aimable, mais je savais que selon elle, je méritais quelque peu ce qui m'était arrivé parce que j'avais assisté à une réunion dans une église noire. Son attitude ne me surprit guère, et je n'en avais pas grand-chose à faire. Mon manteau avait fini dans une poubelle de l'hôpital car le dos était en lambeaux ; on l'avait remplacé par une vieille et immense veste de survêtement, avec une capuche que je fus ravie de pouvoir rabattre sur ma tête. Je savais que j'avais une apparence plutôt minable. Il manquait des petites parties de mes chaussures et on avait coupé mon jean pour soigner ma jambe. Je portais un pantalon de survêtement encore plus vieux.

La blessure était située sur ma jambe gauche, fort heureusement, car je pouvais toujours conduire. Il m'était douloureux de marcher – bon sang, il m'était douloureux de bouger, tout simplement – et j'avais tellement envie d'être enfermée chez moi que je supportai à peine le trajet pour m'y rendre.

Je garai ma voiture sous son abri et ouvris la porte de ma cuisine avec un soulagement tel que je pouvais presque lui donner un goût. Mon lit m'attendait, avec des draps propres, des oreillers fermes et personne pour venir me réveiller et vérifier mes pupilles, mais je ne pouvais pas m'y glisser dans cet état dégoûtant.

Quand j'observai mon reflet dans le miroir, je fus stupéfaite que quiconque ait pu supporter ma vue. Même si j'avais été grossièrement débarbouillée, l'hôpital était tellement submergé de blessés que le nettoyage des victimes n'était pas la priorité. J'avais le visage éclaboussé de sang, les cheveux coagulés, un sillon de sang séché dans le cou là où mon oreille avait saigné ; mon tee-shirt et mon soutien-gorge étaient barbouillés d'émoglobine et puaient toutes sortes d'odeurs, et j'allais devoir jeter mes chaussures. Il me fallut longtemps, très longtemps pour me débarrasser de tout ça. Je jetai les lambeaux de mes vêtements et de mes chaussures dans un sac en plastique, que je déposai devant la porte de la cuisine avant de me diriger en boitillant laborieusement vers la salle de bains pour me nettoyer au gant. Il m'était impossible d'aller dans la baignoire et j'étais censée garder mes points de suture au sec. Je me plaçai debout, enveloppée dans une serviette devant mon lavabo, et me savonnai avec un gant avant de me rincer avec un autre, jusqu'à retrouver mon vrai visage et ma véritable odeur. Je m'occupai même de mes cheveux ; tout ce que je peux dire, c'est qu'après ça ces derniers étaient propres ! J'appliquai un peu d'antiseptique sur ma blessure au cuir chevelu. Je jetai la boucle que je portais toujours à l'oreille droite – on m'avait enlevé la gauche à l'hôpital pour me soigner, et je n'avais aucune idée de là où on l'avait posée ; je m'en fichais encore plus. J'observai mon oreille gauche pour m'assurer que je pourrais toujours porter des boucles. C'était le cas, mais il faudrait que je laisse pousser mes cheveux pour couvrir le point, environ au milieu du lobe, sur le côté, où il y avait – et où il y aurait toujours – une entaille.

Enfin – tenant à peine debout, bourrée de médicaments et toujours curieusement engourdie émotionnellement –, je fus en mesure de m'asseoir sur mon lit. Je baissai la sonnerie de mon téléphone à son minimum, mais le laissai allumé. Je ne voulais pas que quelqu'un pénètre chez moi par effraction pour vérifier que je n'étais pas morte. Puis je m'allongeai avec beaucoup de précaution et laissai les ténèbres m'engloutir.

J'avais dû manquer deux jours et demi de travail, et j'avais mon dimanche libre de toute façon. J'aurais dû rester chez moi encore le lundi (et peut-être même le mardi), mais je savais que je devais régler la facture de l'hôpital pour mon passage aux urgences, et celle de Carrie pour les soins. Je faisais toujours le ménage pour Carrie afin de la payer, mais je ne voulais pas que ma dette continue de s'élever.

Ce lundi, il me fut bien plus facile de faire le ménage chez des clients qui n'étaient pas là. Sinon, ils auraient essayé de me renvoyer chez moi.

Bobo était passé le soir même du jour où j'étais rentrée chez moi.

— Comment tu l'as su ? lui avais-je demandé.

— Ce nouveau type m'a dit que tu pourrais avoir besoin d'aide.

J'étais trop épuisée pour poser des questions et trop abattue pour seulement m'en préoccuper.

Bobo vint me voir tous les soirs suivants. Il me rapportait mon courrier et mon journal, et me faisait des sandwichs si épais qu'ils étaient presque impossibles à mâcher. Carrie, elle aussi, passa un soir, mais je me sentis coupable tant elle avait l'air fatiguée. L'hôpital était toujours plein.

— Combien de morts ? demandai-je en me renversant dans mon fauteuil inclinable.

Elle se trouvait dans la bergère.

— Jusqu'ici, cinq, répondit-elle. Si l'explosion avait eu lieu cinq minutes plus tard, il n'y en aurait eu aucun et peu de blessés. Cinq minutes plus tôt et le nombre de morts aurait été bien plus élevé.

— Qui est mort ?

Carrie chercha le journal local et me lut la liste de noms. Je ne connaissais personnellement aucun d'entre eux, et j'en fus soulagée.

Je lui demandai des nouvelles de Claude et elle me confia qu'il allait mieux. Mais elle ne semblait pas à l'aise avec sa convalescence.

— Et je m'inquiète de savoir qu'il va rentrer seul chez lui, d'ailleurs. Il vit à l'étage.

— Déplace toutes ses affaires dans l'appartement vide du rez-de-chaussée, dis-je d'un ton las. Ce sont exactement les mêmes. Dis à tous les officiers de venir aider. Ne demandez pas à Claude si ça lui convient. Fais-le directement.

Carrie me regarda avec une certaine surprise.

— Très bien, dit-elle lentement.

Carrie m'avait suggéré de me servir d'une canne pendant quelques jours, jusqu'à ce que le gonflement et la douleur dans ma jambe s'atténuent, et j'étais ravie qu'elle m'en ait prêté une. Marshall passa un peu plus tard dans la même soirée, après le départ de Carrie, et il fut terrifié de voir que je boitais. Il m'apporta trois films qu'il avait enregistrés sur HBO et un dîner qu'il avait pris à emporter dans l'un des restaurants du coin.

Les deux me firent plaisir. Réfléchir et me lever, ce n'était pas des choses que j'avais envie de faire. Quand Marshall me quitta, je le vis se diriger vers la porte des appartements voisins. À mon avis, il allait voir Becca Whitley. Je m'en fichais.

À ma grande surprise, Janet Shook passa à l'heure du déjeuner, le dimanche. Je ne l'avais jamais vue en robe auparavant, mais elle revenait de l'église et était vêtue d'une robe bleu foncé qui lui allait à ravir. Elle m'avait préparé une marmite de ragoût et du pain, et je profitai de sa présence pour qu'elle m'aide à me raser les jambes et à me laver correctement les cheveux, deux problèmes qui m'avaient tracassée, voire affolée.

Quand je repris le travail le lundi, je ne peux pas dire que je fus très efficace, mais je fis de mon mieux : il allait falloir que ça suffise. Je me promis de faire des choses en plus pour me rattraper de ne pas avoir bien accompli mes corvées cette fois-ci.

J'essayai toute la journée d'économiser mon énergie et, à la fin, je me rendis à l'hôpital. J'avais vraiment mal à ce moment-là, mais je savais que si je repassais chez moi avant et que je prenais un antidouleur, je ne réussirais pas à ressortir. J'attendais avec impatience de prendre le médicament le plus fort, celui que Carrie m'avait conseillé si je savais que je ne sortais plus de chez moi.

Heureusement que les portes étaient automatiques, car j'avais un bouquet de fleurs dans la main droite et ma canne dans la gauche. Je me dirigeai vers la chambre de Claude en faisant des pauses ici et là. Je ne pouvais pas frapper à la porte avec mes deux mains prises, alors j'appelai par la porte entrebâillée :

— Claude ? Je peux entrer ?

— Lily ? Bien sûr !

Au moins, il semblait mieux entendre.

Je poussai la porte avec ma tête et entrai en boitillant.

— Bon sang, jeune fille, je ferais mieux de me déplacer pour te faire une place à côté de moi ! s'exclama-t-il d'un ton las.

Je reçus un choc en l'observant attentivement. Son visage n'avait pas sa couleur saine habituelle, et il avait les cheveux en bataille. Au moins, il était rasé. Il avait la jambe droite et le bras droit engloutis sous les bandages et les plâtres. Il avait manifestement perdu du poids.

À ma grande horreur, je sentis des larmes rouler le long de mes joues.

— J'savais pas que je faisais si peur à voir, murmura Claude.

— C'est juste que... quand je t'ai retrouvé cette nuit-là... j'ai cru que tu étais mort.

— Oui, j'ai entendu dire que tu m'avais rendu un petit service.

— Tu m'en as rendu plein.

— Alors disons qu'on est quittes. On essaie de ne plus se secourir l'un l'autre.

— D'accord.

Je me laissai tomber dans le fauteuil près de la fenêtre. Je me sentais atrocement mal. Carrie arriva à cet instant précis, au trot, rapide comme toujours, son masque professionnel bien en place.

— Une visite achetée, deux offertes ! lança-t-elle. Je suis juste passée vous examiner, Claude, avant de rentrer chez moi.

Claude lui sourit. Carrie ressembla soudain plus à une femme qu'à un médecin. Je me sentis mieux.

— Je ne vais pas si mal, aujourd'hui, dit Claude de sa voix grondante. Sortez d'ici et allez vous reposer, ou vous allez finir aussi abîmée que Lily. Et elle, elle n'a pas travaillé de la journée.

— Si, si !

Ils me regardèrent tous deux comme si j'étais la plus grande imbécile qu'ils aient jamais vue. Je sentis mes joues rougir en un réflexe de défense.

— Lily, tu vas rechuter si tu ne te reposes pas, déclara Carrie en gardant une voix égale, même si ça lui demandait évidemment une grande dose de maîtrise.

— Je dois y aller, dis-je en me relevant avec un effort que je ne voulais pas laisser paraître.

J'avais compté sur le fait de m'asseoir le plus longtemps possible avant de devoir retourner à ma voiture.

Je sortis en boitillant, essayant de ne pas m'avachir, mais j'échouai lamentablement, ce qui me mit en colère en plus de me déprimer.

Pour la première fois depuis des années, alors que je me tenais devant les portes de l'hôpital et que je voyais à quelle distance se trouvait ma voiture, j'eus envie de quelqu'un à mes côtés pour me rendre la vie plus facile. J'avais presque envisagé d'appeler mes parents pour solliciter leur aide : ça faisait si longtemps que je ne leur avais rien demandé que j'en avais perdu l'habitude. Je savais qu'ils seraient venus. Mais il leur aurait fallu réserver une chambre d'hôtel sur la bretelle qui contournait la ville, ils auraient tout regardé chez moi et auraient ainsi vu ma vie en gros plan. Leur aide valait moins la peine, finalement, que tous les ennuis que leur venue m'apporterait. Et je savais, par leurs lettres, que ma sœur Varena était plongée dans les fêtes de fiançailles et les soirées cadeaux ; le mariage aurait lieu juste avant Noël. Varena m'en voudrait encore plus qu'à l'heure actuelle si je venais lui voler la vedette.

Bon, tout ça me donnait bien trop l'impression de m'apitoyer sur mon sort, même de me vautrer dans mon malheur. Je redressai vivement les épaules. Je posai fixement les yeux sur ma voiture. Je saisis ma canne et me mis en marche.

Deux soirs plus tard, je reçus une convocation totalement inattendue.

Le téléphone se mit à sonner quand je fus enfin réchauffée et bien installée, recroquevillée dans mon fauteuil inclinable à regarder la télévision, une couverture afghane, tricotée par ma grand-mère, posée sur les genoux. Quand le cri aigu de la sonnerie retentit et me tira de ma léthargie, je réalisai que je n'avais rien enregistré de ce que j'étais supposée regarder. Je tendis la main pour soulever le combiné.

— Mademoiselle Bard ?

C'était une voix vieille, une voix impérieuse.

— Oui.

— Arnita Winthrop à l'appareil. Je me demandais si vous pouviez venir chez nous. J'aimerais beaucoup vous parler.

— Quand souhaiteriez-vous que je vienne ?

— Eh bien, jeune femme, maintenant vous conviendrait-il ? Je sais que vous travaillez et je suis certaine que vous êtes extrêmement fatiguée ce soir…

J'étais toujours habillée. Je n'avais pas pris d'antidouleur. Ce soir serait une occasion comme une autre. Même si je savais que mon corps se remettait et guérissait, depuis la nuit de l'explosion, j'avais été comme happée par une apathie dont je n'arrivais pas à me débarrasser. Ressortir maintenant me parut représenter toute une série de difficultés, mais ce n'était pas une raison pour refuser.

— Oui, je peux venir maintenant. Pouvez-vous me dire ce dont il s'agit ? Envisagez-vous de remplacer votre femme de ménage ?

— Oh, non. Notre Callie fait partie de la famille, mademoiselle Bard. Non, c'est quelque chose que je dois vous remettre.

— Très bien. J'arrive.

— Oh, magnifique ! Vous savez où j'habite ? La maison blanche sur Partridge Road ?

— Oui, madame.

— Alors à tout à l'heure.

Je raccrochai. Après m'être repoudré le nez, je sortis mon plus beau manteau de la penderie, celui sans tache ni trou, et avec des boutons plutôt qu'une fermeture Éclair. C'est tout ce qui me restait. J'étais fatiguée, donc je pris la canne, même si j'avais réussi à passer toute la journée sans m'en servir.

En quelques minutes, je me retrouvai en dehors du centre-ville, mais toujours dans les limites de la ville, devant la maison blanche sur Partridge Road. *Maison* était un terme trop dépréciatif pour être appliqué à l'habitation des Winthrop. *Hôtel particulier* ou *maison de maître* aurait mieux convenu. Je tournai dans une allée semi-circulaire qui parcourait de façon opulente l'immense avant-cour. Elle était illuminée par des lampadaires placés à intervalles réguliers de chaque côté de la surface pavée. La pluie de l'après-midi avait laissé des flaques d'eau qui scintillaient sous les reflets des lumières.

Je grimpai les petites marches du perron aussi vite que possible. Le vent transperçait mon manteau et mon jean. Je traversai en boitant les dalles de pierre devant le portillon, trop frigorifiée pour seulement penser à m'arrêter afin d'admirer la façade. J'appuyai sur la sonnette.

Mme Winthrop vint ouvrir la porte en personne. Je fus forcée de la regarder en détail. J'estimai qu'Arnita Winthrop devait avoir environ soixante-quinze ans. Elle était très belle dans sa tenue marron, qui faisait briller ses cheveux d'un blanc dense. Légèrement maquillée, elle portait du vernis à ongles pâle. Ses boucles d'oreilles auraient pu payer mes factures d'électricité pendant six mois. Elle était absolument charmante.

— Entrez, entrez, ça gèle dehors !

Tandis que je la suivais dans la chaleur de son vestibule, elle me prit la main et la serra légèrement et brièvement.

— Je suis tellement ravie de vous rencontrer enfin, dit-elle avec un sourire.

Elle jeta un coup d'œil à ma canne et, courtoisement, ne fit aucun commentaire.

Son accent du Sud, mêlé aux voyelles monotones du sud de l'Arkansas, était plus prononcé que tous ceux que j'avais pu entendre depuis des années. Il donnait à tout ce qu'elle disait une note accueillante et chaleureuse.

— Marie parlait sans cesse de vous, poursuivit Mme Winthrop. Vous lui étiez d'une grande aide, et elle pensait beaucoup de bien de vous.

— Je l'appréciais vraiment.

— Tenez, laissez-moi prendre votre manteau.

Pour mon plus grand malaise, Mme Winthrop retira le manteau de mes épaules et le suspendit dans la penderie.

— Bien, venez dans le salon. Mon mari et mon fils nous y attendent en prenant un verre.

Le salon était aussi vaste que le rez-de-chaussée de la résidence de Shakespeare Garden. Je n'avais jamais vu de pièce équivalant à un tel investissement. Des têtes d'animaux étaient accrochées aux boiseries foncées, qu'on n'aurait jamais pu trouver en vente au magasin d'ameublement du coin. Les tapisseries et les papiers peints étaient de couleurs élégantes et profondes. Un tapis, que j'aurais pu admirer pendant des heures tant son motif était subtil et complexe, habillait la pièce.

Les deux hommes présents dans la salle étaient presque aussi attirants.

Howell Winthrop Senior ressemblait à un chien terrier, avec ses cheveux gris et fins, son visage mince et tranchant, et son expression alerte. Il portait un costume et une cravate, ce qui semblait être sa tenue habituelle. Je songeai qu'il était plus vieux que sa femme, peut-être quatre-vingts ans. Howell Junior semblait bien moins à l'aise que son père ; en fait, il avait une mine terrible.

— Chéri, voici Lily Bard, annonça Arnita Winthrop comme si son mari devait être ravi de l'apprendre.

Mais, égal à sa femme dans les manières, il tenta d'avoir l'air enchanté de me voir, et lui et son fils se levèrent tous deux sans hésitation.

— Ravi de vous rencontrer, jeune demoiselle, dit le vieil homme, et je perçus son âge dans sa voix. J'ai entendu tout un tas de choses très élogieuses à votre sujet.

Mais son ton, lui, disait « des histoires intéressantes » plutôt que « des choses très élogieuses ».

Howell Jr et moi nous adressâmes un signe de tête. Je n'avais pas revu Howell depuis le jour de l'effraction. Il m'adressait un regard des plus étranges et des plus intenses. Je voyais bien qu'il essayait de me communiquer quelque pensée par télépathie.

Toute cette affaire devenait de plus en plus complexe chaque seconde. Que voulait-il m'entendre dire, ou passer sous silence ? Et pourquoi ? Parviendrais-je à jouer le jeu ?

— Lily et moi allons passer dans l'autre pièce pendant une minute, déclara Arnita.

Sous sa politesse et sa tenue hors de prix, je réalisai que la vieille dame était angoissée. Très angoissée. Ça nous portait au nombre de trois.

Son mari afficha un air aussi froid qu'un concombre.

— Non, trésor, attends une minute, intervint-il avec un air jovial. Tu ne peux pas filer comme ça à toute vitesse avec la plus belle femme que j'aie vue depuis une éternité sans me laisser le temps de bien la regarder.

— Oh, toi alors ! s'exclama Arnita dans une excellente imitation de la bonne humeur.

Elle se détendit visiblement.

— Asseyez-vous, alors, mademoiselle Bard.

Elle me montra l'exemple en s'installant dans le canapé le plus éloigné des deux hommes, qui, eux, se trouvaient dans de hauts fauteuils à oreilles. Je devais m'exécuter, si je ne voulais pas passer pour une plouc.

Je regrettai d'être venue. Je voulais rentrer chez moi.

— Mademoiselle Bard, n'étiez-vous pas à l'église quand cette explosion a eu lieu, et *également* chez mon fils quand il y a eu cette mystérieuse effraction ?

Mes sens se mirent en alerte rouge. Le plus vieux des Winthrop savait pertinemment que je m'étais trouvée sur les lieux.

— En effet.

Il attendit quelques secondes que j'ajoute quelque chose avant de comprendre que je n'en ferais rien.

— Oh mon Dieu, murmura Arnita. Vous avez dû avoir la peur de votre vie.

Je haussai un sourcil.

Howell Jr avait le front trempé de sueur.

Je n'avais pas envie de parler de l'église.

— En réalité, je ne me suis pas rendu compte que quelqu'un essayait d'entrer par effraction jusqu'à ce que cette personne soit partie. Je lui ai probablement plus fait peur que l'inverse.

J'espérais que parler du voleur au singulier me donnerait l'air plus ignorante. Howell Jr avait les yeux rivés sur une tête de cerf, mais je perçus le soulagement dans sa posture. J'avais donné la bonne réponse.

En regardant ces trois personnes dans cette pièce, j'éprouvai un sentiment curieux : ma présence dans cette maison, en leur compagnie, était totalement improbable. Aussi invraisemblable que de tomber dans le trou du lapin dans *Alice au pays des merveilles*. Je me demandai si je ne souffrais pas d'un curieux effet secondaire dû à l'explosion.

Howell Sr sembla trouver ma dernière remarque plutôt cocasse.

— Vous n'avez aucune idée de ce qu'ils cherchaient, jeune demoiselle ? Savez-vous seulement s'ils étaient noirs ou blancs ?

J'avais l'habitude de parler avec les gens dans leur contexte, pourtant je sentis mes muscles se crisper, et probablement mon visage, aussi. Le ton de Howell Sr me semblait méprisant et trop autoritaire. Mais si j'avais été tentée de reprendre le vieil homme, cette idée s'évanouit quand je vis l'anxiété sur le visage de mon hôtesse.

— Non, répondis-je.

— Bon Dieu, une femme de peu de mots, n'est-ce pas inhabituel ! caqueta Howell Sr.

Mais ses yeux bleu délavé ne semblaient pas amusés. Le plus vieux des Winthrop à être encore en vie était habitué à ce qu'on lui témoigne plus de respect.

— Un cambriolage en plein jour, intervint Arnita en secouant la tête face aux démons du monde moderne. Je ne comprends pas ce qui leur est passé par la tête.

— Oh, Maman, dit son fils, ils auraient pu prendre le lecteur DVD, la caméra, et même le téléviseur et ils en auraient obtenu assez pour se payer de la drogue pendant des jours.

— J'imagine que tu as raison, commenta Arnita, secouant de nouveau la tête avec consternation. Le monde ne s'arrange vraiment pas.

Il me semblait étrange de mettre en évidence cette vérité en ma présence, mais peut-être que les deux Winthrop Sr étaient les seuls de tout Shakespeare à ne pas connaître mon histoire.

— Chérie, Mlle Bard sait combien le monde est mauvais, lui dit son mari d'une voix triste. Son passé, puis cette terrible bombe...

— Oh, ma chère ! Pardonnez-moi, je n'ai jamais voulu...

— Ce n'est pas grave, dis-je, incapable de contenir la lassitude dans ma voix.

— Comment va votre jambe, mademoiselle Bard ? reprit le vieil homme, qui semblait aussi fatigué que moi. Et j'ai cru entendre que vous aviez perdu un bout d'oreille ?

— Pas la partie essentielle, répondis-je. Et ma jambe va mieux.

Tous les Winthrop poussèrent de petits cris d'apitoiement.

Arnita profita de la pause qui s'ensuivit pour déclarer à son mari et à son fils qu'elle et moi devions discuter de quelque chose, et je me levai pour suivre son dos bien droit le long d'un couloir avant d'entrer dans une pièce aux dimensions plus raisonnables, qui se révéla être le petit boudoir d'Arnita. Il était décoré dans des tons blanc cassé, beige et pêche, et tous les meubles semblaient proportionnés pour le petit corps d'Arnita.

Je fus une nouvelle fois confortablement installée dans un sofa, imitée par Arnita, qui aborda ensuite le cœur du sujet.

— Lily, si je peux vous appeler ainsi, j'ai quelque chose à vous donner de la part de Marie.

Je digérai l'information en silence. Marie ne possédait vraiment pas grand-chose, et je supposai que Chuck s'occuperait du moindre petit bibelot et papier que sa mère avait laissés. Je fis un signe de tête à Arnita pour lui signifier qu'elle pouvait continuer.

— Vous êtes passée chez Marie certains jours où vous n'étiez pas censée y travailler.

Je baissai les yeux. Ça ne regardait personne.

— Elle appréciait plus que vous ne pourrez le réaliser avant d'être vieille à votre tour, Lily.

— Je l'appréciais beaucoup moi aussi.

Je tournai les yeux vers une peinture à l'huile des trois petits-enfants des Winthrop. D'une certaine manière, il était encore plus étrange de voir la bouille de Bobo dans cet environnement inconnu. Amber Jean ressemblait plus à sa mère sur la peinture qu'en réalité. Howell Trois avait l'air dégingandé et charmant.

— Bien sûr, Marie a toujours été consciente qu'elle n'avait pas grand-chose, et Chuck l'aidait à vivre de manière décente.

— Comme il en avait le foutu devoir, dis-je d'un ton catégorique.

Nos regards se croisèrent.

— Nous sommes bien d'accord là-dessus, approuva Arnita d'une voix sèche, ce qui m'amena presque à l'apprécier elle aussi. Voilà donc ce qu'il en est. Marie ne pouvait pas vous laisser d'argent pour vous remercier de votre gentillesse envers elle, alors elle m'a dit qu'elle voulait vous léguer cette petite bague. Aucune obligation. Vous pouvez la vendre ou la porter, comme vous voulez.

Arnita Winthrop me tendit un écrin en velours brun élimé. Je le saisis et l'ouvris. À l'intérieur, je découvris une bague si jolie et si féminine que je me surpris à sourire malgré moi. Elle était dessinée pour ressembler à une fleur, les pétales constitués d'opales rosées, le centre d'une perle entourée de minuscules éclats de diamants. Il y avait deux feuilles, suggérées par deux pierres vert foncé qui n'étaient, bien évidemment, pas de vraies émeraudes.

— C'est une jolie petite chose, n'est-ce pas ? dit mon hôtesse d'une voix douce.

— Oh, oui, approuvai-je.

Je ne me souvenais pas d'avoir jamais vu ce petit écrin en velours parmi les affaires de Marie, et j'étais pourtant familière de ses effets personnels depuis des années. Je sentis mon sourire s'évanouir. Marie pouvait l'avoir caché dans un endroit astucieux, j'imagine, mais tout de même...

— Quel est le problème ? demanda Arnita en se penchant pour regarder mon visage avec une expression préoccupée.

— Non, rien, dis-je en cachant machinalement mon inquiétude. Je suis ravie de l'avoir pour me rappeler d'elle, si vous êtes certaine que c'est ce qu'elle voulait.

J'hésitai.

— Je n'arrive pas à me souvenir d'avoir jamais vu Marie porter cette bague.

— Elle ne la portait pas, depuis des années, elle pensait qu'elle faisait trop moderne pour une vieille femme ridée – ce que nous sommes devenues, expliqua Arnita avec une grimace cocasse.

— Merci, dis-je, ne voyant rien d'autre à ajouter.

Je me levai et sortis mes clés de voiture de ma poche. Arnita sembla légèrement surprise.

— Eh bien, bonne nuit, dis-je en prenant conscience que je m'étais montrée trop abrupte.

— Bonne nuit, Lily.

La vieille femme se leva en prenant quelque peu appui sur les accoudoirs de son fauteuil.

— Laissez-moi vous redonner votre manteau.

Je protestai, mais elle était inflexible quand il s'agissait de respecter les règles de politesse. Elle ouvrit les superbes portes du salon pour que je dise au revoir à Howell Sr et Jr. Je n'avais pas pris de sac et je tenais donc dans ma main l'écrin de la bague. Howell Jr la remarqua et, soudain, il devint blanc comme un linge. Puis il croisa mon regard et sembla sur le point d'être malade. J'étais perplexe et certaine qu'on pouvait le lire sur mon visage.

Qu'est-ce qui clochait chez ces gens ?

Je fis preuve du minimum de politesse requise et quittai la pièce pour aller récupérer mon manteau auprès d'Arnita. Elle me regarda me diriger vers le portillon et monter dans ma voiture. Elle me fit un signe, me cria d'être prudente sur les routes humides, me remercia d'être venue, exprima son souhait de me revoir bientôt et, enfin, elle referma la porte derrière elle.

Je secouai la tête en mettant le contact et en allumant les phares. Puis je me tournai brusquement pour suivre un mouvement capté du coin de l'œil. Je fus hors de la voiture aussi vite que possible, le regard plongé dans les ombres profondes des buissons qui bordaient l'allée, essayant de découvrir ce que je venais de voir. Je n'allais tout de même pas me mettre à courir dans l'obscurité alors que je n'étais même pas certaine d'avoir vu quelque chose de vivant. Il ne s'agissait peut-être que d'ombres qui s'étaient déplacées quand j'avais allumé les phares. Peut-être un chat ou un chien. Je m'avançai un peu dans l'allée et scrutai des yeux les massifs d'arbustes, à l'affût du moindre mouvement, mais je ne vis rien, rien du tout.

L'invitation et ma visite à la résidence des Winthrop avaient été particulières et étrangement décalées, et je fus tentée de réfléchir aux problèmes que ces gens rencontraient manifestement. Mais s'impliquer dans les querelles intestines d'une des familles les plus puissantes de la région n'était pas un bon moyen de gagner sa vie. Garder la tête basse, aller de l'avant ; il fallait que je rentre chez moi et que j'écrive ça une centaine de fois.

J'avais le mauvais pressentiment d'être déjà empêtrée dans les ennuis, plus encore que je ne pouvais l'imaginer.

Le jour suivant fut si normal que ce fut un vrai soulagement. Même si je ne pouvais pas m'empêcher de regarder sans cesse autour de moi quand je prenais la voiture pour me rendre d'un ménage à un autre, au moins, je ne m'attendais plus à tout instant à ce que quelque chose – ou quelqu'un – bondisse face à moi pour me défier.

Mes ecchymoses assorties sur le visage et sur les bras s'étaient atténuées et avaient pris une teinte d'aubergine, et les plus marquées, dans mon dos, devenaient moins douloureuses. Ma jambe se remettait bien. La coupure sur mon cuir chevelu était presque guérie et l'entaille à mon oreille avait pris un aspect un peu moins répugnant.

Je n'avais pas d'appétit à l'heure du déjeuner et, après avoir grignoté un fruit à la maison, je décidai donc d'aller faire un achat indispensable, un achat que je repoussais depuis quelques jours. Mes gants d'entraînement étaient littéralement en lambeaux au niveau des coutures. Peut-être que si j'avais de nouveaux gants, je retournerais chez Body Time. Je ne m'étais pas entraînée et je n'avais pas assisté au cours de karaté depuis l'explosion. Je savais que je n'étais pas assez rétablie pour pratiquer mon entraînement habituel, mais je pouvais faire des séries d'abdominaux ou travailler mes biceps. J'avais l'impression que toute mon énergie était absorbée par les seuls mouvements du quotidien et parfois, je jure que je devais me rappeler de respirer, tant j'éprouvais de difficultés. De nouveaux gants, un petit plaisir qui me remettrait certainement sur le droit chemin.

Puisque ma rue est au fond d'une impasse en forme de U, je dus faire un détour pour me rendre chez Winthrop Sport. Si j'avais voulu grimper la colline et traverser la voie ferrée derrière ma maison, j'aurais atteint la clôture grillagée qui entourait l'arrière du terrain de Maison Winthrop, qui jouxtait directement le terrain clôturé et tout aussi immense du magasin de sport. Mais les grillages et le sol accidenté rendaient toute marche impraticable, surtout dans mon état ; je dus donc conduire pendant dix minutes à travers une partie du centre-ville de Shakespeare avant de tourner à droite sur Finley.

Le trajet me laissa trop de temps pour penser et j'entrai dans le magasin des Winthrop avec la mine renfrognée. Darcy Orchard leva les yeux, et ses joues devinrent presque aussi rouges que son sweat-shirt à l'effigie de la boutique ; il recula avec une expression de terreur exagérée en me voyant entrer.

— Tu ferais mieux de sourire, jeune fille ! s'exclama-t-il. Sinon, tu risques de faire exploser tous les miroirs devant lesquels tu passes !

Je jetai un regard autour de moi. J'étais toujours stupéfiée par la taille et la complexité de la boutique des Winthrop. L'intérieur du bâtiment avait été remodelé un nombre incalculable de fois, jusqu'à la disposition actuelle : une immense pièce principale, dont les murs étaient garnis de rayons spécialisés. Un espace pour les fusils, un pour les arcs – la chasse à l'arc est très populaire à Shakespeare –, un espace sur la gauche entièrement dédié à l'attirail de pêche et un autre aux accessoires de camping. Il y avait un terrain entier, à l'extérieur, consacré au jet-ski, aux bateaux, aux cabanes d'observation de cerfs et aux 4 × 4.

Mais tout le reste se trouvait dans la pièce principale. De grands présentoirs équipés de tenues de camouflage dans chaque nuance imaginable de vert et de brun, jusqu'aux tailles d'enfants en bas âge. Il y avait des chapeaux de chasse, des chaussettes thermiques, des gants spéciaux, des thermos, des glacières. Des gilets de sauvetage d'un orange criard, des céréales pour les cerfs étaient entassés dans des sacs de vingt kilos, et des avirons étaient disposés sur des présentoirs surélevés. Il y avait des vitrines remplies de flacons contenant des fluides vous permettant de sentir toutes sortes d'odeurs, comme l'urine de raton laveur, la biche en chaleur ou encore la moufette.

Il y avait d'autres vêtements pour tous les sports, même une petite section réservée aux tenues de ski, car les Shakespeariens fortunés se rendent dans le Colorado quand la neige y est abondante. Chaque fois que je venais dans la boutique des Winthrop, j'étais toujours aussi surprise qu'un endroit comme celui-là puisse prospérer dans une ville de la taille de Shakespeare. Mais le coin était réputé pour son gibier et les passionnés venaient de toute la région dans les nombreux camps de chasse situés dans les bois épais. Le magasin était connu pour accueillir derrière son comptoir les listes de mariage. Des familles entières venaient jusqu'à Little Rock pour faire leurs achats chez Winthrop Sport, et la rumeur courait qu'Howell Jr voulait commencer à faire circuler des catalogues.

Je me rendis compte, en regardant autour de moi, que les Winthrop devaient être incroyablement riches, du moins en théorie. J'en avais eu la preuve en voyant la taille de leurs maisons, leurs vêtements, leurs bijoux et les jouets des enfants : mais au vu de l'immensité du magasin, de l'énorme boutique d'approvisionnement de bois et de fournitures pour la maison située juste à côté de celle-ci, et au souvenir de toutes les clôtures que j'avais vues dans des domaines contenant des puits de pétrole et sur lesquelles était indiqué PÉTROLE WINTHROP – ENTRÉE INTERDITE, la quantité d'argent que les Winthrop devaient avoir en banque me coupait le souffle.

Bon, je ne voulais rien de tout ça. Tout ce que je cherchais, c'était des gants.

J'allais devoir faire un véritable safari à travers la jungle des tenues de camouflage pour atteindre la petite section qui m'intéressait, située tout au fond, si je me souvenais bien de la disposition de la boutique. Darcy Orchard sembla croire que je souhaitais sa compagnie et, quand il sut ce que je cherchais, il me guida le long d'une étroite allée centrale avant de tourner sur la gauche. Je levai la main à l'intention de Jim Box, qui était en train d'expliquer à un adolescent pourquoi il avait besoin d'un étui à fusil étanche. La jeune femme en charge des accessoires de bateau s'approcha et me donna une légère accolade avant de me demander comment allait ma jambe ; puis l'un des hommes qui travaillait dans la boutique depuis plus de vingt ans – on le voyait à son sweat-shirt – me donna de petites tapes amicales dans le dos, même si je n'avais pas la moindre idée de qui il était. Ces gens étaient sympathiques, et la gentillesse et la politesse dont ils faisaient preuve sans me poser de question me rappelèrent la raison pour laquelle j'avais aimé Shakespeare dès le départ.

— Tu peux rencontrer le nouveau, si c'est pas déjà fait. Il est à peu près aussi méchant que toi, dit Darcy avec ce ton enjoué que certains hommes réservent aux insultes qu'ils ne veulent pas qu'on prenne mal.

Je me rappelai soudain l'identité du nouveau et, pour la première fois, je réalisai... Au moment où mon corps poussa un cri d'alarme, je me forçai à me concentrer sur Darcy.

Ce dernier avait utilisé un ton désinvolte, mais quelque chose dans sa voix avait fait se dresser les poils de ma nuque.

— Ce qui est sûr, c'est que tu te retrouves toujours dans des endroits curieux, disait-il. Chez les Winthrop alors que ce n'est pas ton jour de ménage, à l'église alors que tous ceux qui se rendent à la réunion sont noirs...

— Ta femme te disait-elle tout ce qu'elle comptait faire, Darcy ?

Je me souvenais qu'il s'était marié il y avait environ six ans de cela, même s'il était divorcé depuis que je le connaissais.

— Ma femme avait plus de projets que le Pentagone, répondit Darcy d'un ton sinistre, mais il sembla se détendre.

Il contourna un présentoir composé de combinaisons d'hommes (très populaires à Shakespeare) qui nous mena au rayon dédié aux vêtements de sport et au matériel d'entraînement.

Plongé dans la notice d'un gadget pour les abdominaux, la bouche légèrement inclinée en une moue sceptique, se trouvait le détective, M. Queue de Cheval. De mon côté, j'avais compris qui j'étais sur le point de voir, mais lui ne fut pas prévenu. J'admirai le calme avec lequel il découvrit ma présence. Ses mains se crispèrent légèrement sur la brochure, mais ce fut là le seul signe extérieur trahissant qu'il ne s'agissait pas de notre première rencontre.

— Lily, voici Jared Fletcher, déclara Darcy. Il a de ces abdos en béton, hein, Jared ?

Il ne s'appelait pas Jared. Je le reconnaissais maintenant. Il avait eu le même regard sceptique sur les photos du journal. Je sentis mon souffle s'accélérer.

— Jared, voici Lily, la femme la plus coriace de Shakespeare, dit Darcy, achevant les présentations avec régal. Vous devriez vous entendre à merveille, tous les deux.

Darcy sembla lui-même réaliser que le silence qui s'ensuivit était chargé de tension.

— Vous vous connaissez déjà ? demanda-t-il, sa tête allant successivement de « Jared » à moi.

— J'ai déjà vu Lily à la salle de sport, expliqua le nouveau de manière naturelle. Mais on ne s'est jamais vraiment rencontrés.

— Oh, bien sûr, reprit Darcy dont le visage s'éclaira de nouveau. Je vous laisse tous les deux, alors. Mlle Lily ici présente a besoin de nouveaux gants. Tu d'vrais peut-être aussi lui vendre un gilet pare-balles, vu qu'elle a une fâcheuse tendance à se trouver au mauvais endroit au mauvais moment.

— Quelle taille ? demanda l'homme tandis que Darcy retournait dans son périmètre à contrecœur.

Je montrai ma main.

— À votre avis ? demandai-je en croisant son regard.

Il me prit la main et s'approcha de moi. Cette partie de la boutique sembla soudain isolée et silencieuse, même si je savais qu'il y avait des gens juste de l'autre côté des présentoirs de vêtements. De son autre main, il effleura le bleu sur mon front. De toutes mes blessures, celle qu'il avait touchée était dérisoire.

— Désolé, dit-il.

Il était si près que j'avais peur qu'il puisse entendre les battements de mon cœur. Je posai un doigt sur son poignet. Je sentis son pouls battre à toute allure. L'apathie qui s'était déposée sur mes épaules comme un voile de brouillard sembla se dissiper.

— Les gants, lui rappelai-je.

J'avais la voix éraillée.

— Exact, dit-il en reculant.

Il regarda autour de lui, telle la nouvelle recrue qu'il était. « Jared » n'avait pas eu beaucoup de temps pour s'acclimater.

— Là, dis-je en pointant le doigt. Femme, taille medium ?

— On les a en noir, proposa-t-il.

— Noir, c'est bien.

Il descendit une petite boîte en plastique et l'ouvrit.

— Vous devriez les essayer.

Je tendis de nouveau la main et il m'enfila le gant, serra la fixation en Velcro fermement autour de mon poignet. Je pliai les doigts, serrai le poing et relevai les yeux vers lui. Il sourit et de grands arcs apparurent de chaque côté de sa bouche. Le sourire lui transformait totalement le visage, et je fus déstabilisée.

— Ne me frappez pas ici. Gardez ça pour plus tard, murmura-t-il. Vous êtes une sacrée combattante.

Je me souvins l'avoir mordu à l'oreille. J'y jetai un coup d'œil. Elle avait l'air en meilleur état que la mienne.

Cela faisait des années que je n'avais pas fait de nouvelle connaissance. Cela faisait encore plus longtemps que je n'avais pas rencontré quelqu'un qui ne savait pas qui j'étais.

— Ça fait longtemps que vous habitez ici ? demanda-t-il, comme si nous nous rencontrions réellement pour la première fois et qu'il entamait les présentations classiques.

Je baissai les yeux sur le gant à ma main droite en évaluant la taille.

— Plus de quatre ans, répondis-je en tendant la main gauche.

— Et vous avez votre propre entreprise de nettoyage ?

— Je fais le ménage chez les gens et je fais des courses, expliquai-je, un peu brusquement. Je travaille toute seule.

Ses doigts caressèrent légèrement ma main quand il enfila l'autre gant.

— Vous ne les trouvez pas trop serrés ? demandai-je en mimant un coup *seiken zuki* pour éprouver le gant.

Je fus en mesure de plier les doigts plus facilement que je l'aurais cru. Je fermai ensuite le poing. J'avais jeté un coup d'œil à l'étiquette du prix. Les gants étaient très chers et ils avaient donc intérêt à bien m'aller. Je me penchai pour saisir un haltère de dix kilos et le soulevai au-dessus de ma tête. J'eus la surprise très désagréable de trouver que le poids était lourd.

— Ils vont se détendre un petit peu. Lily, c'est un joli prénom.

Je lui jetai un regard.

Il me le rendit très calmement.

— Je sais que vous habitez juste à côté de ma résidence. Mais si je voulais vous appeler, à quel nom dois-je chercher dans l'annuaire ?

Comme s'il ne pouvait pas demander à Howell. Ou à n'importe qui d'autre en ville. Je reposai doucement l'haltère, profitant de ces quelques minutes de normalité.

— Bard, répondis-je. Je m'appelle Lily Bard.

Je savais qu'il allait s'en souvenir.

Pour éviter de voir l'expression sur son visage, je m'emparai de l'étui en plastique qu'il tenait dans ses mains soudain immobiles, et m'éloignai en retirant les gants. Je les payai à la caisse près de la sortie en échangeant quelques banalités avec Al Ferrar, un grand roux sympathique dont les doigts semblaient trop gros pour pouvoir taper sur les touches de la caisse. J'observai les arcs de chasse qui se trouvaient derrière lui tandis qu'il enregistrait mon achat. Les pointes de flèches étaient suspendues dans des protections en papier bulle sur le mur derrière Al, certaines si diaboliquement affûtées, comme quatre rasoirs reliés ensemble, que j'avais peine à croire que l'utilisateur n'ait pas peur de les ajuster sur le repose-flèche. Quand Al me tendit le sac en plastique qui contenait ma paire de gants, je le regardai sans expression pendant un instant avant de quitter le magasin.

Quand j'atteignis ma voiture, je levai les yeux vers le ciel, perdue dans le désert gris d'un jour couvert de novembre. Des feuilles humides s'étaient empilées par terre en contrebas du parking. La météo avait annoncé qu'il allait de nouveau pleuvoir ce soir.

J'entendis des bruits de pas derrière moi. L'apathie réapparut en affluant par vagues, des vagues qui m'attirèrent vers le fond. J'étais tellement fatiguée que je pouvais à peine bouger. J'avais envie d'en finir une bonne fois pour toutes avec la scène qui allait suivre, et j'aurais voulu pouvoir être ailleurs pendant qu'elle allait se dérouler.

— Pourquoi est-ce que vous êtes partie comme ça ?

— Vous feriez mieux de retourner dans votre rayon, ou bien vous allez foutre en l'air votre couverture.

— Je travaille, répliqua-t-il durement.

— Nuit et jour. Au magasin, et ailleurs, Jack.

Il y eut un moment de silence.

— Regardez-moi, bon sang.

Pour ne pas me montrer trop vulnérable, j'arrachai mon regard au ciel lugubre et me tournai vers le visage, lugubre lui aussi, de Jack Leeds.

— Je bande chaque fois que je vous vois, dit-il.

— Essayez de m'envoyer des roses, c'est un peu plus subtil.

Il détourna les yeux vers une zone de bitume. Il était sorti sans veste. J'éprouvai une joie cruelle à le voir frissonner.

— D'accord. Je reprends à zéro, dit-il, la mâchoire crispée. Vous savez que je travaille, et vous savez ce que je suis.

Il attendit que je hoche la tête. Pour m'en débarrasser, je m'exécutai.

— Je ne vois personne en ce moment. J'ai divorcé deux fois, mais vous devriez vous en souvenir, d'après les journaux.

Je m'appuyai contre ma voiture, me sentant déjà loin, heureuse d'y être.

Avec la rapidité d'un serpent, il plongea la main sous ma veste et sous mon tee-shirt, la posant à plat sur mes côtes. Je poussai un hoquet de surprise et reculai, mais il maintint sa main, chaude et ferme.

— Retirez votre main, dis-je d'une voix inégale.

— J'ai toute votre attention maintenant. Écoutez-moi. Ce boulot à Shakespeare va prendre fin. Je veux vous revoir à ce moment-là.

Je frémis, immobile, raide, prise par surprise. Il déplaça ses doigts sur ma peau et toucha doucement les cicatrices. Un pick-up argenté se gara sur une place deux voitures plus loin, et le conducteur nous adressa un regard curieux. Je retirai brusquement la main de Jack Leeds de son emplacement intime.

— Je dois aller travailler, Jared, dis-je d'un air hébété, avant de monter dans ma voiture et de reculer en évitant de le regarder de nouveau.

Carrie venait dîner à la maison ce soir et je songeais à ce que j'allais concocter ; pas un de mes plats congelés habituels que je cuisinais à l'avance le dimanche pour toute la semaine. Peut-être des fettuccines avec du jambon… ou bien du canard, adapté au froid de canard qu'il faisait aujourd'hui, mais je n'avais pas vraiment le temps de le préparer.

En mettant mes réflexions en sourdine, je parvins à passer un après-midi correct. Ce fut un vrai soulagement de rentrer chez moi ensuite, de m'accorder dix minutes dans mon fauteuil préféré pour lire un magazine d'actualités. Puis je me remis au travail, préparai une salade, les fettuccines, fis réchauffer du pain à l'ail et coupai le jambon. Quand Carrie frappa à ma porte, j'étais prête.

— Ces crétins, à l'hôpital ! s'exclama-t-elle en retirant son manteau et en jetant ses gants sur la table.

— Salut à toi aussi.

— On pourrait penser qu'ils ont vu les signes avant-coureurs. Tout le monde les a vus !

Le tout petit hôpital de Shakespeare était en crise constante pour essayer de garder son accréditation, sans le budget adéquat pour combler ses manques, qui étaient légion. Je laissai Carrie assurer la conversation, ce qu'elle semblait assez disposée à faire. Carrie pouvait se confier à peu de gens, en tant que femme, médecin et immigrée du nord de l'Arkansas. Je savais de nos précédentes conversations qu'elle avait contracté un emprunt pour s'inscrire à l'école de médecine. Les termes du contrat stipulaient qu'elle devait aller là où les autres médecins ne voulaient pas aller et y rester quatre ans ; et les autres médecins ne voulaient pas aller à Shakespeare. Carrie faisait donc partie des quatre généralistes, qui gagnaient tous correctement leur vie. Pour des soins médicaux plus spécialisés, les Shakespeariens devaient se rendre à Montrose ou, en cas de catastrophe, à Little Rock.

— Où est-ce que tu as eu cette bague ? me demanda soudain Carrie.

J'étais en train de penser à une main chaude sur ma peau. Il me fallut quelques secondes pour revenir à la réalité.

— La vieille Mme Winthrop dit que c'est Marie Hofstettler qui me l'a léguée, répondis-je.

— Elle est jolie, déclara-t-elle. Je peux la voir ?

Je retirai la bague et la tendis à Carrie. Je repensai à mon étrange visite chez les Winthrop la veille, la pâleur soudaine d'Howell Jr quand il avait vu l'écrin dans ma main.

Certaines choses, censées être gratuites, pouvaient se révéler fort coûteuses. Je me demandai si cette petite bague en faisait partie.

Puis je me demandai pourquoi cette pensée me traversait l'esprit.

Je repris la bague et la glissai à ma main droite, puis la retirai de nouveau et la laissai tomber au fond de ma poche. Carrie haussa ses épais sourcils sombres mais ne fit aucun commentaire.

Nous fîmes la vaisselle en papotant de manière agréable de tout ce qui nous passait par la tête : le prix du lait, les aléas des relations avec les autres, le début de la saison de la chasse (qui allait avoir un certain impact sur le boulot de Carrie *et* sur le mien, puisque la chasse engendrait à la fois des blessures et une abondance de crasse), et le rétablissement de Claude, qui était trop lent à son goût, mais aussi à celui de Carrie, me semblait-il. Elle me dit avoir obtenu le feu vert pour déménager Claude dans l'appartement du rez-de-chaussée, mais que ce dernier voulait être sur place pour diriger le déménagement, ils n'avaient donc pas encore fixé de date.

Après le départ de Carrie, il était un peu plus tard que d'habitude et j'étais fourbue. Je pris une douche rapide, enfilai ma chemise de nuit bleue préférée, préparai mes vêtements pour le lendemain matin. Puis j'accomplis ma routine habituelle pour vérifier les portes et les fenêtres. Enfin, je me sentis plus détendue, satisfaite. Demain, la journée serait certainement plus normale.

Chapitre 6

Mon cœur battait la chamade. Les moments pénibles étaient de retour. Je me redressai dans mon lit, haletante, ma chemise de nuit humide plaquée contre ma poitrine. J'avais transpiré dans mon sommeil. Des rêves horribles, de vieux rêves, les pires : les chaînes, la cabane, la tête de lit en fer qui cognait en rythme contre le mur.

Quelque chose m'avait réveillée, quelque chose d'autre que mon rêve ; ou peut-être que quelque chose avait justement provoqué ce rêve. Je sortis maladroitement des draps et enfilai une robe de chambre blanche que je laissais toujours en travers de la barre au bout de mon lit. Je jetai un coup d'œil à mon réveil digital tout en nouant fermement la ceinture autour de ma taille. Une heure et demie. J'entendis un bruit : un petit coup rapide et léger à ma porte de derrière.

Je me glissai hors de ma chambre. Elle se trouvait à côté de cette porte. Je posai l'oreille contre le montant en bois. De l'autre côté, une voix ne cessait de répéter quelque chose et, alors que je tendais la main pour trouver l'interrupteur, je réalisai que la voix disait :

— N'allumez pas la lumière ! Pour l'amour du ciel, n'allumez pas la lumière !

— Qui est là ? demandai-je, l'oreille collée contre l'interstice de la porte pour mieux entendre.

— Jack, c'est Jack ! Laissez-moi entrer, ils sont après moi !

Je discernai du désespoir dans sa voix. Je retirai la sécurité et ouvris la porte. Une silhouette sombre se rua à l'intérieur et s'effondra sur le sol de l'entrée tandis que je refermais la porte avant de la verrouiller.

Je m'agenouillai à côté de lui. Le faible éclat que fournissait la veilleuse derrière la porte presque entièrement fermée de la salle de bains ne servait presque à rien. Il avait la respiration lourde et hachée ; inutile de lui poser la moindre question. Je commençai par effleurer sa jambe : bottes mouillées, jean humide – il pleuvait de nouveau. Je remontai encore les mains, les passai sur ses fesses et son entrejambe ; puis je palpai sa poitrine, son dos, sous son imperméable rembourré.

Le détective roula sur le côté. Il grogna quand mes doigts rencontrèrent un endroit poisseux sur son épaule gauche. Je tressaillis à mon tour, mais reposai de nouveau la main sur la blessure. Il avait un trou dans sa veste. J'explorai un peu plus loin. Il avait en réalité un gros trou dans sa veste et son tee-shirt, en dessous, était déchiré. Il semblait assez clair que Jack Leeds avait reçu une balle dans l'épaule.

— Je dois examiner ça à la lumière, déclarai-je.

Sa respiration se calma légèrement. Il tremblait, désormais, de froid et certainement de soulagement.

— Si vous allumez la moindre lumière, ils sauront que je vous ai réveillée. Ils vont frapper à votre porte d'une minute à l'autre.

Il prit une profonde inspiration, expulsa lentement l'air pour essayer de garder le contrôle. Il poussa un petit gémissement derrière ses dents serrées.

J'allais devoir allumer la lumière extérieure, alors. Je repensai aux bottes mouillées de Jack et au petit toit au-dessus du porche de derrière.

— Rampez dans la première pièce sur la gauche, lui dis-je.

Je me ruai dans la cuisine, heureuse que ma jambe aille bien mieux. Je me lavai les mains dans le noir. Je remplis une casserole d'eau. Je retournai à la porte de derrière, l'entrouvris et tendis l'oreille ; aucun son en dehors du crépitement de la pluie. J'ouvris plus grand la porte. La lumière de sécurité du parking, à l'arrière de la résidence voisine, éclairait également mon jardin. Je voyais les empreintes de pas sombres et humides que Jack avait laissées sur le sol. Je versai l'eau sur les marches du perron pour effacer les traces de son entrée. Je pouvais seulement espérer qu'« ils » (qui que ce soit) ne seraient pas suffisamment observateurs pour se demander pourquoi mon porche abrité était trempé.

Après avoir refermé la porte à clé, je posai d'un geste machinal la casserole sur l'égouttoir de la cuisine. Puis, debout au milieu de la pièce, je me mis à réfléchir à toute vitesse. Non, je ne pouvais rien faire de plus. Jack avait certainement laissé des traces sur le sol humide, mais je n'avais aucun moyen de les effacer.

Je me dirigeai en silence vers la chambre.

— Où êtes-vous ? murmurai-je.

C'était comme de jouer à cache-cache, mais d'une manière un peu plus effrayante.

— Près du lit, sur la moquette, répondit-il. Je ne voulais pas salir vos draps.

J'appréciai cette délicatesse.

— Par où êtes-vous arrivé jusqu'ici ? demandai-je, honteuse de la note d'angoisse que j'entendis dans ma voix.

— Par-dessus la clôture, derrière le débitant de bois. Mais je suis allé plus loin sur le terrain vague au coin, et puis je suis revenu par ici en coupant par le trottoir. J'ai commencé à me diriger vers l'avant de la maison, mais ensuite, je me suis dit qu'ils devaient avoir une voiture qui parcourait le quartier à l'heure qu'il était, s'ils s'étaient arrêtés pour réfléchir. Alors j'ai remonté votre allée, j'ai contourné l'abri de la voiture et j'ai suivi le chemin jusqu'à votre porte de derrière.

Il fit une pause.

— Oh, merde ! Le porche ! Les empreintes de pas !

— Je m'en suis occupée.

Je sentis son geste quand il se tourna pour me dévisager dans l'obscurité. Mais il se contenta de dire « Bien ». Il me sembla qu'il fermait les yeux en changeant péniblement de position.

Mes yeux s'étaient habitués à la pénombre, assez pour que je puisse enfin le distinguer. Il ne s'était pas coupé les cheveux, comme j'en avais d'abord eu l'impression. Il portait un bonnet en laine sous lequel il les avait camouflés. Il le retira. Bien sûr, le bonnet n'avait pas suffi à lui garder la tête au sec. Les mèches ainsi libérées s'étalèrent en queues de rat sur le tapis blanc au pied du lit.

Il ouvrit les yeux et me regarda fixement. Je me surpris à passer les doigts dans mes cheveux pour les ébouriffer. Ridicule. Je ne pouvais pas repousser plus longtemps le moment de soigner sa blessure.

— Retirez votre veste, dis-je en tentant de paraître prosaïque.

Je m'approchai de lui.

— Tendez le bras. Je vais vous aider à vous asseoir.

Jack avait une meilleure vision nocturne que moi. Il posa sa main sur la mienne instantanément. J'agrippai et tirai, émettant machinalement le « han » de l'effort intense. J'adossai Jack contre le lit et ouvris la fermeture de sa veste. Je retirai d'abord son bras droit, avant de la faire glisser en travers de son dos ; je dus me pencher sur sa poitrine pour accomplir le mouvement. Je sentis l'humidité de sa veste et des manches de sa chemise, l'odeur de sa peau et le léger parfum de son après-rasage. Puis je me hâtai de passer au côté gauche, levai son bras d'une main tandis que je tirais la veste de l'autre. Il poussa un profond gémissement et je retins mon souffle avec compassion. Mais je ne m'arrêtai pas. La veste n'était pas vraiment collée ; c'était le mouvement de son bras et de son épaule qui causait la douleur.

Sa chemise en flanelle, en revanche, elle, était collée. J'allai chercher mes gros ciseaux de cuisine et commençai à découper le tissu épais. Ce qui se révéla être impossible et dangereux dans le noir. Je partis ouvrir la porte de la salle de bains. Je m'étais inquiétée à propos de la veilleuse, mais je me dis qu'après tout une veilleuse dans une salle de bains n'avait rien d'étonnant, et c'était dans mes habitudes. L'éteindre subitement aurait justement pu paraître encore plus suspect.

Avec cette meilleure visibilité, je pus voir suffisamment pour découper la chemise de Jack sans le blesser davantage. Il était appuyé contre le lit, les yeux fermés.

J'avais envie d'appeler Carrie, mais son arrivée nous trahirait fatalement. Jack frissonnait toujours, mais il ne claquait plus des dents.

Il y eut un coup bruyant à ma porte de derrière. Jack ouvrit les yeux instantanément et les plongea dans les miens, à quelques centimètres de lui.

— Ils n'entreront pas, lui promis-je.

Je baissai les yeux sur ma robe de chambre. Elle était barbouillée de boue, d'eau et de sang. Je la dénouai et en drapai Jack avant de m'essuyer les mains dessus. Je m'engageai dans le couloir et m'approchai de la porte de derrière, aussi bruyamment que possible.

— Qui est là ? demandai-je d'une voix forte. Je vais appeler la police !

— Lily, hé ! C'est Darcy !

— Darcy Orchard, bordel, qu'est-ce qui te prend de venir frapper à ma porte au beau milieu de la nuit ? Va-t'en !

— Lily, on veut juste s'assurer que tu vas bien. Quelqu'un s'est introduit dans le magasin.

— Et alors ?

— Il s'est enfui en courant par l'arrière. Il a escaladé la clôture pour aller dans la cour du débitant de bois. On pense qu'il en est ressorti et qu'il a traversé la voie ferrée.

— Et alors ? répétai-je.

— Laisse-nous jeter un coup d'œil, Lily. On veut être certains que tu n'es pas retenue en otage.

C'était astucieux.

— Je ne compte pas te laisser entrer chez moi au milieu de la nuit, répliquai-je abruptement en me disant que c'était conforme à mon passé et à mon caractère.

Et c'était la pure vérité. Ils n'allaient pas entrer chez moi.

— Mais non, c'est rien, chérie. On veut juste être sûrs que tu vas bien.

Darcy se donnait du mal pour avoir l'air préoccupé.

J'allumai la lumière au-dessus de la porte, ce que j'avais espéré éviter au cas où il resterait des traces du passage de Jack que je n'aurais pas effacées. Je passai la tête par la porte entrebâillée et jetai un long regard à Darcy et au groupe d'hommes qui se tenait dans mon jardin. Darcy n'était pas habillé pour le temps qu'il faisait ; il avait plutôt l'air de s'être précipité dehors avec ce qu'il portait sur le dos. Ses cheveux filasse étaient plaqués sur sa tête. Ses yeux pâles brillaient sous la lumière du porche. Darcy s'amusait.

Je balayai des yeux les quatre silhouettes groupées derrière lui, sous la légère pluie et le vent froid. Pendant que j'y étais, j'essayai de jeter un coup d'œil aux piliers qui supportaient le petit auvent.

Bordel de merde. Jack avait laissé une empreinte de main ensanglantée sur l'un d'eux ; mais elle se trouvait du côté intérieur, face à moi, Dieu merci.

Pour m'assurer qu'ils gardent leur attention sur moi, je fis un pas dehors en chemise de nuit, et cinq paires d'yeux sortirent de leurs orbites.

J'entendis un respectueux « wow », ce que réprima immédiatement Darcy en se retournant pour jeter un regard mauvais au contrevenant. Les hommes avaient beau avoir relevé leurs cols et enfoncé leur chapeau sur leur tête, je reconnus l'auteur de l'exclamation : il s'agissait du jeune homme qui travaillait chez le fournisseur de bois. Je me demandai comment ils avaient bien pu choisir Darcy comme acteur principal, pour ainsi dire.

— Vous voyez, je vais bien, dis-je sans avoir besoin de faire d'effort pour paraître furieuse. Je ne suis sous aucune contrainte et je pourrais m'éloigner de cette maison sur-le-champ si je voulais geler. Comment se fait-il que vous soyez tous dehors sous la pluie pour chercher un voleur, d'ailleurs ? Vous n'avez pas un système d'alarme qui prévient la police ?

Comme je l'avais espéré, y aller à l'offensive les fit commencer à reculer.

— Nous faisions un petit...

Darcy s'interrompit, manifestement hésitant quant à la manière de terminer sa phrase.

— Inventaire, acheva l'un des autres hommes.

Sa voix était curieusement étouffée puisqu'il essayait de garder le visage enfoncé dans son col. J'étais pratiquement certaine qu'il s'agissait de Jim Box, le copain d'entraînement et collègue de Darcy. Jim avait toujours réfléchi plus vite que Darcy, mais sans le panache de ce dernier. Derrière lui, une silhouette se pencha, une capuche lui recouvrant presque la totalité du visage, mais j'aurais reconnu cette bouche fine et cruelle n'importe où. Tom David Meicklejohn, en mufti. Hmmm !

— C'est ça, on doit faire l'inventaire pré-Noël, déclara Darcy, soulagé. Ça nous prend toute la nuit. On avait coupé l'alarme parce qu'on ne faisait qu'entrer et sortir.

— Hum, hum, dis-je d'un ton neutre.

Comme je l'avais prévu, ils se mirent à reculer encore plus rapidement, mais en gardant les yeux rivés sur ma chemise de nuit. Je décidai de la brûler.

— Vous n'allez pas réveiller Carlton, aussi ? demandai-je en désignant de la tête la petite maison de Carlton, pratiquement identique à la mienne. Il est peut-être retenu en otage, *lui*.

Le groupe commença à se diriger vers la maison de Carlton, où je remarquai qu'une lumière brûlait dans la chambre. Il devait avoir de la compagnie et allait les recevoir aussi chaleureusement que moi. Je fis claquer la porte derrière moi, tournai les verrous aussi bruyamment que possible et éteignis rapidement la lumière du porche en espérant qu'ils s'enfonceraient dans des flaques à cause de l'obscurité soudaine.

C'étaient des fous. Des fous dangereux.

M'être ainsi exposée devant eux me rendait malade. Je croisai les bras sur ma poitrine pour essayer de me réchauffer.

Je me dirigeai de nouveau vers la chambre et dépassai Jack à pas feutrés. J'écartai très légèrement les stores et jetai un coup d'œil discret à l'extérieur. Oui, Carlton se tenait désormais devant sa porte de derrière, vêtu d'une robe de chambre en velours très seyante et, apparemment, rien d'autre en dessous. Il semblait très en colère.

Alors que je l'observais toujours, il referma violemment sa porte et éteignit la lumière. J'avais fermé les yeux une seconde plus tôt et quand j'estimai que ma vue s'était ajustée, je plongeai de nouveau les yeux dans l'obscurité. Je distinguai de vagues silhouettes, qui se traînèrent de nouveau à travers mon jardin avant de grimper le remblai escarpé de la voie ferrée. Ils avaient abandonné leur chasse.

— Ils sont partis, dis-je.

— Bien, répondit Jack.

Il avait une voix plus stable, mais encore rauque. Il contint sa douleur. Je refermai les stores et relâchai les liens des rideaux pour les fermer à leur tour. Plutôt que d'allumer la lumière du plafond, je me servis de celle de la table de nuit. J'observai Jack un long moment. J'avais intérêt à avoir misé sur le bon cheval, sinon les conséquences seraient bien trop radicales pour être imaginées.

Je m'assis sur mes talons. Jack n'avait que cette blessure à l'épaule, qui s'était arrêtée de saigner. Mais elle n'était pas belle à voir. Je n'avais pas la moindre expérience en matière de blessures par balle, mais il semblait que celle-ci avait traversé le haut de l'épaule ; et puisque l'hémorragie avait cessé, je savais qu'elle n'avait pas touché d'artère majeure.

L'infection était donc le plus gros risque. Il fallait que je nettoie la plaie. À moins...

— Est-ce qu'il y a une chance pour que vous me laissiez vous emmener à l'hôpital ? demandai-je.

Il me jeta un regard qui m'indiqua que la question était aussi inutile que je l'avais craint.

— Je vais rentrer chez moi, déclara-t-il.

Il commença à essayer de se relever à l'aide de son bras intact.

— Oh, bien sûr.

Ma peur de soigner la plaie avait donné à ma voix un ton cassant.

— C'est vraiment trop risqué pour vous, dit-il d'une voix qui signifiait : « J'essaie-d'être-patient. »

En réprimant mon élan de le remettre debout pour lui tordre un bras dans le dos et le pousser contre le mur le plus proche, je pris une profonde inspiration. J'expulsai mon souffle calmement, avec contrôle.

— Ce n'est pas à vous de me dire quels risques je suis prête à prendre, déclarai-je.

— Je peux retourner à Little Rock, mais vous vivez ici.

— J'apprécie que vous me le fassiez remarquer. Donnez-moi votre main.

J'éprouvai à mon tour une série de tremblements. Le fait d'être sortie en chemise de nuit m'avait glacée jusqu'aux os, au propre comme au figuré.

Jack tendit la main et, en prenant bien appui sur le sol, je l'agrippai et tirai. Il grimaça en se relevant. Debout, il était plus grand que moi et me dominait. Je songeai que je le préférais quand il était allongé par terre. Non. Je me sentais plus à l'aise quand il était allongé par terre.

— Vous êtes gelée ! s'exclama-t-il en tendant son bras intact comme s'il voulait me rapprocher de lui.

Ma robe de chambre blanche tomba de ses épaules comme une boule sale. Les restes de son tee-shirt pendaient en lambeaux autour de son torse.

— Allons dans la salle de bains pour nous occuper de votre blessure, lui dis-je en tentant de paraître confiante. Vous pouvez marcher ?

Il le pouvait et, quelques secondes plus tard, il était assis sur la cuvette des toilettes. Je sortis mon matériel de premiers soins. J'avais de l'eau stérile, des pansements qui contenaient de l'antiseptique en poudre et un tube de pommade antibiotique. J'avais également un paquet de gaze et du sparadrap. Service Lily Bard, Urgences médicales pour détectives blessés.

J'avais même de l'eau stérile en spray.

Je retirai le reste de la chemise de Jack en essayant de ne pas me laisser distraire par sa nudité, et l'enveloppai dans mes plus vieilles serviettes. Je repoussai ses cheveux humides sur son épaule saine. J'imagine que les infirmières et les médecins apprennent à se détacher des contacts de ce genre avec leurs patients ; mais pas moi. Tout ça me paraissait bien trop intime.

— Je vais nettoyer la blessure, dis-je.

— OK.

Je levai le flacon en plastique souple.

— Bon alors, vous avez reconnu les hommes qui vous poursuivaient ? demandai-je.

J'aspergeai d'eau stérile sa blessure ensanglantée. Jack pâlit et sa barbe de plusieurs jours accentua brusquement la maigreur de ses joues.

— Répondez-moi, Jack Leeds, dis-je sévèrement.

— Pas tous, répondit-il d'une voix qui ressemblait plus à un halètement.

— Bien sûr, il y avait Darcy.

J'appliquai une nouvelle giclée, cette fois par-derrière. Je songeai aux minuscules fragments de chemise ou aux microscopiques bouts de sa veste qui pouvaient être enfoncés dans la plaie. Je me sentis terriblement responsable.

— Hum, hum, approuva-t-il en fermant les yeux.

Je continuai la désinfection.

— Et un autre, Jack, qui était-ce ?

— Le gamin, celui qui a des boutons, qui travaille à la boutique de bois et de meubles.

Je tamponnai son épaule avec le gant blanc le plus propre que j'avais pour sécher la plaie. Puis je l'examinai. Elle semblait propre, mais comment savoir ? Je n'avais pas l'habitude de nettoyer à l'échelle microscopique. J'aspergeai une nouvelle fois.

— Et le type avec le gros ventre, celui qui a l'air d'être guetté par une bonne crise cardiaque, je l'ai vu.

— C'était Cleve Ragland, qui travaille à l'usine de matelas, murmurai-je. Cleve s'est fait arrêter pour conduite en état d'ivresse au moins deux fois et il a un fils en prison pour tentative de viol.

Un petit jet, puis un petit coup de gant.

— Et l'autre type, haleta Jack, c'est pas un flic ?

— Si, si, Tom David Meicklejohn... en civil. Il restait dans le fond comme si c'était possible que je ne le reconnaisse pas, dis-je en espérant que le sillon de sa plaie était suffisamment net.

Au moins, Jack avait rouvert les yeux, même s'il ne me regardait pas.

— Et puis il y avait Jim, qui travaille au rayon des armes et qui s'entraîne avec Darcy. Un autre collègue.

Je tamponnai de nouveau.

La blessure semblait sèche. Elle semblait propre. Je m'approchai encore un peu plus et hochai la tête, satisfaite. J'espérais ne pas avoir fait trop mal à Jack. Il avait une expression très étrange sur le visage.

— Penchez-vous en avant, lui intimai-je.

J'appliquai la pommade antiseptique sur la plaie, puis un pansement ouaté imbibé lui aussi d'antibiotique, avec une bande de sparadrap pour le maintenir en place.

— Penchez-vous en arrière maintenant.

Je rembourrai la plaie avec de la gaze au cas où elle se remettrait à saigner. Pendant ce temps, le visage de Jack se détendit et je me sentis fière de moi. Je me retournai et commençai à fouiller l'armoire à pharmacie à la recherche d'un antidouleur. Alors que je lui tournais le dos, Jack passa un doigt sur la courbe de ma hanche.

Je me redressai, immobile, incapable d'y croire.

— Vous êtes fou ? m'exclamai-je. Vous venez de vous faire tirer dessus !

— Ce qui m'a permis de tenir pendant que vous me soigniez, c'est votre poitrine qui se dandinait à quelques centimètres de mon visage.

Je ne savais pas quoi répondre à ça.

— J'ai bien entendu que vous étiez sortie devant eux en chemise de nuit ? demanda-t-il.

Je hochai la tête.

— Pas étonnant qu'ils aient été aussi calmes. Pas un d'entre eux ne va être capable de dormir, cette nuit.

— Vous aviez laissé une empreinte sur l'un des piliers.

— Vous vous êtes bien débrouillée pour détourner leur attention.

— Ça ne m'a pas plu du tout de le faire ! Ne parlez pas comme si c'était facile.

— J'espère que je suis plus intelligent que ça.

— Il faut qu'on vous retire tous vos vêtements humides si vous voulez vous mettre au lit.

— J'ai cru que vous ne le proposeriez jamais.

Je remarquai qu'il ne faisait plus la moindre allusion au fait de rentrer chez lui. Et il n'avait jamais suggéré d'appeler la police, même si, compte tenu de la présence de Tom David, c'était probablement plus sage. Je lui tendis un cachet avec un verre d'eau. Il l'avala et bascula en arrière en fermant les yeux.

Je lui retirai ses chaussures et ses chaussettes, puis frottai ses pieds froids et humides avec un gant chaud, avant de les sécher vigoureusement avec une serviette. Mais je le laissai retirer lui-même son jean. Je sortis une dernière fois pour nettoyer l'empreinte de doigt ensanglantée sur le pilier. Ça me turlupinait.

Il pleuvait toujours. Si Jack avait laissé d'autres traces, ces dernières seraient certainement très vite effacées.

J'avais préparé le lit et, le temps que je retourne dans la chambre, Jack avait réussi à s'installer sous les couvertures. De mon côté. Il était torse nu et il me vint à l'esprit qu'il était même certainement entièrement nu.

Je lui avais donné un des cachets que Carrie m'avait elle-même donnés quelques mois auparavant quand je m'étais blessée aux côtes. Il avait assommé Jack Leeds, comme je m'y attendais.

Je retirai la chemise de nuit bleue et la jetai à la poubelle. J'en sortis une rose de ma commode. Elle était presque aussi jolie ; je m'achète de jolies nuisettes. Je fourrai ma robe de chambre barbouillée de sang dans la machine à laver et la mis en route sur le programme froid ; après réflexion, j'y jetai également le jean mouillé de Jack, ses chaussettes et ses sous-vêtements, qu'il avait laissés en tas sur le sol de la salle de bains. Il aurait mieux valu un programme chaud pour ses affaires, mais je ne pouvais pas rester debout le temps de deux machines. Tandis que les vêtements tournaient sur le cycle le plus court, je remis de l'ordre dans la salle de bains et sortis une nouvelle brosse à dents, toujours dans son emballage. Je vérifiai une dernière fois tous les verrous de la maison. Puis je mis le linge propre dans le sèche-linge.

Quand toutes les lumières furent éteintes, je me glissai dans mon lit, du mauvais côté. La nuit était silencieuse, à l'exception du son familier du tambour du sèche-linge et la respiration profonde du détective à côté de moi, et je m'endormis.

J'ouvris les yeux vers cinq heures et demie, plus tard que mon heure habituelle. Afin de voir mon réveil, je dus me redresser pour jeter un regard par-dessus la masse que formait le corps de Jack. Il me semblait l'avoir entendu se rendre dans la salle de bains, avoir perçu l'eau couler, mais il paraissait de nouveau endormi. Je discernais à peine les contours de sa silhouette. Le drap avait glissé et je voyais son épaule grâce à son bandage blanc. Je remontai le drap avec beaucoup de précaution pour ne pas le réveiller. Ses cheveux dénoués lui recouvraient le front. Doucement, aussi délicatement que possible, je les repoussai sur le côté.

La pluie tambourinait de nouveau sur le toit, suffisamment fort pour couvrir le ronronnement rassurant du chauffage central. Je me levai et me dirigeai vers la salle de bains, où je me rinçai la bouche. Puis je retournai me blottir dans mon lit et tournai le dos à mon compagnon endormi. Je sombrai dans un demi-sommeil, un mélange de pensées confuses flottant dans mon esprit.

Nous étions vendredi et étant donné ma nuit entrecoupée, ce n'était pas un bon jour pour retourner chez Body Time. Pas un bon jour pour reprendre le karaté. Mais il fallait que j'aille travailler, aujourd'hui... Deedra, l'étrangère Mookie Preston, les Winthrop, un autre rendez-vous dans l'après-midi... que j'attendais avec impatience, mais je ne parvenais pas à trouver la motivation et la résolution dont j'avais besoin pour entamer une journée de travail.

Ce que je ressentais, à la place, c'était une poussée d'hormones. Jack Leeds m'avait réveillée la nuit dernière en tambourinant à ma porte. Maintenant, il me réveillait encore, mais d'une tout autre manière. Jack me caressait le dos et les hanches. Je soupirai, sans savoir moi-même si c'était d'exaspération ou de désir. Mais ce qui était certain, c'est que je ne ressentais plus la moindre apathie.

Je savais qu'il savait que j'étais réveillée. Puisque je ne parlais pas, il se rapprocha et emboîta son corps contre le mien. Il fit passer sa main pour m'envelopper un sein et reprit ses caresses accentuées. Je dus me mordre la lèvre pour m'empêcher de faire du bruit.

— Qu'est-ce que vous faites de votre « après avoir fini ce boulot » ? finis-je par demander, d'une voix qui ressemblait plus à un halètement.

— Me réveiller dans un lit chaud avec une femme superbe un jour pluvieux d'hiver – tout en parlant, il poursuivait ses caresses –, ça balaie totalement mes intérêts commerciaux.

Il avait la voix basse et légèrement essoufflée. Il commença à me faire de petits baisers sensuels dans le cou et je frissonnai. Il se mit alors à relever ma nuisette rose. C'était maintenant ou jamais. Qu'est-ce que je voulais ? Mon corps était sur le point de prendre le pas sur mon cerveau.

Je me tournai vers lui et posai la main contre sa poitrine pour le maintenir à une certaine distance – je crois – mais à cet instant, il fit glisser ses doigts entre mes jambes et je choisis finalement de passer le bras autour de son cou pour l'attirer plus près et l'embrasser. Il faisait sombre dans ma chambre et on s'y sentait dans l'intimité, comme dans une grotte silencieuse. Quelques instants plus tard, Jack fit descendre sa bouche jusqu'à recouvrir mon téton à travers la nuisette. Je baissai la main pour le caresser. Il était enflé et prêt. Ce fut son tour de pousser un petit gémissement.

— Est-ce que tu as… demanda-t-il.

Je tendis la main pour chercher à tâtons une protection dans le tiroir de ma table de nuit.

Jack se mit à me murmurer des choses, ce que nous allions faire et ce qu'il allait ressentir. Ses mains ne cessaient de bouger.

— Maintenant, dis-je.

— Attends un peu.

J'attendis aussi longtemps que j'en fus capable. Je tremblais.

— Maintenant.

Puis il fut en moi. Je me cambrai contre lui et m'accordai à son rythme. Mon plaisir fut instantané et je criai son nom.

— Encore, me dit-il à l'oreille en continuant.

J'essayai de garder le rythme, d'être à nouveau en phase avec lui. Je commençai à le presser de mes muscles internes, à enfoncer mes ongles dans ses hanches. Enfin, il émit un bruit incohérent avant d'atteindre l'orgasme, j'en fis de même.

Il s'effondra sur moi et je passai mes deux bras autour de lui pour la première fois. Je caressai son dos et ses fesses, sentant la peau et les muscles sous mes doigts, les plats et les courbes. Il fourra tendrement son nez dans le creux de mon cou pendant une minute, puis s'écarta et roula sur le dos. La gaze blanche était tachée de rouge.

— Ton épaule !

Je me redressai sur un coude pour l'examiner. Ma chambre s'était légèrement éclairée ; la grotte sombre et secrète s'était ouverte au monde.

— Je m'en fiche, dit-il en secouant la tête sur l'oreiller. Quelqu'un pourrait entrer et me tirer dessus encore une fois qu'à cet instant précis je m'en ficherais totalement. J'ai essayé de rester loin de toi, de ne pas penser à toi... s'ils n'avaient pas été si près derrière moi, je ne serais pas venu ici, mais je n'arrive pas à le regretter. Bon Dieu, Lily c'était absolument... extraordinaire. Aucune autre femme... bon Dieu, c'était sensationnel.

J'étais moi-même ébranlée, abattue. Encore plus que les sensations physiques que Jack m'avait procurées, j'étais un peu effrayée par le désir ardent que j'avais eu de le toucher, de le serrer, de me baigner dans lui. Par réflexe d'autodéfense, je songeai à toutes les femmes qu'il avait connues.

— À qui penses-tu ?

Il ouvrit les yeux et me regarda longuement.

— Oh, Karen, acheva-t-il.

Ça faisait peur : il me connaissait si bien qu'il était capable de déchiffrer mon visage aisément. Ses yeux perdirent leur éclat, s'affaissèrent, quand il prononça le nom de Karen.

Jack Leeds était devenu une célébrité exactement au même moment que Lily Bard, dans le même État, le

Tennessee ; et dans la même ville, à Memphis. Tandis que mon nom était lié au crime commis contre moi (« Lily Bard, victime d'un viol brutal et de mutilations »), celui de Jack était toujours suivi par « l'amant présumé de Karen Kingsland ».

Karen Kingsland, qui, d'après ses photos dans les journaux, était une brune au visage doux, couchait avec Jack depuis quatre mois quand une catastrophe avait anéanti la vie de trois personnes. Elle avait vingt-six ans et préparait sa maîtrise en éducation à l'Université de Memphis. Elle était également mariée à un autre flic.

Un jeudi matin, Walter Kingsland, le mari de Karen, reçut une lettre anonyme à son bureau. C'était un officier en uniforme qui s'apprêtait à partir en patrouille. En ouvrant la lettre, dont la réception le faisait encore rire, face à quelques amis, Walter lut que Karen et Jack couchaient ensemble, et qu'ils le faisaient souvent. La lettre, que Walter laissa tomber par terre en quittant la pièce, était assez détaillée. Un ami de Jack appela immédiatement ce dernier, mais il ne fut pas aussi rapide que Walter. Personne n'appela Karen.

Walter rentra chez lui en furie et arriva juste au moment où Karen partait en cours. Il se barricada avec elle dans la chambre de leur maison située à l'est de Memphis. Jack entra quelques instants plus tard, espérant en finir avec cette situation aussi rapidement et discrètement que possible. Il se mettait le doigt dans l'œil. Debout devant la porte de la chambre, il écouta Walter supplier sa femme de lui dire que Jack l'avait violée, ou bien que tout ceci était un mensonge malveillant de la part de quelque ennemi.

À ce moment, les flics avaient eu le temps d'encercler la modeste maison des Kingsland. Le téléphone n'arrêtait pas de sonner et, finalement, Jack alla décrocher dans le salon et décrivit la situation à ses collègues et à ses supérieurs. Il n'y aurait aucune issue privée ni amiable possible, et ce serait une chance que les trois personnes impliquées s'en sortent vivantes. Jack voulait s'offrir lui-même comme otage à la place de Karen. Ses supérieurs, sur les conseils de l'équipe de négociation, refusèrent. C'est alors que Jack leur révéla ce que Walter ne savait pas encore, ce que Karen n'avait appris à Jack que la veille : Karen Kingsland était enceinte.

À partir de là, difficile de trouver une seule personne dans la police de Memphis qui n'éprouvait pas, au mieux, un sacré dégoût pour Jack Leeds.

Depuis le salon, Jack entendait Karen crier de douleur.

Il hurla à travers la porte que Walter pouvait échanger sa femme contre Jack, arguant qu'un homme digne de ce nom ne torturerait jamais ainsi une femme.

Cette fois, Walter accepta de troquer sa femme contre la vie de son amant.

Sans demander l'avis de quiconque, Jack accepta.

Walter lui cria qu'il allait emmener Karen à la porte de derrière. Jack devait l'attendre sur la terrasse, désarmé. Walter pousserait Karen à l'extérieur et Jack devrait entrer au même moment.

Le détective Jack Leeds sortit, retira sa veste, ses chaussures, ses chaussettes et sa chemise, pour que Walter Kingsland puisse s'assurer qu'il ne dissimulait aucune arme. Et, comme prévu, Walter sortit de la chambre avec Karen. De la cuisine, Walter cria à Jack de se retourner pour pouvoir s'assurer qu'il ne portait pas d'arme à l'arrière de son pantalon.

Puis Walter apparut dans l'encadrement de la porte ouverte en tenant Karen par le bras, un pistolet pointé sur sa tête. Elle portait maintenant du ruban adhésif sur la bouche et elle avait un regard fou. Il lui manquait le petit doigt de la main droite et la plaie dégoulinait de sang.

— Approche, ordonna Kingsland. Ensuite je la laisserai partir.

Jack s'était avancé, le regard rivé sur sa maîtresse.

Walter Kingsland tira une balle dans la tête de Karen et la poussa sur Jack.

Et cette partie – ces chiens de médias ! – était enregistrée sur vidéo. Le cri d'horreur de Jack, Walter Kingsland qui lui hurla : « Tu la voulais tellement, tu l'as maintenant ! », avant de pointer son arme sur Jack, désormais couvert du sang et de la cervelle de Karen, et qui essayait de se relever ; la dizaine de balles tirées à contrecœur par des hommes qui le connaissaient, qui connaissaient Walter Kingsland pour sa grande nervosité, son tempérament colérique et possessif ; mais également pour son courage, sa bonne humeur et son esprit vif.

Jack avait été détective et travaillait souvent sous couverture. Il avait d'excellents états de service. Une vie privée pourrie. Il buvait, il fumait, il avait divorcé deux fois. Il était envié, mais pas apprécié ; décoré, mais sans qu'on lui fasse totalement confiance. Et après cet épisode dans le jardin des Kingsland, il ne fit plus partie de la police de Memphis. Tout comme moi, il sombra au fond pour éviter la lumière du regard des autres.

Voici l'histoire de l'homme qui se trouvait dans mon lit.

— J'imagine qu'il faudra qu'on en parle, un de ces jours, dit-il en soupirant, et son visage eut soudain l'air infiniment plus vieux qu'il ne l'était. Et de ce qui t'est arrivé.

Son doigt suivit la ligne de la plus grosse de mes cicatrices, celle qui entourait mon sein droit.

Je m'allongeai près de lui et posai mon bras sur sa poitrine.

— Non, répondis-je. On n'est pas obligés.

— Le plus drôle, reprit-il calmement, c'est que c'est Karen, en réalité, qui avait écrit la lettre.

— Oh, non...

— Si.

Même après tout ce temps, il y avait toujours un étonnement peiné dans sa voix.

— Ça venait de sa machine à écrire. Elle souhaitait que Walter soit au courant. Je ne comprendrai jamais pourquoi. Peut-être qu'elle voulait plus d'attention de sa part. Peut-être qu'elle voulait qu'il prenne l'initiative de divorcer. Peut-être qu'elle voulait qu'on se batte tous les deux pour elle. Je croyais la connaître, je croyais l'aimer. Mais je ne saurai jamais pourquoi elle a fait ça.

Je songeai à ce que je pouvais dire, même à ce que j'avais envie de dire, mais rien ne pourrait réparer les dégâts que j'avais ramenés à sa mémoire. Rien ne pourrait jamais rattraper ce que Karen avait fait à Jack, ce qu'il s'était fait à lui-même. Rien ne pourrait jamais rendre son travail à Jack, ni sa réputation. Et je savais que rien ne pourrait jamais effacer le souvenir de la tête de Karen explosant sous ses yeux.

Comme rien ne pourrait jamais effacer ce qui m'était arrivé deux mois plus tard : l'enlèvement, le viol, les entailles, l'homme à qui j'avais mis une balle dans la tête. Je ressentis le besoin soudain de me rappeler de meilleurs souvenirs.

Je passai une jambe par-dessus lui, l'enfourchai et me penchai pour l'embrasser, puis caressai ses longs cheveux noirs sur la taie d'oreiller en dentelle blanche.

Je n'avais pas honte de mes cicatrices devant Jack Leeds. Il en avait lui-même son lot. Je lui murmurai à l'oreille que j'allais le prendre en moi une nouvelle fois. Je lui dis ce qu'il allait ressentir. Je sentis qu'il retenait son souffle et, bientôt, je perçus son excitation. Mon cœur battait à tout rompre.

Ce fut encore mieux cette fois-ci.

— Pourquoi les ménages ? me demanda-t-il plus tard.

— Je savais le faire et je pouvais le faire toute seule.

C'était la version courte, mais vraie, à peu de chose près.

— Pourquoi détective ? De quel genre, d'ailleurs ?

— Privé. Basé à Little Rock. Je savais le faire, et je pouvais le faire tout seul.

Il me sourit, un petit sourire, mais bien là.

— Après un apprentissage auprès d'un autre détective, voilà. Il y avait aussi un ancien flic de Memphis qui travaillait là-bas. Je le connaissais un peu.

Jack devait donc travailler pour les Winthrop.

— Je dois aller m'habiller. J'ai rendez-vous, dis-je en essayant de ne pas paraître triste ou prise de regrets.

Pour que mon départ n'ait pas l'air trop abrupt – froid, comme aurait dit Marshall –, j'embrassai Jack avant de sauter hors du lit. Curieusement, plus je m'éloignais de lui, plus je prenais conscience de mes cicatrices. Je vis son regard posé sur elles, les voyant pour la première fois dans leur ensemble, pour ainsi dire. Je m'immobilisai pour le laisser observer. Mais c'était très pénible et je serrai les poings.

— Je les tuerais tous pour toi si je pouvais, déclara-t-il.

— Au moins, j'en ai tué un, dis-je.

Nos yeux se croisèrent. Il hocha la tête.

Je pris une merveilleuse douche bien chaude, me rasai les jambes, me lavai les cheveux et me maquillai, en réprimant l'envie de rire tout haut.

Et je songeai : Rien. Je n'allais *rien* demander.

Jack avait trouvé ses vêtements rescapés dans le sèche-linge et les avait enfilés. Je l'observai pensivement, avant de fouiller dans mes tiroirs, à la recherche de l'un de ces tee-shirts promotionnels qui sont tous de la même taille. On me l'avait offert quand j'avais donné mon sang. Moi, je nageais dedans, mais il lui allait, il était même un peu serré ; il recouvrait surtout le pansement et sa chair de poule. Jack grimaça au moment de passer son bras gauche dans la manche. J'avais encore la vieille veste que l'hôpital m'avait dénichée dans ses placards, celle que j'avais portée pour rentrer chez moi le lendemain de l'explosion. Elle lui allait aussi.

Il avait préparé du café pendant que je prenais ma douche et avait fait l'effort de tirer les draps.

— D'habitude, je fais mieux que ça, mais avec mon épaule... s'excusa-t-il alors que j'entrais dans la chambre pour mettre des chaussettes puis mes baskets.

— C'est très bien, dis-je brièvement avant de m'asseoir dans le petit fauteuil du coin pour enfiler mes chaussettes.

J'avais également passé deux tee-shirts, ce qui me tenait plus chaud, quand il faisait froid, qu'un seul pull – les manches longues, ce n'est vraiment pas pratique pour faire le ménage. Le bord du tee-shirt rose apparaissait sous le tee-shirt bleu ciel que je portais au-dessus ; des couleurs joyeuses. J'avais également choisi des chaussettes roses. Et mes baskets préférées, roses et blanches. J'étais la femme de ménage la plus radieuse de Shakespeare. Au diable le froid et la pluie.

— Tu ne vas donc pas me le demander ? Ce que je faisais la nuit dernière ? questionna-t-il.

Il était assis de l'autre côté du lit, l'air prêt à combattre.

Je finis le nœud de mon pied droit, le reposai par terre et soulevai le gauche.

— Je crois pas, dis-je. J'imagine que ça a quelque chose à voir avec des armes, la famille Winthrop et peut-être le meurtre de Del Packard. Mais je ne sais pas. Tu ferais mieux de ne rien me dire, à moins que tu n'aies besoin d'un endroit où te cacher si les méchants te pourchassent à nouveau.

J'avais dit ça à la légère, mais Jack pensait que je l'incitais à m'expliquer son trafic dans la mesure où il s'était mis à l'abri sous mon toit ; qu'il m'était redevable puisqu'il s'était « servi » de moi. Je vis son visage se durcir, une certaine distance apparaître.

— Je disais ça littéralement, précisai-je. Tu n'es pas obligé de me raconter, à moins qu'ils soient à ta poursuite.

— Qu'est-ce que tu feras, Lily, me demanda-t-il en passant ses bras autour de moi alors que je me relevais, qu'est-ce que tu feras quand ils seront à ma poursuite ?

Je souris.

— Je me battrai, répondis-je.

Chapitre 7

Ramener Jack chez lui, même si ce n'était qu'à quelques mètres de là, fut un sacré défi. Au moins, c'était son jour de congé et il aurait le temps de récupérer avant de devoir retourner travailler au magasin de sport des Winthrop. Il aurait été préférable qu'il puisse se montrer chez Body Time pour l'entraînement ce matin, mais c'était au-delà des capacités d'un homme, même aussi déterminé que Jack Leeds. Il avait mal.

Je lui donnai mon dernier cachet antidouleur à prendre quand il serait chez lui. Il le fourra dans sa poche. Puis, quand ma rue fut dégagée, il sortit par la porte de ma cuisine et se glissa jusqu'à ma voiture. Je reculai et sortis de mon allée pour me diriger vers le fond du parking des appartements de Shakespeare Garden. Quand je fus tout près de la porte, si près qu'il aurait été difficile de nous voir depuis les fenêtres des appartements du haut, Jack sauta hors de la voiture et entra à l'intérieur. Je me garai sur l'ancienne place de Marcus Jefferson et le suivis, justifiant ainsi mon entrée dans le parking de la résidence. Même pour moi, ceci semblait excessivement prudent, mais Jack venait de m'adresser un regard pour me rappeler combien « ces gens » étaient dangereux.

Je montai donc les escaliers pour aller faire le ménage dans l'appartement de Deedra, ce qui était absolument normal et donnait une véritable raison à ma présence dans la résidence à cette heure-ci. Je portai mon chariot de produits ménagers à l'étage, espérant que Jack était déjà chez lui en train de retirer ses vêtements pour se laver, en évitant de forcer sur sa plaie. Je lui avais offert mon aide, mais il voulait que ma journée se passe le plus normalement du monde.

Pourtant, loin d'être désert, le palier était encombré d'hommes et l'air saturé de suspicion. Darcy et Cleve Ragland l'optimiste attendaient devant la porte de Jack. Ils étaient en train d'affronter ce dernier, qui se tenait sur le seuil, ses clés à la main.

— ... n'ai pas à dire à quiconque où j'ai passé la nuit, disait Jack, avec une froideur assez sérieuse dans la voix.

Il ne voulait pas que l'on soit tous les deux associés publiquement. Pour ce que ça vaut, moi non plus. Il fallait que j'ouvre l'appartement de Deedra, que je retourne au rez-de-chaussée chercher ma serpillière, et que je laisse Jack se dépêtrer de cette situation. C'était ce qu'il attendait de moi.

— Re-bonjour, Lily ! lança Darcy avec un ton de surprise manifeste.

Il semblait frais et dispos, mais Cleve montrait des signes de fatigue. Il ne s'était pas rasé et avait peut-être même dormi tout habillé.

— Tu fais des heures sup, Darcy, répliquai-je en déposant mon chariot devant la porte de Deedra pour me joindre au petit groupe.

Jack m'adressa un long regard.

— Nous sommes juste passés pour voir si Jared allait bien, déclara Darcy avant de reposer fixement son regard bleu sur Jack. On a sonné chez lui hier soir après le vol et il n'y avait personne.

— Et j'étais en train de vous répondre, répliqua Jack d'un ton tout aussi froid, que ce que je fais de mon temps libre ne regarde que moi.

Je m'approchai de Jack sur sa gauche, passai un bras autour de lui, bloquant ainsi son épaule blessée, au cas où ils essaieraient de lui donner une tape sur l'épaule.

— Que nous, le corrigeai-je en regardant fixement Darcy.

— O-kayyy ! s'exclama Darcy en fourrant ses mains dans ses poches, comme s'il ne savait pas quoi en faire.

Son lourd manteau acheva de les dissimuler.

Cleve promena son regard sur Jack et moi, avant de s'exclamer :

— On dirait que notre vieux Jared est un petit veinard !

La tension s'atténua immédiatement. Jack passa lentement ses bras autour de moi et il enfonça ses doigts dans mon épaule.

— Eh bien, vous avez été un gentleman, dit Darcy d'un air approbateur.

— Maintenant que vous avez eu une réponse à votre question, est-ce que je peux rentrer chez moi ? dit Jack en faisant un effort pour paraître aimable, mais je sentais la colère palpiter sourdement dans sa voix.

— Bien sûr, mec. Nous partons tout de suite, répondit Darcy avec un large sourire sur le visage que j'eus envie de lui arracher sur-le-champ.

Je me promis à moi-même de le faire si j'en avais un jour l'occasion.

Jack passa entre Darcy et Cleve, enfonça sa clé dans la serrure et la tourna tandis que les deux hommes commençaient à descendre les escaliers. D'un geste machinal, il recula pour me laisser entrer la première, avant de refermer la porte derrière nous. Jack la verrouilla et s'approcha de la fenêtre pour voir si ses « amis » étaient réellement partis.

Puis il fit volte-face vers moi, sa colère désormais libérée et dirigée, à tort, contre moi.

— On en avait parlé, commença-t-il. Personne ne devait faire le lien entre nous.

— D'accord. J'y vais, dis-je brièvement en me dirigeant vers la porte.

— Parle-moi, ordonna-t-il.

Je soupirai.

— Comment tu aurais pu te sortir de là, autrement ? demandai-je.

— Eh bien, je… j'aurais pu leur dire que j'étais à Little Rock pour voir ma petite amie.

— Et quand ils t'auraient répondu : « Alors pourquoi ta voiture était garée en bas toute la nuit ? »

Frustré, il frappa du poing sur le petit bureau situé près de la fenêtre.

— Merde ! Ça va pas se passer comme ça !

Je haussai les épaules. Ça ne servait à rien, à cet instant précis. S'il comptait se conduire comme un connard, j'allais descendre chercher ma serpillière. Il fallait que je travaille, moi.

Alors que je posais le pied sur la première marche, il me rattrapa. Il abattit sa main sur mon épaule avec une poigne de fer. Je m'arrêtai net. Je me tournai très lentement vers lui et lui dis, de ma voix la plus sincère :

— Et qu'est-ce que tu dirais de : « Merci, Lily, de m'avoir tiré d'affaire, même si tu as dû rester là à te faire reluquer pour la deuxième fois en moins de douze heures » ?

Jack pâlit, et laissa retomber sa main.

— Et ne t'avise plus jamais, jamais, de me retenir comme ça, achevai-je en le regardant droit dans les yeux.

Je pivotai et, avec une sensation de nausée au creux de l'estomac, je descendis les marches. Quand je remontai avec la serpillière, je m'immobilisai une seconde sur le palier, l'oreille tendue. Son appartement était silencieux. J'entrai dans celui de Deedra pour me mettre au travail.

Tant de tragédie, si tôt le matin, m'avait épuisée. Je remarquai à peine l'ordre inhabituel qui régnait dans l'appartement de Deedra ; c'était comme si elle essayait de prouver qu'elle avait changé de vie sociale et d'habitudes en maintenant son appartement en bon état. Tandis que je rangeais ses sous-vêtements propres, je notai l'absence de la pile de photos cochonnes qu'elle gardait habituellement sous ses soutiens-gorge. Alors que j'aurais dû apprécier le nouveau mode de vie de Deedra, je fus à peine capable de finir mon ménage.

En jetant les derniers déchets dans un sac en plastique, je dus admettre que je me sentais non seulement fatiguée, mais triste. Ç'aurait été un réel plaisir d'avoir passé une bonne matinée et de penser à Jack dans la chaleur réconfortante d'une nuit de sexe, à la lueur du… comment pouvais-je qualifier ça ? Du bonheur. Mais, à cause de son orgueil – tel que je l'avais vu – nous avions fini sur une note amère.

Il y avait un tas de boucles d'oreilles sur la commode de Deedra, et je décidai de m'asseoir pour les remettre par paires. Pendant une minute ou deux, ce fut une tâche simple et satisfaisante ; après tout, elles allaient ensemble ou pas. Mais mon esprit agité s'égara de nouveau.

Un prétendu cambriolage au cours d'une mystérieuse réunion chez Winthrop Sport, au beau milieu d'une nuit des plus rigoureuses. Les prospectus bleus qui avaient causé tant de problèmes. Les gros sacs noirs pour lesquels on avait cambriolé la maison des Winthrop – où étaient-ils maintenant ? Les trois meurtres non résolus dans la minuscule ville de Shakespeare. Mookie Preston, l'incongrue. La bombe. Je n'arrivais pas à donner un sens à tous ces éléments dans leur ensemble, mais quelque chose clochait. Il ne s'agissait pas d'un groupe de fanatiques avec un manifeste cohérent ; tout ceci semblait bien trop confus. Pour la première fois, je reconsidérai ce que Carrie avait dit à propos du minutage de l'explosion : si le but avait été de tuer le maximum de personnes noires, l'explosion s'était produite trop tard. Si le but avait « seulement » été de terroriser la population noire, alors l'explosion avait eu lieu trop tôt. Les victimes qui avaient succombé avaient déclenché la rage des Afro-Américains de Shakespeare. Qui que soit celui qui avait posé la bombe, il ne représentait pas la suprématie blanche, mais la *stupidité* blanche.

Tandis que je verrouillais l'appartement de Deedra – rejetant même l'idée de traverser le palier pour coller mon oreille à la porte de Jack – et que je descendais les escaliers pour me rendre dans la modeste maison de location de Mookie Preston, je songeai aux comportements inattendus, et généralement dissimulés, des personnes autour de moi, cette autre nature que je percevais depuis quelques jours. C'était comme de voir le squelette sous leur chair.

Le bon vieux Darcy Orchard, jovial et franc du collier, par exemple : je m'entraînais avec lui depuis des années et je n'avais vu que le sportif facile à vivre. Mais la nuit précédente, je l'avais vu traquer un homme, à la tête d'une meute de chasseurs. Sous ses dehors de chien de garde, Darcy était un loup.

En revanche, j'avais toujours eu conscience de cela chez Tom David Meicklejohn. Il était d'un naturel cruel et sournois, et bien entendu, un chasseur compétent et implacable. Il était efficace dans ce qu'il entreprenait, que ce soit bien ou mal. Mais Darcy avait gardé cette facette de sa personnalité bien enfouie, et quelque chose ou quelqu'un l'avait déterrée pour s'en servir.

Pour la première fois, je m'autorisai à imaginer ce qu'il serait arrivé si la meute avait attrapé Jack.

Et je conclus, avec une quasi-certitude, qu'ils l'auraient tué.

J'entamai mon travail chez Mookie Preston de mauvaise humeur. Bien sûr, sa maison ne pouvait pas être aussi sale que la première fois où je m'en étais occupée, mais chaque semaine, elle s'appliquait à la remettre dans un état épouvantable.

Je nettoyai la salle de bains en silence, en essayant d'ignorer les petites questions et les commentaires qu'elle lançait en passant devant la porte ouverte.

Mookie me montra ses coupures dues à l'explosion de la bombe. Elles avaient été causées par des éclats de bois et cicatrisaient comme il fallait. Elle me posa des questions au sujet de ma jambe. Cette femme n'allait-elle jamais se taire et se mettre au travail ?

Après avoir redonné une allure décente à la salle de bains, je me rendis dans la chambre. Cette vieille maison avait de grandes pièces et de hauts plafonds, et le lit bas et moderne de Mookie, ainsi que sa commode, ne semblaient pas à leur place. Le parquet nu faisait résonner les bruits de pas de façon incroyablement bruyante. Elle aimait peut-être ce bruit, il lui tenait peut-être compagnie.

— Vous savez, dit-elle en faisant l'une de ses brusques apparitions, ils n'ont pas la moindre idée de qui a posé cette bombe.

Elle avait lu les journaux. Pas moi.

— C'est vrai ? demandai-je.

Je n'avais vraiment pas envie de parler.

— L'appareil qui a déclenché l'explosion, c'est une montre, comme celle que vous portez, déclara Mookie.

Elle était très en colère, très intense. J'avais eu ma dose de colère et d'intensité pour aujourd'hui. Elle reprit :

— On pouvait trouver tous les composants de la bombe dans n'importe quel magasin vendant des produits chimiques. Tout ce qu'il fallait faire, c'était ne pas tout acheter au même endroit, pour ne pas éveiller les soupçons.

— Je ne savais pas, dis-je de manière insistante.

— C'est dans des livres qu'il suffit de consulter à la bibliothèque ! s'exclama-t-elle en faisant de grands gestes d'exaspération. Ou qu'on peut acheter à la librairie de Montrose !

— Alors c'est probablement aussi facile de fabriquer une bombe que d'acheter un fusil, déclarai-je d'une voix calme et posée.

Le fusil ne se trouvait plus sous son lit.

— Un fusil, c'est légal.

— Bien sûr.

Je faisais bien attention à ne pas me tourner et à ne pas la regarder dans les yeux. Je voulais éviter toute sorte de confrontation, de quelque type que ce soit. Ça aussi, j'en avais eu ma dose pour la journée.

Après avoir changé les draps et dépoussiéré la chambre, je regardai autour de moi, à la recherche d'un sac vide dans lequel jeter le contenu de la corbeille à papier, qui débordait de mouchoirs, de touffes de cheveux et de papiers de chewing-gum. Juste à côté, près d'une boîte de Reebok, se trouvait un sac en plastique rouge foncé, qui portait le logo distinctif de Winthrop Sport.

Je tentai de me persuader qu'il n'y avait rien de louche là-dedans. La plupart des gens achetaient leurs chaussures de sport chez les Winthrop, car le magasin offre une très large sélection et peut commander en express ce qu'il n'a pas en réserve.

Mais j'avais vu un autre sac plastique rouge la semaine précédente. Et je me souvenais en avoir vu un autre encore fourré dans la poubelle de la cuisine. Mookie allait très souvent chez les Winthrop.

Lentement, je vidai le contenu de la corbeille dans le sac plastique et me rendis dans la salle de bains pour en vider une autre. Mookie me regarda à peine quand je m'occupai de celle située à côté de son bureau. Aujourd'hui, ses cheveux rouges étaient retenus en tresse, et elle portait un col roulé et un pantalon de survêtement. Elle appuyait sur les touches de l'ordinateur avec une sacrée énergie. Affichés au mur, toujours les mêmes graphiques. Il y avait une pile de livres empruntés à la bibliothèque sur son bureau, avec des références signalées par des marque-pages.

— En quoi consiste le travail d'un généalogiste ? demandai-je.

Pour une fois, elle était totalement absorbée par ce qu'elle était en train de faire et mit près d'une minute à se concentrer sur ma question.

— Surtout à travailler sur ordinateur ces temps-ci, répondit-elle. Ce qui me va très bien ! Je travaille pour une société qui fait de la publicité dans de petites revues spécialisées, ou des magazines régionaux, comme le *Southern Living*. Nous retraçons votre ascendance pour vous si vous nous donnez quelques informations de base. Ce sont les mormons, curieusement, qui ont les meilleurs registres. Je crois qu'ils pensent pouvoir baptiser leurs ancêtres et ainsi les envoyer au paradis, ou quelque chose comme ça. Et ensuite il y a les registres régionaux, et ainsi de suite.

» Voulez-vous que je retrace la généalogie de vos parents ? me demanda-t-elle ensuite, avec un soupçon d'amusement dans son demi-sourire.

— Je sais qui est ma famille, répondis-je, et c'était la vérité, car ma mère avait décidé qu'un arbre généalogique encadré serait un merveilleux cadeau de Noël à afficher sur mon mur.

Connaissant ma mère, elle pouvait avoir fait appel à la société de Mookie Preston pour effectuer la recherche.

— Alors vous avez de la chance. La plupart des Américains sont incapables de nommer qui que ce soit au-delà de leurs grands-parents. On ne peut pas être quelqu'un de très stable, avec ça.

J'essayai de me considérer comme chanceuse.

Impossible.

J'avais envie de m'asseoir dans le fauteuil cabossé devant son bureau et de lui demander ce que j'avais réellement envie de savoir : pourquoi était-elle ici ? Dans quel pétrin était-elle en train de se fourrer ? Est-ce que j'allais la retrouver morte, en venant chez elle la semaine prochaine ? Finirait-elle par se faire piquer à force de tourner autour du nid de frelons ?

Mookie eut un sourire gêné.

— Vous me regardez d'un drôle d'air, Lily.

Des bribes d'information tourbillonnèrent dans ma tête et se remirent dans l'ordre : Lanette était venue voir Mookie en secret, un soir. Mookie était arrivée en ville juste après la mort de Darnell Glass. Mookie avait une plaque immatriculée dans l'Illinois. Lanette était revenue à Shakespeare après avoir vécu à Chicago pendant un temps. J'étudiai les courbes rondes des joues de Mookie et son robuste port de tête, et alors, je compris pourquoi elle me paraissait familière.

J'adressai un bref signe de tête à Mookie et repris mon travail dans la cuisine. Mookie était la demi-sœur de Darnell. Mais il semblait inutile d'en parler avec elle : ça ne me regardait pas, à proprement parler, et Mookie savait mieux que personne qui elle était et le deuil qu'elle portait. Je me demandai qui avait insisté pour garder le secret. Mookie avait-elle voulu faire une sorte de travail d'infiltration sur le meurtre de son frère, ou bien Lanette avait-elle refusé d'admettre en ville qu'elle avait eu une liaison avec un homme blanc ?

Je me demandai si Lanette était déjà enceinte quand elle était partie pour Chicago.

Je me demandai si le père était toujours en vie, et s'il vivait toujours à Shakespeare. Je me demandai si Mookie et lui s'étaient parlé.

Le fusil, noir et marron, mortel, m'avait effrayée. Je n'avais jamais vu d'arme à feu accessible, de cette manière, chez quiconque depuis que je faisais des ménages. J'avais nettoyé ma part d'armoires à fusils, mais je n'en avais jamais trouvé une ouverte ou dont le contenu était disponible ; ce qui ne veut pas dire qu'il n'y avait pas d'armes dans des tables de nuit ou des placards, mais seulement qu'elles n'étaient pas aussi... faciles d'accès. J'avais la sensation qu'on ne l'avait pas intentionnellement mise en évidence, mais que Mookie avait fait une erreur d'étourderie. Je ne connaissais rien de la loi sur les armes dans l'Arkansas, puisque je n'avais moi-même jamais voulu en posséder. Peut-être que le fusil était enfermé dans le coffre de la fourgonnette de Mookie.

Je me souvins des cibles. Si les tirs témoignaient de l'adresse de Mookie, alors celle-ci était une sacrée tireuse.

Je repensai au groupe d'hommes qui avaient pourchassé Jack. Darcy connaissait le nom de famille et l'adresse de Mookie. Je l'imaginai tirer les mêmes conclusions à propos de la jeune femme que celles auxquelles j'étais moi-même arrivée.

Je rassemblai mes affaires et informai Mookie de mon départ. Elle sortit en même temps que moi pour prendre son courrier et, après m'avoir payée, elle descendit l'allée avec moi. Je me creusai les méninges pour trouver quelque chose à dire, ou savoir seulement si j'allais dire quelque chose.

Presque trop tard, je me décidai.

— Vous devriez partir, dis-je.

Elle me tournait le dos. J'avais déjà un pied dans ma voiture.

Elle pivota à demi et s'immobilisa un instant.

— Vous, vous partiriez ? demanda-t-elle.

Je réfléchis.

— Non, répondis-je enfin.

— Voilà.

Elle ramassa son courrier et passa une nouvelle fois devant moi pour retourner dans sa maison qui résonnait, à moitié vide. Elle fit comme si je n'étais plus là.

Quand je rentrai chez moi ce soir-là, mon insomnie de la nuit précédente et la tension émotionnelle de la journée s'abattirent sur moi d'un coup. Faire du karaté m'aurait aidée à expulser un peu la tension et à me sentir mieux. Mais je me sentais tellement mal que je n'arrivais même pas à me décider à m'habiller. Des vagues d'idées noires déferlèrent en moi tandis que je m'asseyais à ma table de cuisine immaculée. Je pensais avoir laissé la mort derrière moi quand j'avais trouvé cette petite ville, choisie au hasard sur la carte à cause de son nom, et du mien, Bard[1] – une raison comme une autre pour s'installer quelque part, m'étais-je dit à l'époque. J'avais essayé tant d'endroits différents après être sortie de l'hôpital ! De chez mes parents à Jackson, dans le Mississippi, puis Waverly, dans le Tennessee... Serveuse, femme de chambre, shampouineuse dans un salon, uniquement des boulots que je pouvais laisser derrière moi quand je passais la porte à la fin de ma journée.

Puis j'avais trouvé Shakespeare, et Shakespeare avait besoin d'une femme de ménage.

La mort de Pardon Albee avait été un petit événement, un cas isolé. Mais ce qui était en train de se passer en ce moment, cette folie... elle était générée par une mentalité de meute, quelque chose qui me terrifiait et me faisait particulièrement enrager. J'avais déjà eu l'occasion de faire l'expérience des hommes en meute.

Je pensai à Jack Leeds, qui ne ferait jamais partie d'aucun clan. Sa colère contre moi lui passerait... ou pas. Ce n'était plus de mon ressort. Je n'irais pas le voir, peu importe le nombre de petites amies affligées et de veuves qui me vint à l'esprit. Parfois, je détestais la chimie, qui pouvait jouer de tels tours à votre bon sens, aux promesses que vous vous étiez faites à vous-même !

Quand le coup retentit à ma porte, je jetai un œil à l'horloge au mur. J'étais assise, le regard dans le vide, depuis une heure. Quand je me levai, ma position prolongée réveilla la douleur dans ma hanche blessée.

---

1. Shakespeare était surnommé le Barde d'Avon. *(N.d.T.)*

Je regardai par le judas. Bobo était sur mon perron et il semblait inquiet. Je le fis entrer. Il portait un manteau marron par-dessus son kimono.

— Salut, comment ça va ? demanda-t-il. Tu m'as manqué au karaté. À Marshall aussi.

Il avait ajouté cette dernière phrase à la hâte, comme si j'allais l'accuser de monopoliser tout le manque que je pouvais provoquer.

Si ç'avait été qui que ce soit d'autre que Bobo, je n'aurais pas ouvert la porte. Je le connaissais depuis qu'il commençait à peine à se raser ; il s'était parfois montré arrogant, trop sûr de lui, mais il avait toujours été gentil. Je me demandai comment ce garçon avait pu devenir mon ami.

— Tu as pleuré, Lily ? me demanda-t-il.

Je levai la main pour effleurer ma joue. Oui, apparemment.

— Ce n'est rien, dis-je, regrettant qu'il s'en soit aperçu.

— Mais non, répliqua-t-il. Arrête de toujours te blâmer. Ce n'est pas rien.

Étonnamment, Bobo sortit un mouchoir de la poche de son manteau et m'essuya les joues avec douceur.

Ce n'était pas la direction que prenaient habituellement nos conversations. D'ordinaire, il me parlait de ses cours, ou nous évoquions un nouveau coup que Marshall nous avait appris, ou le garçon avec lequel sortait Amber Jean.

— Bobo... commençai-je, mal à l'aise, perplexe.

J'essayais de trouver comment m'y prendre avec Bobo quand il se décida à agir de manière décisive. Il me releva la tête et m'embrassa violemment, avec une expérience déconcertante. Pendant quelques secondes de stupeur, j'acceptai aveuglément cette intimité, sentant la chaleur de sa bouche contre la mienne, la pression de son corps, jusqu'à ce que mon système d'alarme interne explose. Je glissai mes mains vers le haut et écartai doucement son torse. Il me relâcha instantanément.

— Je suis désolée, Bobo, dis-je. J'espère que je suis toujours ton amie.

C'était vraiment une chose triste à dire, mais je le pensais.

Je ne l'avais pas non plus repoussé sans effort : il n'était que trop facile d'imaginer accueillir Bobo – jeune, vigoureux, fort, superbe, attachant – dans mon lit. J'avais espéré effacer les mauvais souvenirs avec de nouveaux, de meilleurs ; Bobo et moi pouvions certainement nous en offrir quelques-uns. J'en éprouvai encore la tentation en voyant son visage s'assombrir.

— J'ai... j'ai quelqu'un d'autre, lui dis-je.

Et je détestais le fait que ce soit vrai.

— Marshall ? souffla-t-il.

— Non. Peu importe de qui il s'agit, Bobo, fis-je avant de tenter un nouvel effort : Tu ne peux pas imaginer combien je suis tentée et flattée.

Ma voix incertaine en témoignait. Je vis la fierté illuminer de nouveau son visage quand il comprit que je disais la vérité.

— Tu me plais depuis longtemps, dit-il.

— Merci.

Je n'avais jamais été aussi sincère.

— J'en suis fière.

Curieusement, après avoir ouvert la porte pour partir, il se retourna et souleva ma main pour l'embrasser.

Je suivis des yeux sa Jeep qui s'éloignait.

— Comme c'est touchant, déclara Jack Leeds d'un ton acerbe.

Il sortit des ombres de mon abri à voiture et traversa le petit carré de pelouse devant ma porte d'entrée. Il s'arrêta et croisa les bras sur sa poitrine, la moue moqueuse.

Je pus presque sentir mon cœur plonger. J'envisageai de lui fermer la porte au nez et de la verrouiller. Je n'étais pas d'attaque pour une nouvelle scène.

— Est-ce que tu lui as fait vivre un moment inoubliable, Lily ? Tu cherches un *golden boy* sans passé pour le ralentir ?

J'eus l'impression que quelque chose se rompait en moi. On m'avait poussée au-delà de certaines limites. Il put le lire dans mon regard, car il commença à décroiser les bras, soudain alarmé, mais je le frappai aussi fort que possible au plexus solaire. Il émit un gémissement et se plia en deux. J'inclinai le bras et visai la base de son crâne avec mon coude. Je l'abattis au tout dernier moment, car c'était un coup mortel. Mais je l'avais fait trop tôt : il eut le temps de se jeter sur moi. Il me repoussa à l'intérieur de la maison et me fit tomber sur le tapis. Il referma la porte derrière lui d'un coup de pied.

C'était la deuxième fois que Jack me plaquait à terre. Je frappai son épaule blessée et profitai de son mouvement de recul pour reprendre le dessus et le maîtriser à mon tour. J'agrippai sa veste d'une main tandis que, de l'autre, j'empoignais le col de sa chemise en tricot, puis enfonçai mes doigts dans sa gorge alors qu'il émettait un bruit guttural.

— Oh oui, Jack, si ça c'est pas de l'amour ! dis-je d'une voix tremblante que je reconnus à peine.

Je roulai sur le côté et m'assis en lui tournant le dos, la tête entre les mains, attendant soit qu'il me frappe, soit qu'il parte.

Après un long moment, je risquai un coup d'œil. Il était toujours allongé sur le dos, les yeux rivés sur moi. Il était manifestement secoué et j'étais ravie de voir ce spectacle. De l'index, il me fit signe d'approcher. Je secouai violemment la tête.

Après un autre long moment, je l'entendis remuer. Il s'assit derrière moi, les jambes écartées, et m'attira vers lui. Il croisa les bras devant moi pour me retenir contre lui, mais avec douceur. Je me calmai progressivement et arrêtai de trembler.

— C'est bon, Lily, dit-il. Tout va bien.

— Est-ce que ce mauvais sens du timing peut être la raison de ta... carrière mouvementée... en tant qu'amant ? demandai-je.

— Je... suis... désolé, dit-il, la mâchoire crispée.

— C'est pas du luxe.

— Vraiment désolé.

— Bien.

— Je peux... ?

— Quoi ? Qu'est-ce que tu veux faire, Jack ?

Il me le confia.

Je lui répondis qu'il pouvait essayer.

Plus tard, dans la tranquillité de mon lit, il se mit à parler d'autre chose. Et toutes les pièces du puzzle commencèrent à se mettre en place.

— Howell Winthrop Jr m'a embauché, dit-il.

Nous étions assis l'un en face de l'autre.

— Il m'a dit il y a une semaine de ne pas te faire confiance.

Je sentis mes yeux s'écarquiller alors que j'assimilais ce qu'il me disait.

— Tu as vu les hommes la nuit dernière. Tu as certainement compris.

— J'imagine que Darcy est impliqué. Et toute la clique ?

— Oui, et encore quelques autres. Pas toute la ville, pas même une importante proportion d'hommes blancs. Une poignée de malades mentaux désaxés qui croient que c'est un concours pour désigner celui qui a la plus grosse. Ils croient qu'ils peuvent prouver leur virilité en maintenant les Noirs, et les femmes d'ailleurs, à leur place.

— Alors ils se réunissent au magasin de sport des Winthrop.

— C'est ainsi que le groupe a évolué. La plupart d'entre eux passent par là assez souvent pour faire des achats, voilà comment ça a commencé. 98 % de ceux qui fréquentent la boutique des Winthrop sont des gens normaux et sympas, mais les 2 % qui restent... Howell n'était au courant de rien jusqu'à ce qu'il remarque que des armes étaient achetées sur les comptes du magasin mais n'apparaissaient pas dans les rayons. Et ce n'est même pas Howell qui s'en est aperçu.

— Oh non, dis-je avant de réfléchir quelques instants. C'est Del.

— Ouais, Del Packard. Il est allé voir Howell. Howell lui a dit de ne le dire à personne d'autre. Mais il semble qu'il l'ait fait quand même.

— Pauvre Del. Qui l'a tué ?

— Je ne sais pas encore. Je ne sais pas si Del en savait plus que ce qu'il a raconté à Howell, ou s'ils avaient simplement peur qu'il aille le dire à la police – ils ont peut-être même demandé à Del de rejoindre leur groupe et il a refusé – mais l'un d'entre eux a réduit Del au silence.

— Tous les employés de Winthrop ne sont quand même pas impliqués ?

Tant de personnes travaillaient pour le magasin des Winthrop, au moins vingt hommes et quatre ou cinq femmes dans les bureaux ! Ajoutés à l'équipe de la boutique de débitant de bois et de fournitures pour la maison qui appartenait également aux Winthrop juste à côté... sans compter le Pétrole Winthrop...

— Non, loin de là. Seulement trois ou quatre hommes dans la boutique de sport, dont j'ai pu m'assurer de l'implication. Et deux, peut-être trois hommes de la boutique voisine. Plus quelques types qui s'y sont joints comme ça, comme Tom David et celui que tu m'as dit s'appeler Cleve Ragland. Le jour où ils sont venus voler les sacs dans la maison des Winthrop, ils étaient dans la voiture de Ragland.

Puisque Jack était d'humeur à tout raconter, je décidai de poser toutes les questions possibles.

— Qu'est-ce qu'il y avait, dans ces sacs noirs ?

— Des armes. Des fusils. Depuis quatre ans, c'est Jim Box qui passait les commandes pour le magasin. Quelqu'un a eu la brillante idée de faire commander à Jim un petit peu plus que ce qu'il pensait pouvoir vendre. Puis ils comptaient mettre en scène un cambriolage et déclarer le vol de ces armes, ce qui explique pourquoi l'excuse de l'inventaire leur est venue aussi promptement à l'esprit la nuit dernière, je suppose. Ils s'imaginaient qu'en faisant croire à un vol personne ne pourrait accuser la boutique – Howell – si l'on utilisait les armes pour commettre des actes illégaux. Plutôt que de faire sortir une arme à la fois, ils ont commencé à stocker ce qu'ils voulaient dans la réserve à l'arrière de la boutique dans deux gros sacs noirs, en attendant le bon moment pour simuler le vol. Ils auraient dû continuer et déplacer leur stock après la mort de Del, mais on n'a pas affaire à des lumières, là.

— Alors Howell et toi avez pris les sacs.

— Ouais, tous ceux qui étaient impliqués étaient partis déjeuner, alors on a chargé les sacs dans la voiture d'Howell et on est allés chez lui, expliqua-t-il avant de m'embrasser. Le jour où je t'ai vue là-bas. Tu avais la plus étrange des expressions sur le visage.

— Je n'arrivais pas à comprendre ce que vous fabriquiez tous les deux. Je me suis dit que toi et Howell, vous étiez peut-être… à voile et à vapeur.

Jack se mit à rire franchement.

— Beanie n'a rien à craindre.

— Pourquoi les avoir entreposés chez les Winthrop ?

— On voulait voir qui allait venir les chercher. On savait déjà qui était impliqué dans l'équipe d'Howell, mais on ne connaissait pas les noms du reste du groupe. Je me suis aussi dit que ce serait plus prudent de rester caché chez les Winthrop plutôt que dans la boutique toutes les nuits, à attendre qu'ils se décident à mettre en scène le cambriolage. Howell a donc parlé à Darcy de l'étrange cachette d'armes qu'il avait trouvée au magasin, et lui a confié son intention de les emporter chez lui le temps de décider s'il allait appeler la police ou non.

— Est-ce que ce n'était pas encore plus dangereux pour Howell et sa famille ? demandai-je en tentant de garder une voix neutre.

— Eh bien, je savais quel jour ils projetaient d'agir. Et Howell avait la conviction qu'ils n'essaieraient pas de lui faire du mal, ni à lui ni à sa famille. Il a une curieuse façon de les percevoir… comme s'il leur devait quelque chose, parce qu'ils travaillent pour lui. Je ne suis même pas certain qu'il veuille les dénoncer quand il aura trouvé le coupable… et pourtant il veut avoir le fin mot de l'histoire. C'est étrange. Il ne veut pas que quiconque soit accusé à tort, et je respecte ça. Mais j'ai l'impression qu'il ne m'a pas tout dit.

J'aurais dû écouter cette phrase plus attentivement, y réfléchir sérieusement comme je le faisais pour tant d'autres choses. Mais j'essayais toujours de comprendre le plan d'action de Jack et Howell. Jusque-là, franchement, il ne semblait pas bien meilleur que celui des voleurs.

— Alors tu t'es caché dans la penderie de Beanie. Pour attendre et découvrir qui avait répondu à l'appel.

— Oui. Et tu es arrivée. J'ai su qui tu étais à la minute où tu m'as frappé, mais je ne connaissais pas ton nom.

— Tu n'avais pas entendu les hommes parler ?

— J'avais entendu des gens évoquer une certaine Lily, mais je ne savais pas que c'était toi. Tu ne ressembles à aucune des femmes de ménage que j'ai pu voir, ni à aucune spécialiste du karaté ! Ou une haltérophile.

— De quoi j'ai l'air ? demandai-je en me rapprochant de son visage.

— De la femme la plus excitante que j'aie jamais vue.

Parfois, Jack disait exactement ce qu'il fallait.

Il murmura :

— Je voulais te toucher. Je voulais juste poser mes mains sur toi.

Il me fit une démonstration.

— Quand Howell a appris pour la bombe, il m'a appelé et m'a demandé d'aller à l'hôpital pour comptabiliser les morts et les blessés. Il savait que ça paraîtrait bizarre s'il s'en chargeait. Il est certain que c'est l'un de ses employés qui a posé la bombe, et il voulait savoir si l'un d'eux avait été emmené avec les blessés. Il pensait qu'ils étaient peut-être restés en retrait pour assister à l'explosion et qu'ils s'étaient fait surprendre. Alors je suis allé à l'hôpital. C'était sinistre. Je suis entré et j'ai déambulé dans les couloirs en ouvrant l'œil. Personne ne m'a arrêté ni demandé ce que je faisais là. L'idée était bonne, mais elle n'a pas été concluante. Aucun homme associé au groupe n'avait été amené. Mais je t'ai vue sur un brancard.

— Tu étais à l'hôpital ! J'ai cru que j'avais rêvé.

— C'était bien moi. Je voulais rester, mais je savais que ça aurait l'air étrange.

— Tu m'as demandé si tu pouvais appeler quelqu'un de ma part.

— Je voulais que quelqu'un vienne s'occuper de toi. Et je voulais savoir si quelqu'un avait de l'avance sur moi. Tout le monde m'a dit que tu étais avec Marshall. Je trouvais la compétition assez redoutable. Si tu m'avais demandé de l'appeler...

— Qu'est-ce que tu aurais fait ?

— Je l'aurais appelé. Mais j'aurais essayé de trouver un moyen de t'éloigner de lui dès que tu te serais sentie mieux.

Nous restâmes silencieux un moment.

Je me levai pour aller chercher à boire et, en revenant, je lui posai une question :

— Pourquoi Howell ne me fait pas confiance, selon toi ?

Ça me tourmentait. Je m'étais toujours montrée honnête avec la famille Winthrop, au-delà des exigences de mon salaire.

— Je ne sais pas. Quand je lui ai demandé qui avait les clés de sa maison, question de routine, il m'a répondu « la femme de ménage », et il a dit que tu travaillais pour lui depuis quatre ans et qu'il était sûr que tu étais absolument fiable. Mais ensuite, il y a environ une semaine, il m'a convoqué dans son bureau un matin pour me dire de t'éviter, qu'il pensait que tu étais impliquée dans quelque chose.

Il m'embrassa pour me montrer qu'il ne l'avait pas écouté une seule seconde.

— Je crois savoir ce que j'ai fait qui a pu attirer la méfiance d'Howell.

Je mis cette idée de côté pour y réfléchir plus tard.

— Quel était leur but en détournant toutes ces armes ? repris-je.

— D'après ce que j'ai pu comprendre aujourd'hui, leur objectif, c'est de créer une milice blanche ici, en se servant du domaine de chasse de Cleve Ragland comme camp d'entraînement. Ils veulent devenir une organisation de premier plan, plutôt que quelques connards dispersés ici et là qui râlent et qui assassinent des enfants à coups de bombes.

— Est-ce que tu as entendu quelque chose à propos de Darnell Glass ? demandai-je.

Jack se renversa en arrière et repoussa ses cheveux du bout des doigts.

— C'est curieux, répondit-il. C'est comme s'ils avaient deux affaires en même temps. Après avoir rencontré la plupart de ceux qui sont impliqués là-dedans, du moins je pense les avoir presque tous rencontrés, ce qui m'a le plus impressionné, c'est leur stupidité. Garder des armes qu'ils volaient au magasin : débile ! Essayer de les voler de nouveau dans la maison d'Howell : débile ! Mettre de la peinture sur la voiture de Deedra, et ça c'est le garçon qui travaille à la boutique de fournitures – je l'ai carrément vu faire – là encore, débile… Je pense que Deedra l'avait snobé quand elle était venue au magasin acheter une nouvelle tringle à rideaux, alors il lui a rendu la monnaie de sa pièce. Et puis la bombe. Le jour suivant l'explosion, quand ils ont entendu dire que Claude Friedrich et toi étiez blessés et que le shérif Schuster était mort, ils étaient foutrement penauds. Je crois qu'ils s'en sont voulus pour la petite fille, aussi. Tu sais pourquoi tout ça est arrivé ? La bombe n'a pas explosé au bon moment. J'ai entendu, par hasard, Jim et Darcy se défausser de toute responsabilité. Ils essayaient de rejeter la faute sur les victimes – toi, tu n'aurais pas dû être là, pour commencer. Le shérif Schuster n'aurait pas dû assister à la réunion. Claude aurait dû sortir plus vite. La petite fille aurait dû être chez elle en train de faire ses devoirs. Des conneries comme ça.

— Ils ont tué tous ces gens par incompétence.

Je fermai les yeux et me remémorai la scène à l'intérieur de l'église.

— Il y a des groupes qui aiment tuer autant de personnes noires que possible, Lily, et ils se fichent de l'âge qu'elles ont. Ces types, non… Ils n'avaient jamais fabriqué de bombe et ils se sont plantés.

— Comment est-ce qu'ils sont entrés dans l'église avant la réunion ?

— La journée, l'église est ouverte. Jim a simplement tenté sa chance, d'après ce que j'ai pu comprendre.

Je fus prise d'une nausée.

— Mais Darnell, ils n'ont pas du tout parlé de lui ?

— Non, mais ton nom à toi est ressorti un paquet de fois.

— Attends.

La question la plus importante de toutes ne m'était même pas venue à l'esprit jusque-là. Jack était nouveau au magasin. Pourquoi lui feraient-ils confiance pour garder un secret ?

— Comment est-ce que tu as pu entendre tout ça ?

— Lily, j'ai posé un micro dans la salle de repos des employés.

— C'est légal ?

— Eh bien…

— Hmm.

— Ce n'est pas tout à fait vrai, quand je te dis qu'ils n'ont pas parlé du meurtre de Darnell, dit Jack, peut-être pour détourner mon attention et que j'arrête de me demander jusqu'où il avait poussé l'illégalité. Ils avaient tous l'impression qu'il avait mérité ce qui lui est arrivé. Ne me demande pas de t'expliquer leur raisonnement, parce que c'est impossible. Et alors ils t'ont évoquée, car j'ai cru comprendre que c'était une véritable bagarre. Est-ce que tu étais obligée de t'en mêler ?

Il me fit pivoter vers lui et me regarda dans les yeux. Les siens étaient très sérieux. Je caressai sa joue, sa cicatrice et suivis la courbe de son cou jusqu'à sa clavicule.

— Ne crois pas que je n'ai pas regretté tout ce qui est arrivé, et même de m'être trouvée là. Je ne suis pas une activiste. Je veux qu'on me laisse tranquille. Mais j'étais là, et ils étaient plusieurs contre lui. Ces types l'auraient démoli.

Jack sembla réfléchir à ce que je venais de dire et l'accepter.

— Mais tu vois, de leur point de vue, reprit-il, très calmement, tu as défendu Darnell, tu étais chez Howell quand ils sont venus récupérer leurs armes et tu étais à l'église quand elle a explosé. Pour eux, c'est trop de coïncidences, peu importe que tu te sois trouvée là par hasard dans chacun des cas.

— Est-ce qu'ils pensent que je suis toi ? Que je suis une sorte de détective ?

— Ils pensent que tu apprécies un peu trop les personnes noires et oui, ils pensent que tu as quelque chose à voir dans le fait qu'ils n'aient pas réussi à récupérer leurs armes. Et puis, la nuit précise où ils essayaient de découvrir qui les espionnait, je l'ai passée avec toi. Alors oui, ils se posent beaucoup de questions à ton sujet. En même temps, on dirait qu'ils éprouvent une espèce de curieux respect pour toi.

— Comment en sont-ils venus à te poursuivre, la nuit dernière ?

— J'étais caché dans une sorte d'abri que je m'étais fabriqué. Si tu trouves que l'espace de la boutique est immense, tu devrais voir l'arrière du magasin ! Quelqu'un pourrait y vivre pendant une semaine sans que personne le remarque. Bref, je savais qu'ils allaient se réunir dans la réserve après le boulot et là, il n'y a pas de micro. Je voulais savoir ce qu'ils étaient en train de mettre au point.

— Comment ils ont su que tu étais là ?

— Tu vas rire, dit-il d'un air sombre, et j'eus le sentiment que ce ne serait vraiment pas le cas. Le jeune, Paulie, qui travaille à la boutique de fournitures, est venu avec son chien. Il en est vraiment fier, de son chien, il en parle tout le temps. C'est un sacrilège, le prix qu'il vaut ! C'est un bluetick, je crois. Le chien m'a senti et s'est mis à aboyer. Il m'a semblé plus sage de m'enfuir plutôt que d'attendre qu'ils me trouvent.

J'avais raison. Ça ne me faisait pas rire.

— Ils t'auraient tué.

— Je sais.

Il resta allongé, les yeux rivés au plafond, et sembla réfléchir avec attention. Il ajouta :

— Je ne crois pas qu'ils soient tous impliqués dans le meurtre de Darnell, mais cette nuit, ils m'auraient tué ; parce qu'ils étaient tous ensemble, et qu'ils avaient peur.

— Tu crois qu'ils se méfient maintenant ?

— Peut-être. J'ai eu un coup de fil de Jim aujourd'hui. Il a dit qu'il avait appris par Darcy que je faisais la cour à Lily Bard. Il m'a suggéré de fréquenter une fille plus traditionnelle.

— Faire la cour, hein ? C'est ça ?

— J'en sais foutre rien. Mais ça me plaît, peu importe comment on appelle ça.

— Et je suis une fille, dis-je, pensive. Une fille pas traditionnelle.

— J'emmerde la tradition, dans ce cas, murmura Jack.

— Alors qu'est-ce que tu vas faire, maintenant ?

— Je vais continuer comme avant, aussi longtemps que possible. Récupérer les bandes tous les soirs, les écouter, les copier, transmettre à Howell toutes les informations que je peux glaner ; c'est mon boss, après tout.

Jack passa ses bras autour de moi avant de reprendre :

— Lily, parfois je m'entête, je me mets en colère et je fais des erreurs. Si j'étais vraiment un bon détective, je te dirais qu'il faut qu'on arrête de se voir jusqu'à ce que tout soit fini. Je suis peut-être en train de te mettre en danger, encore plus que tu ne l'es déjà. Mais d'une certaine manière, puisqu'ils croient encore à ma couverture, je te donne un petit peu de crédit auprès d'eux. Ils s'imaginent que si un *bad boy* comme moi s'intéresse à toi, c'est que tu ne peux pas être une moucharde… c'est ce que j'espère. Mais je n'en suis pas sûr.

Il se redressa et posa les pieds par terre. Il m'offrit une vue sur son dos et ses fesses dénudés. J'en profitai le plus possible. Je caressai sa colonne vertébrale d'un doigt et il se cambra.

— Tu es bien placée pour savoir, dit-il sans me regarder, que j'ai un vrai problème avec l'impulsivité.

— Sans blague, dis-je, pince-sans-rire.

— Essayons de ne pas rire de ça, d'accord ? Je suis venu chez toi quand j'étais blessé, j'ai peut-être attiré les soupçons sur toi. Je t'ai mise en danger. J'ai fait l'amour avec toi sur une impulsion. Je ne regrette pas.

Je resterais au lit avec toi pendant un an si je pouvais. Mais j'ai débuté ma relation avec Karen sur une impulsion, et elle est morte.

Il se tourna légèrement pour me regarder dans les yeux.

— Je ne peux pas laisser mon inconscience causer ta perte, comme c'est arrivé avec elle.

— Je ne pense pas que tu seras capable d'arrêter. Et je ne suis pas Karen Kingsland.

Ma voix était légèrement tendue.

— Lily, écoute-moi ! Je sais que tu es forte, je sais que tu te considères comme une dure, mais on n'a pas affaire à un seul adversaire qui se bat à la loyale ! C'est une meute, et ils te tueront… et peut-être pas d'emblée.

Je le dévisageai. D'une certaine manière, j'avais perdu le plaisir de la vue.

— Tu es en train de dire – arrête-moi si je me trompe, Jack – tu es en train de dire que je ne me vois que comme une dure, ce n'est vraiment pas le cas… que je ne peux gagner que si mes adversaires se battent à armes égales… que Darcy, Jim et Tom David pourraient me violer s'ils en avaient l'occasion. Mince, pourquoi est-ce que ça m'arriverait à moi ?

— Je sais que tu es en colère, dit-il en se retournant pour me regarder. Et je le mérite probablement, mais je ne peux rien laisser t'arriver. Tu ne dois plus être impliquée là-dedans, en aucun cas.

— Tu passeras juste quand tu auras une minute pour baiser ? Insulter mes autres invités ?

Il pinça ses lèvres sculptées. Lui aussi était en train de se mettre en colère.

— Non. Je n'aurais pas dû dire quoi que ce soit sur la présence de Bobo ici. Je n'avais pas le droit. Et je t'ai dit que j'étais désolé. Hé, j'ai jamais rien dit sur le flic qui t'envoie des fleurs, et elles étaient toujours posées sur ta table avec la carte à l'intérieur.

— Et que tu as cru bon, bien entendu, de te permettre de lire.

— Lily, je suis *détective*. Bien sûr que je l'ai lue.

Je me pris la tête dans les mains et la secouai pour m'éclaircir les idées.

— Va-t'en, dis-je. Je n'ai pas envie de parlementer avec toi maintenant.

— On recommence, dit-il d'un air impuissant.

— Non, c'est *toi* qui recommences, répliquai-je, et j'étais tout à fait sérieuse. Tu t'envoies en l'air avec moi après m'avoir dit qu'on ne devrait pas dévoiler notre relation. D'accord, j'admets. Ensuite c'est moi qui m'envoie en l'air avec toi, et je dévoile notre relation... pour sauver ton petit cul. Tu m'as déballé toute ta vie – sur une impulsion – en me disant que mon employeur ne me fait pas confiance, en me disant que je suis peut-être, ou pas d'ailleurs, sérieusement en danger, et puis que je ne devrais pas m'impliquer dans la résolution de ce bordel monstre.

— Vu comme ça, j'avoue que je n'ai pas l'impression de m'y prendre correctement avec toi.

— Mince, sans blague.

— Pourquoi faut-il qu'on soit autant... autant... dans le conflit ? J'essaie de faire ce qui est juste ! Je ne veux pas qu'il t'arrive quelque chose !

— Je sais, répondis-je, avant de soupirer. Il faut que tu partes maintenant. Reviens me voir – dans un lieu public – quand tu auras décidé quelle politique adopter.

Il se leva. Son visage exprimait la contradiction. Il tendit la main.

— Embrasse-moi, dit-il. Je ne peux pas partir comme ça. C'est réel, ce qu'on a, tous les deux.

Presque à contrecœur, je tendis la main et il m'attira vers lui pour que je me redresse sur mes genoux sur le lit. Il se pencha et m'embrassa passionnément. Je sentis de nouveau la chaleur s'infiltrer en moi. Je m'écartai.

— Ouais. C'est réel, répéta-t-il avant de s'habiller.

Il me déposa un baiser sur le front avant de quitter la maison.

Chapitre 8

Ce matin, Carrie n'était pas à la clinique. C'était la première fois depuis bien longtemps qu'elle était absente un samedi. Je n'avais pas réalisé combien j'avais espéré la voir avant de m'engager sur le parking et de voir qu'il était vide.

Elle m'avait laissé un mot scotché sur la porte des toilettes réservées aux patients, puisqu'elle savait que c'était la pièce dont je m'occupais en premier.

« *Lily... j'ai suivi ton conseil. Aujourd'hui, tous les policiers de la ville qui ne sont pas en service déménagent Claude au rez-de-chaussée dans l'ancien appartement des O'Hagen. Becca Whitley est en train d'installer une rampe d'accès à la porte de derrière ! Il me semble que tu aurais voulu être au courant.* »

J'étais légèrement déconcertée de constater que Carrie prenait Claude en charge. J'étais retournée le voir deux fois à l'hôpital et je réalisais maintenant que, chaque fois, il avait parlé de Carrie. Peut-être que mon inconscient avait compris que quelqu'un d'autre allait s'occuper de Claude pour son retour chez lui, et c'est pour cette raison que je ne m'en étais pas préoccupée. Bien, bien, bien. Carrie et Claude. Ça sonnait bien.

Je fis le ménage dans la clinique, même si je me sentais seule sans Carrie. En commençant le travail chez mon client suivant, je broyai du noir en repensant à ce que Jack m'avait dit. Ça me rongeait de savoir qu'Howell ne me faisait pas confiance. Je suis quelqu'un de très fiable, je sais me taire et je suis honnête. Ma réputation de femme de ménage dépend de ces qualités.

Je me concentrai pour me souvenir de tous les échanges que j'avais eus récemment avec Howell, pour essayer de trouver celui qui pourrait expliquer son soudain revirement à mon égard.

À la fin de la journée, j'avais décidé de passer un coup de fil.

Après avoir vérifié dans l'annuaire et consulté un plan de la ville, je me rendis de nouveau dans la zone noire de Shakespeare, qui entourait l'église Golgotha. Je ressentis une vague de nausée en passant devant la structure en ruine, baignée dans les rayons du soleil vif de l'hiver. Le vent froid faisait onduler la grande bâche en plastique qu'on avait posée en travers du trou béant sur le toit, ainsi que les portes provisoires qu'on avait également installées. Les débris de bancs étaient empilés dans l'herbe. Une odeur de brûlé flottait encore dans l'air. Des hommes s'activaient à l'intérieur et à l'extérieur. Parmi eux se trouvait un homme blanc et, après un regard plus attentif, je reconnus le prêtre catholique de Montrose. Puis je distinguai un autre visage blanc : Brian Gruber, le directeur de l'usine de matelas. Ainsi qu'Al, le roux qui travaillait chez Winthrop Sport. Après ça, je me sentis un peu mieux.

Mon objectif se trouvait à un ou deux pâtés de maisons de là, dans l'une des habitations en brique du quartier. Petite et bien ordonnée, elle se dressait derrière une clôture grillagée de un mètre vingt de hauteur qui portait un écriteau « Attention au chien ». Les volets et les corniches étaient peints en doré pour contraster avec les briques marron. Je parcourus le jardin des yeux et ne vis pas le chien auquel il fallait tant faire attention. Je soulevai le loquet du portail et c'est alors qu'un gros chien beige aux oreilles courtes, pure race, apparut derrière la maison. Il grognait et aboyait, et il bondit d'un côté et de l'autre derrière la clôture.

Une petite femme noire apparut à la porte d'entrée. Elle était tout aussi soignée et apprêtée que la maison et, pour son jour de congé, elle avait choisi de porter une tenue rose saumon. Quand elle apparut, le chien se tut instantanément, attendant de voir la réaction de sa maîtresse.

— Que voulez-vous ? lança-t-elle.

Elle n'était ni vraiment accueillante, ni vraiment hostile.

— Si vous êtes Callie Gandy, il faut que je vous parle. Je suis Lily Bard.

— Je sais qui vous êtes. De quoi voulez-vous parler ?

— De ça.

Je lui montrai l'écrin en velours élimé qui contenait la bague.

— Que faites-vous avec la bague de Mme Winthrop ?

Bingo. Comme je le soupçonnais, cette bague n'avait jamais appartenu à Marie Hofstettler.

— Mademoiselle Gandy, il faut vraiment que je vous parle.

— Mademoiselle Bard, je ne voudrais pas me montrer malpolie, mais vous n'apportez que des ennuis, et j'en ai déjà bien assez.

J'avais déjà obtenu ce que je voulais savoir.

— Très bien. Au revoir.

Elle ne répondit pas. Le chien et elle me regardèrent m'éloigner et remonter dans ma voiture, immobiles, le visage dénué d'expression. Puis elle referma sa porte et je rentrai chez moi avec plus de choses encore en tête.

Cet après-midi-là, j'allai faire mes courses, je nettoyai ma maison et préparai des pains aux noix et à la banane pour Claude. Il aimait en manger au petit déjeuner. Ça me semblait très gentil, très personnel de savoir ce genre de choses au sujet d'un ami. C'était ce qui m'avait le plus manqué, sans jamais m'en être rendu compte, au cours de mes années d'errance et mes premières années à Shakespeare : les petits détails, l'intimité de l'amitié.

Je sortis l'un de mes plats individuels faits maison de mon congélateur. Je me souvenais que Claude aimait les lasagnes. Persuadée d'incarner le stéréotype de la voisine parfaite, je me dirigeai vers la résidence.

Le déménagement était manifestement terminé et quelques flics de l'équipe de Claude étaient restés boire une bière pour se faire remercier. Claude se trouvait sur son vieux canapé, sa jambe blessée surélevée sur un repose-pieds. La porte était ouverte et j'entrai donc simplement, consciente d'être au centre de l'attention.

— Lily, quel spectacle pour mes pauvres yeux ! tonna Claude, et je remarquai qu'il avait bien meilleure mine. Entre et sers-toi une bière.

Je jetai un regard autour de moi aux hommes qui se prélassaient dans le salon. Je hochai la tête à l'intention de Dedford Jinks, que je n'avais pas revu depuis l'effraction chez les Winthrop, ainsi que Todd Picard. Il semblait légèrement plus détendu en ma présence que les semaines précédentes. Tom David était assis par terre, ses longues jambes croisées au niveau des chevilles, une bouteille de Michelob à la main. Il me scruta de ses yeux méchants et brillants, et un sourire mauvais se dessina sur ses lèvres.

« Judas, songeai-je, tu bois une bière offerte par Claude alors que tu savais pertinemment qu'il se trouverait dans l'église. Tu n'aurais pas pu empêcher la mort de cette fillette ? »

Mon visage dut exprimer quelque chose de très déplaisant, car Tom David sembla surpris, puis sur la défensive. Son sourire faiblit, avant de redoubler de puissance.

— Oh oh, mais c'est Mlle Bard, qui s'est arrachée à son nouvel amoureux pour te rendre visite, Claude !

Claude se contenta de sourire, peut-être parce que Carrie sortit de la cuisine à cet instant précis. Elle portait des leggings avec un sweat-shirt de l'Université de l'Arkansas et elle semblait – pour une fois – insouciante. Ses lunettes étaient posées sur le sommet de son crâne, et son regard était franc et chaleureux.

Tom David fut décontenancé quand il réalisa que personne n'allait enchaîner sur sa réplique. Dedford Jinks, le détective, passa la main dans ses cheveux fins et adressa à Tom David un regard purement irrité.

Je souris à Carrie, hochai la tête à l'intention de Dedford et d'un patrouilleur que je ne connaissais pas, un grand homme noir avec le bras bandé. Je le regardai plus attentivement. C'est lui que j'avais aidé dans l'église. Il me reconnut également. Nous échangeâmes un signe de tête.

Je m'adressai à Claude :

— Je me suis dit que tu n'allais pas cuisiner de sitôt, alors je t'ai apporté un peu de pain.

— Est-ce que, par chance, ce serait celui aux noix et à la banane ? Je le sens d'ici.

Je hochai la tête.

— Et des lasagnes, aussi, murmurai-je.

J'espérais que tout le monde regardait ailleurs.

— Lily, tu es vraiment adorable, déclara Claude. Sans Carrie qui m'aide à me déplacer et toi qui me fais la cuisine, j'en serais réduit à me faire livrer des pizzas.

— Oh, bien sûr, personne d'autre en ville ne t'apporterait à manger, dit Carrie d'un ton sarcastique.

Et elle avait raison de mettre en doute les paroles de Claude. Il allait être submergé de nourriture dans les jours à venir, si ce n'est dans les prochaines heures.

— Où est-ce que je pose ça ? demandai-je à Carrie, reconnaissant ainsi tacitement son rôle dans l'appartement.

Elle sembla légèrement surprise, puis ravie.

— Viens m'aider à déballer les affaires dans la cuisine, si tu as une minute, me proposa-t-elle.

Elle sentait que j'étais mal à l'aise. Je la suivis volontiers, en donnant une petite tape sur l'épaule de Claude au passage.

Carrie et moi étions un peu trop vieilles pour nous faire ce genre de confidences entre filles, mais je me sentais obligée de dire quelque chose.

— C'est ce que ça a l'air d'être entre toi et Claude ? demandai-je à voix basse.

Elle haussa les épaules, essayant d'avoir une attitude évasive, mais un petit sourire se dessina sur ses lèvres.

— Bien, dis-je. Et maintenant, à ton avis, où est-ce qu'il veut ranger ses épices ?

— J'essaie de reproduire son appartement du dessus à l'identique, dit Carrie. Je ne veux pas qu'il ait l'impression d'être un étranger dans sa propre cuisine. J'ai essayé de mémoriser. J'ai même fait un schéma. Mais c'était un peu mouvementé là-haut, avec tous les hommes qui entraient et qui sortaient.

— Les épices étaient là, il me semble, dis-je en ouvrant le placard juste à côté du four.

J'espérai que Carrie ne le prendrait pas mal, et ce ne fut pas le cas, Carrie était avant tout une femme sensée.

Heureusement, Becca Whitley (c'est du moins ce que je supposai) avait nettoyé l'appartement de fond en comble après le déménagement des O'Hagen. Tout ce que nous avions à faire, c'était ranger les affaires là où cela nous semblait logique. Après nous être activées un moment, Carrie et moi fîmes une pause en buvant un Coca. Nous échangeâmes un sourire, appuyées contre le comptoir et partageant une fatigue agréable.

— Ils ont tout descendu sans problème, mais j'imagine que le déballage, c'est un boulot de femme, dit Carrie avec une sorte d'ironie désabusée.

Elle baissa la voix :

— Qu'est-ce que Tom David a essayé d'insinuer, là ?

Nous entendions toujours les voix des hommes dans le salon, mais nous ne savions pas qui était parti et qui était arrivé.

— Je suis...

Je sentis, horrifiée, mon visage rougir, et je dus détourner les yeux.

— Est-ce que ça va ? demanda Carrie.

Elle avait son regard de médecin.

— Oui, répondis-je en prenant une inspiration. Je fréquente le nouveau qui travaille au magasin de sport des Winthrop.

Pendant un instant atroce, je ne parvins plus à me souvenir du nom de couverture de Jack.

— Jared Fletcher, achevai-je.

— Celui qui vit dans la résidence ? Celui avec ces lèvres, là, et ces cheveux ?

Je hochai la tête en souriant devant la description.

— Comment est-ce que tu l'as rencontré ?

— Je suis allée m'acheter des gants d'entraînement, expliquai-je en passant au crible les dernières semaines pour trouver quelque chose de crédible.

— C'est romantique, commenta Carrie.

Je lui jetai un regard vif pour voir si elle me taquinait, mais elle était tout à fait sérieuse.

— Ce n'est pas lui que j'ai vu à l'hôpital la nuit de l'explosion ? demanda-t-elle avec un air de doute.

Ça, c'était avant que je rencontre officiellement Jack. Mais Carrie n'en savait rien et ne savait pas quand j'avais acheté mes nouveaux gants. C'était tellement compliqué ! Je détestais mentir, surtout à l'une de mes seules amies.

— Si, répondis-je.

— Il était venu te voir ?

Je hochai la tête, en me disant que c'était mieux que d'essayer d'inventer une vérité partielle.

— Oh, wow, dit Carrie avec des yeux de biche.

Comme par enchantement, une voix familière me parvint depuis le salon.

— Hé, j'ai entendu dire que vous aviez déserté l'étage ! Il doit y avoir un intérêt secret à vivre en bas ! s'exclama Jack d'une voix chaleureuse.

La réponse de Claude fut moins audible, mais je perçus distinctement le mot « bière ».

— Oui, c'est pas de refus, répondit Jack. J'ai travaillé toute la journée et j'ai bien besoin de me rafraîchir un peu. En parlant de ça, je vous ai apporté cette bouteille pour pendre la crémaillère.

— Merci, voisin, dit Claude d'une voix plus audible.

Il avait dû tourner la tête pour suivre Jack qui se déplaçait.

— Il faudra venir la partager avec moi quand je l'ouvrirai.

Jack apparut dans l'encadrement de la porte de la cuisine, vêtu de son sweat-shirt rouge à l'effigie des Winthrop et de sa veste en cuir. Il ne trahit sa surprise de me voir là qu'en ouvrant grands les yeux.

— Lily, dit-il en m'embrassant sur la joue.

Il chercha ma main, la serra fort pendant un instant avant de la relâcher.

— Le chef dit qu'il y a de la bière par ici.

Je lui désignai le réfrigérateur. Carrie adressa un sourire rayonnant à Jack et lui tendit la main.

— Je suis vraiment ravie de vous rencontrer. Je suis Carrie Thrush.

— Le bon Dr Thrush. J'ai entendu beaucoup de compliments à votre sujet, déclara Jack. Je suis Jared Fletcher. Fraîchement arrivé à Shakespeare.

Il avait un sourire sincère. Il posa une bouteille de bourbon sur le comptoir, le cadeau de bienvenue qu'il avait apporté à Claude, et ouvrit le frigo pour attraper une bière.

— Il faudra que vous veniez dîner avec Lily, un soir. Elle et moi pourrions faire équipe pour la cuisine, puis avec Claude, vous pourrez évaluer le résultat, proposa gaiement Carrie.

— Tom David a cafardé, à propos de nous, dis-je en essayant de garder un ton léger.

Mais je n'avais pas fait ça depuis bien longtemps et ma phrase ne sembla absolument pas naturelle. Carrie me jeta un regard avant de le reposer sur Jack.

— Ce serait super, Carrie, répondit Jack avec douceur.

Il me regarda pour me signifier qu'il avait compris le message : la petite clique avait des conversations nous concernant.

— Lily a apporté des petits pains et des lasagnes à Claude, déclara Carrie pour faires mes louanges.

— C'est vrai, bébé ?

Jack me regarda : s'il y avait une lueur de chaleur dans son regard, il n'y en avait aucune dans sa voix.

Bébé ? Je tentais de me représenter une soirée « couples » avec Carrie et Claude. J'essayais d'imaginer si les choses seraient plus simples, vraiment simples, si Jack travaillait réellement chez Winthrop Sport dans la seule perspective de gagner sa vie. Je serais une simple femme de ménage et il vendrait simplement du matériel d'entraînement… Nous sortirions ensemble, nous aurions de vrais rancards, au cours desquels personne ne se ferait tirer dessus. Nous ne nous frapperions jamais, nous n'en aurions même pas l'idée.

— Claude s'est occupé de moi quand j'ai été blessée au printemps dernier, dis-je en ressentant une soudaine lassitude.

Je ne devais aucune explication à Jack, mais il fallait que je dise quelque chose.

— Tu as été blessée… commença Jack en plissant les yeux.

— C'est une vieille histoire. Va boire ta bière, *chéri*, dis-je d'un ton impérieux, avant de pousser doucement son épaule intacte dans un geste que j'espérais digne d'un couple amoureux.

Il se redressa après une seconde tendue et s'éloigna vers le salon.

— Il y a autre chose derrière tout ça, non ? demanda Carrie.

— Ouais, bon, rien n'est simple, murmurai-je.

— Pas avec toi, en tout cas, ajouta-t-elle, mais d'une voix douce.

— En fait, dans ce cas précis, c'est à cause de lui, répliquai-je d'un ton sinistre.

— Hmm. Tu crois que ça va marcher ?

— Qui sait ? répondis-je, exaspérée. Bon, finissons-en avec cette cuisine.

— Ça ne me semble pas très juste que tu travailles si dur, Lily. Tu passes toute la semaine à nettoyer et ranger les affaires des autres. Pourquoi tu n'irais pas t'asseoir là-bas et souffler un peu ?

Avec Claude, Jack et Tom David ?

— Jamais de la vie, lui dis-je, avant de finir de ranger les marmites et les casseroles dans le placard.

Ensuite, nous passâmes à la chambre, pour remettre tous les tiroirs dans le bon ordre et réorganiser les vêtements dans la penderie. Je passai un coup sur tous les meubles après avoir déniché les produits d'entretien, je rangeai rapidement les affaires dans la salle de bains tandis que Carrie s'occupait du bureau de Claude dans la seconde chambre.

Puis quand j'eus fini, je sus qu'il était temps pour moi de partir. Je supposai que Carrie allait devoir s'occuper de Claude ; il devait être fatigué.

En réalité, il était endormi sur le canapé. Tout le monde était parti à l'exception de Jack, qui avait ouvert un carton de livres et les rangeait dans la bibliothèque. Il avait ramassé toutes les bouteilles de bière qu'il avait jetées dans un sac-poubelle. Il se tourna légèrement quand il entendit mes pas, me sourit et remit un dictionnaire en place. Tout semblait si agréable et normal ! Je ne savais pas quelle attitude adopter. Il voulait mettre notre liaison entre parenthèses jusqu'à ce que cet épisode soit terminé. Mais nous étions seuls dans la pièce, à l'exception du policier endormi sur le canapé.

Je m'agenouillai à côté de lui et il se tourna pour m'embrasser, en passant sa main sur ma nuque. Ce baiser, qui avait eu pour but d'être court et furtif, s'éternisa bien plus que prévu.

— Merde, souffla-t-il en reculant.

— J'dois y aller, dis-je très calmement pour ne pas déranger le dormeur.

— Ouais, moi aussi, murmura-t-il en se relevant et en s'étirant. Je dois écouter les enregistrements d'aujourd'hui.

Il tapota la poche de sa veste.

— Jack, lui dis-je à l'oreille. Si Howell ne fait pas appel à la justice, tu dois le faire. Tu vas t'attirer de terribles ennuis.

C'était une impression qui avait consumé chacune de mes minutes tout au long de la journée. Je jetai un coup d'œil à « la justice » profondément endormie sur le canapé.

— Promets-le-moi, murmurai-je.

Je le regardai droit dans ses yeux noisette.

— Tu as peur ? souffla-t-il.

Je hochai la tête.

— Pour toi, lui dis-je.

Il me dévisagea.

— Je parlerai à Howell demain.

Je lui souris et lui caressai la joue.

— Bye, murmurai-je avant de sortir sur la pointe des pieds.

J'enfilai mon manteau dans le vestibule, le fermai jusqu'en haut et rabattis ma capuche. Il faisait vraiment froid, un froid mordant ; la température allait descendre bien en dessous de zéro, cette nuit. J'aurais été incapable d'aller marcher même si j'en avais eu besoin. Mais après avoir arraché sa promesse à Jack, je me sentais détendue. Il ne me faudrait pas longtemps avant de dormir.

Juste pour m'en assurer, je parcourus les quatre rues qui entouraient le jardin botanique, deux fois, très rapidement, avant de remonter la piste entre les arbres. Quand je ressortis sur Track Street, il faisait nuit noire. J'avais les pieds engourdis et les mains gelées malgré mes gants.

J'étais au milieu de la rue, prête à tourner en direction de ma maison, quand une Jeep apparut à toute allure et s'arrêta en dérapant à quelques centimètres de ma jambe droite.

— Tu étais où, Lily ? s'exclama Bobo, frénétique, sans bonnet, le manteau grand ouvert.

Il n'y avait plus aucune trace du jeune homme passionné qui m'avait embrassée la nuit précédente.

— J'aidais Claude à emménager au rez-de-chaussée. Et j'ai fait une petite balade.

— Je t'ai cherchée partout. Rentre chez toi et ne sors pas cette nuit.

Son visage, presque au niveau du mien à cause de la hauteur de la Jeep, était pâle et tendu. Aucun garçon de dix-huit ans n'aurait dû ressembler à ça. Bobo était effrayé, furieux et désespéré.

— Qu'est-ce qui va se passer ?

— On t'a vue partout, Lily. Certaines personnes ne comprennent pas.

Il voulait en dire plus. Il dévoila ses dents sous la tension. Il était sur le point de crier.

— Raconte-moi, dis-je aussi calmement que possible.

Je retirai un gant et posai la main sur la sienne. Mais, plutôt que de l'apaiser, mon geste sembla attiser encore plus sa tempête intérieure. Il retira sa main aussi vivement que si je l'avais piqué avec un aiguillon à bétail. La mâchoire crispée, il s'exclama :

— *Reste chez toi !*

Il repartit aussi vite qu'il était arrivé, tout aussi imprudemment.

Mon inquiétude monta d'un cran. Qu'avait-il pu se passer de manière si soudaine ? Je levai les yeux vers la façade de la résidence. Les nouvelles fenêtres de Claude étaient plongées dans l'ombre. Celles de Deedra, juste au-dessus, également. Mais les lumières étaient allumées chez Jack, du moins certaines d'entre elles. La fenêtre de son salon était faiblement éclairée.

Je restai ainsi debout au milieu de la rue, dans le froid glacial, essayant de faire fonctionner mon cerveau.

Sans le décider consciemment, je me mis à courir – pas en direction de chez moi, non, mais vers les appartements. Une fois à l'intérieur, je dépassai à la hâte la porte de Claude, en tentant de marcher à pas de loup. Je me faufilai à l'étage tel un serpent, rapide et silencieuse. J'essayai d'ouvrir la porte de l'appartement de Jack. Elle était entrouverte. Une vague de peur me tordit le ventre.

Je me glissai à l'intérieur. Personne dans le salon, seulement illuminé par la faible lueur qui provenait de la cuisine. La veste en cuir était jetée sur le canapé. Au bout du couloir, le plafonnier dans la chambre d'amis brillait à travers la porte entrouverte. Je tendis l'oreille en fermant les yeux pour écouter plus intensément. Je sentis les poils de ma nuque se hérisser. Silence.

Je n'étais venue ici qu'une seule fois et je me frayai donc un passage entre les meubles de Jack avec beaucoup de précaution.

Personne non plus dans la cuisine.

Je me mordis la lèvre pour m'empêcher d'émettre le moindre son quand j'arrivai dans l'encadrement de la porte de la chambre d'amis. Il y avait une table sur laquelle se trouvait un lecteur de cassettes, un bloc de papier et un stylo, ainsi qu'une cannette de Dr Pepper. La chaise pliante qui se trouvait devant la table était renversée sur le côté. Je touchai la cannette. Elle était encore froide. Une lumière rouge indiquait que le lecteur était allumé, mais le compartiment à cassette était ouvert et vide. Je courus dans le salon et fouillai dans les poches de la veste en cuir. Elles étaient vides, elles aussi.

— Ils ont eu Jack, dis-je pour moi-même.

Je me couvris les yeux pour réfléchir intensément. Claude était au rez-de-chaussée, incapable de se déplacer tout seul. Une partie de son équipe au moins était corrompue. Le shérif Schuster était mort et je ne connaissais personne de son équipe. Peut-être que celle-ci, elle aussi, comptait un ou deux hommes qui étaient, au minimum, des sympathisants du groupe Reprenez ce qui est à vous.

Et si je ne pouvais pas sauver Jack toute seule ? Qui pouvais-je appeler ?

Carrie n'était pas une combattante. Raphael avait une femme et une famille ; et, nul besoin de le formuler clairement pour savoir que l'implication d'un homme noir aggraverait ce qui était en train de se passer, jusqu'à la guerre.

Si je m'en mêlais et que je me faisais capturer à mon tour, qui nous viendrait en aide ?

Puis je pensai alors à quelqu'un.

Je me souvenais du numéro et le composai sur le téléphone de Jack.

— Mookie, dis-je quand elle répondit. J'ai besoin que vous veniez. Apportez votre fusil.

— Où ça ?

— La boutique des Winthrop. Ils ont... mon homme.

Je n'essayais plus d'expliquer qui était Jack.

— C'est un détective. Il les avait mis sur écoute.

— Où est-ce que je vous retrouve ?

Elle semblait calme.

— On va entrer par derrière. J'habite juste après la boutique.

— Je sais. J'arrive.

Elle raccrocha.

Il s'agissait de la femme à qui j'avais conseillé de quitter la ville la veille, et voilà maintenant que je la pressais de venir se mettre en danger sur ma seule parole. Mais je n'avais pas le temps de me préoccuper de cette ironie du sort. Je dévalai les escaliers en laissant la porte de Jack grande ouverte. Ça ne ferait pas de mal si quelqu'un d'autre s'alarmait. Je courus jusque chez moi et entrai. Je retirai mon manteau, passai un sweat-shirt foncé par-dessus mon tee-shirt. Je trouvai le bonnet que Jack avait oublié. Je l'enfonçai sur mes cheveux clairs. Pas de gants : j'avais besoin de mes mains. Je retirai mes baskets montantes et enfilai une paire de bottes noires à lacets que je serrai fermement. Si j'avais pu trouver quelque chose pour le faire, je me serais noirci le visage. Je sortis par la porte d'entrée au moment où Mookie arrivait. Elle bondit de sa voiture, le fusil en main.

— Et vous, c'est quoi votre arme ?

Je lui montrai mes mains.

— Cool, dit-elle, et nous nous mîmes à courir vers les rails sans plus de discussion.

Depuis un point surélevé de la voie ferrée, nous observâmes le terrain à l'arrière de la boutique des Winthrop. Quelques lumières étaient allumées à l'intérieur. La cour de derrière, elle, était toujours éclairée, mais présentait quelques zones sombres.

— Allons-y, déclara ma compagne.

Elle semblait plutôt heureuse et détendue. Elle n'avait pas exigé la moindre explication, et c'était reposant, d'autant plus que je n'étais pas certaine de pouvoir lui en fournir une qui soit cohérente. Nous dévalâmes la pente en courant. J'étais sur le point de me jeter sur la clôture sans me soucier des fils de fer barbelés au sommet, quand Mookie sortit des cisailles d'une des poches de sa combinaison. Ce n'était pas un vêtement qu'on porte au quotidien, mais une combinaison de femme foncée, rembourrée et épaisse, munie d'une quantité de poches. Mookie avait elle aussi enfilé un bonnet de laine. Elle actionna ses cisailles tandis que je faisais le guet.

Rien ne bougea à part nous.

L'ouverture fut enfin assez large pour nous laisser passer, et Mookie se glissa la première. De nouveau, il ne se passa rien. Nous nous mîmes à l'abri dans une zone plongée dans l'ombre, accroupies derrière un 4 × 4 flambant neuf. Mookie désigna du doigt notre prochaine étape : un bateau. Nous devions traverser un halo de lumière, mais nous arrivâmes derrière le bateau en toute sécurité. Nous attendîmes.

Tout en continuant d'avancer par étapes, nous finîmes par atteindre l'arrière de la boutique. Il y avait une porte destinée aux clients au niveau du sol et une plateforme de chargement à laquelle on accédait par une volée de quatre marches. Sur la plateforme, une porte réservée aux employés menait à l'intérieur de l'immense réserve. Cette porte était sombre. J'étais prête à parier qu'elle était fermement verrouillée.

Ils avaient laissé quelqu'un pour monter la garde à la porte de la plateforme de chargement. Il s'agissait du garçon boutonneux qui travaillait à la boutique de fournitures, et il se balançait d'un pied sur l'autre dans le froid, que je ne ressentais même plus. Lui aussi avait un fusil. Mookie murmura :

— Est-ce que tu peux le mettre hors d'état de nuire en toute discrétion ?

Je hochai la tête. Je n'avais jamais attaqué quiconque comme ça, quelqu'un qui ne m'avait pas attaquée en premier, mais avant que cette pensée s'installe fermement dans ma conscience et me fasse hésiter, je me concentrai sur le fusil. S'il le portait, j'imaginais qu'il était prêt à s'en servir.

Le garçon se retourna pour jeter un coup d'œil par la fenêtre de la porte des employés et éternua. Profitant de ce bruit, je grimpai les marches à pas feutrés, me redressai derrière lui, glissai mes bras autour de lui pour m'emparer du fusil, puis je le tirai en arrière contre sa gorge. Il se débattit, mais j'étais bien décidée à le réduire au silence.

Il faiblit. Il s'effondra. Mookie m'aida à le descendre sur la plateforme en béton. Elle sortit un foulard de l'une de ses poches et le bâillonna, avant de lui lier les mains dans le dos avec un autre. Elle s'empara de son fusil et me le tendit. Je secouai la tête. Elle le posa contre la base du quai de chargement, hors de vue. Elle pensait à l'évidence qu'il était vivant et qu'il méritait d'être attaché, alors je ne posai aucune question. Je ne voulais pas savoir maintenant si je l'avais tué.

Je me demandai si les autres allaient venir le voir. Je m'approchai de la petite fenêtre renforcée par un grillage en forme de losanges et jetai un coup d'œil à l'intérieur de la réserve éclairée. Je pus distinguer du mouvement de l'autre côté d'un mur de cartons et de casiers, mais je ne savais pas ce qu'il s'y passait.

— On se cache à l'intérieur, murmurai-je à Mookie. Va à gauche en entrant.

Elle hocha la tête. Je pris une profonde inspiration et tournai la poignée en priant pour que cette dernière ne fasse aucun bruit. Pour moi, le grincement du métal fut aussi bruyant que des cymbales, mais personne ne surgit entre les boîtes pour vérifier. Je tirai la porte et

Mookie entra en se baissant, le fusil à la main. Personne ne lui tira dessus. Personne ne cria. J'entrai une seconde après elle et me baissai immédiatement à l'intérieur en laissant la porte se refermer lentement derrière moi.

Mookie était accroupie derrière une pile de cartons. Une rangée d'immenses étagères métalliques, étiquetées et alignées, s'élevaient au-dessus de nous. Sur notre droite, en travers de l'allée qu'on laissait dégagée pour pouvoir atteindre la porte de derrière, se trouvait un présentoir de combinaisons de camouflage dans les teintes froides de l'hiver, gris, vert et noir. Je distinguai d'autres rangées d'étagères en face du présentoir.

Je percevais maintenant des voix, des rires tonitruants d'hommes bourrés de testostérone. Il y eut, au milieu de ces éclats de rire, un glapissement isolé. Jack.

À présent, j'étais prête à tuer. Je me frottai les mains pour les réchauffer et les débarrasser de leur rigidité. Mookie me regarda avec une lueur de doute dans les yeux.

— C'est lequel, ton homme ? demanda-t-elle, presque inaudible.

— Celui qui a crié, répondis-je, et je vis ses yeux s'agrandir. Il a de longs cheveux noirs.

Il faudrait qu'elle sache reconnaître Jack.

— On se faufile là-haut pour voir ce qui se passe, souffla-t-elle.

C'était un plan comme un autre. Nous contournâmes une pile de cartons et nous cachâmes derrière la rangée d'étagères suivante.

Nous pouvions voir à travers les interstices entre les affaires empilées. Darcy était là, Jim était là, ainsi que Cleve Ragland et Tom David Meicklejohn. À peu près ceux auxquels je m'attendais. Il y avait cependant une personne que je ne pouvais pas distinguer ; je remarquai que les hommes se tournaient plusieurs fois sur leur droite, pour adresser un mot à celui qui se trouvait là.

Ils étaient en train de torturer Jack.

Tandis que nous nous faufilions vers l'avant de la réserve, je pus en voir plus. Et même trop. Jack était ligoté sur une chaise, une chaise en bois sur roulettes. Les bras attachés aux accoudoirs, il avait le début d'un œil au beurre noir et une coupure sur une joue, qu'ils lui avaient peut-être faite en lui tombant dessus dans son appartement. Ils lui avaient retiré sa chemise, ainsi que le bandage qui couvrait sa blessure à l'épaule. Darcy tenait un couteau de chasse et Cleve avait fabriqué son propre instrument, en chauffant la pointe d'une flèche avec un briquet, avant de la poser sur la peau de Jack. Jim Box semblait écœuré. Tom David regardait et, même s'il ne semblait pas avoir la nausée, il paraissait tout de même loin d'être ravi. Il posa brièvement les yeux sur la personne qui était assise hors de mon champ de vision, avant de revenir sur Jack.

Darcy se détourna après avoir fait une entaille juste sous le téton de Jack. Le couteau reluisait de sang. « Je vais le tuer en premier », songeai-je, tellement obsédée par cette idée que je ne pouvais ni me raisonner ni mettre au point le moindre plan. J'avais oublié jusqu'à l'existence de Mookie avant que cette dernière me donne un petit coup de coude. Elle pointa un doigt fin vers un homme qui était assis dans l'ombre d'une étagère, un homme que je n'avais pas vu jusque-là ; je crus que j'allais vomir. Je reconnus instantanément ces cheveux clairs aux mèches ébouriffées. Bobo. Darcy lui dit quelque chose.

Bobo leva la tête pour regarder Darcy et je vis des larmes sur son visage.

— Gamin, tu dois me dire où tu es allé il y a quelques instants, demanda Darcy d'un ton affable.

Il leva le couteau pour qu'un rayon de lumière éclaire la partie de la lame qui n'était pas rouge de sang. Bobo se mit debout. Il redressa les épaules.

— J'espère que tu n'as pas trahi ta famille en disant à quiconque ce que nous avons attrapé là, déclara Darcy en attendant la réponse de Bobo.

Alors que le silence se prolongeait, tout le monde se tourna vers Bobo, même Jim Box. Jack profita de ce répit pour fermer les yeux. Je vis ses doigts s'activer sur la corde qui lui liait les poignets. Il se mordait la lèvre du bas. Il avait une dizaine de coupures et de brûlures sur la poitrine, et ils avaient rouvert sa blessure à l'épaule. Des traînées de sang avaient coagulé sur les poils de sa poitrine.

— Est-ce que tu es allé le dire à cette salope de blonde ? demanda calmement Darcy. Tu as dit à cette fille que celui qui partage son lit était ici et qu'il avait des ennuis ?

Bobo ne répondit pas. Il regardait Darcy, les yeux plissés sous le coup de l'émotion. Mais tandis que je l'observais, son expression se durcit.

— J'espère qu'elle va venir jeter un œil, dit soudain Cleve. On pourra rejouer son pire cauchemar.

Darcy posa les yeux sur Cleve avec une certaine surprise. Puis il comprit ce que ce dernier voulait dire. Il se mit à rire en rejetant la tête en arrière, et la lumière du plafonnier ôta toute trace d'humanité de son visage.

Jack avait rouvert les paupières ; très bien. Il fixait Cleve avec, dans le regard, un tout nouveau cauchemar qu'il lui réservait. Cleve baissa les yeux et tressaillit. Puis il sembla se souvenir de ce dont il devait se charger.

— On pourrait lui faire prendre du bon temps juste là, dit-il à Jack. Tu pourras observer, Bobo. Apprendre comment on fait.

Tom David avait les yeux plissés de dégoût. Il regardait ses coconspirateurs comme s'il venait d'apprendre quelque chose à leur sujet qui ne lui plaisait pas du tout. D'après l'expression sur son visage, Bobo semblait ne pas vouloir croire ce qu'il venait d'entendre. Il attendait qu'une autre explication à ces paroles lui vienne à l'esprit.

— Ça va être un plaisir, me dit Mookie à l'oreille.

Elle sortit un couteau de l'une de ses poches et me le tendit.

— Je te couvre et tu le libères, déclara-t-elle. Et on sort comme on peut.

Je hochai la tête.

— Ou peut-être que je pourrais tous les tuer, dit-elle pour elle-même.

— Ils ont tué Darnell ?

— Ouais, c'est ce que je crois. Ma mère a reçu des coups de téléphone après sa mort , des coups de téléphone anonymes, méchants et vraiment explicites sur les blessures de Darnell. Les appels venaient de ce magasin. Ma mère a un système d'identification des numéros, murmura Mookie. Ces connards débiles ne s'imaginent pas qu'une femme noire puisse avoir un système d'identification. Prépare-toi.

C'est alors qu'elle sortit de notre cachette, le fusil à l'épaule.

— OK, les trous du cul ! lança-t-elle. Face contre terre.

Ils se figèrent tous, Darcy au milieu de son geste, penché au-dessus de Jack pour entailler de nouveau son torse ; Cleve avait la flèche dans une main et le briquet dans l'autre. Derrière eux, Tom David était toujours appuyé contre le mur, les bras croisés sur sa poitrine. Jim Box était juste à côté de lui. Bobo, qui était près de la porte du magasin, se tourna et la franchit. Quand elle claqua en se refermant derrière lui, Cleve sursauta.

Pendant ce laps de temps, Darcy se jeta avec le couteau sur Mookie et plongea à droite. Mookie fit feu et s'écarta à son tour sur sa droite. La balle toucha Jim Box qui se trouvait derrière Darcy ; j'aperçus une tache rouge éclore sur sa poitrine. Et la lame du couteau manqua Mookie, mais me toucha, moi. Je sentis le froid me mordre la peau là où ma chemise se déchira, mais j'avais pris mon élan pour me précipiter vers Jack. Cleve se rua sur moi, son torse courtaud et sa mâchoire lourde lui donnant l'air d'un taureau enragé. Je l'esquivai quand il approcha et tendis le bras. Je l'abattis sur sa gorge. Sa tête resta immobile, mais ses pieds continuèrent d'avancer. Puis, quand son corps ne réagit plus, ces derniers décollèrent du sol et Cleve tomba. Sa tête heurta le béton dans un bruit sourd. Puis j'entendis de nouveau le grincement de la porte. Quelqu'un d'autre s'était enfui du magasin.

Je m'agenouillai à côté de la chaise et coupai les cordes de Jack. J'avais des gestes maladroits, mais le couteau de Mookie était tranchant. J'entendis courir, d'un pas léger et rapide, puis le *pan !* du fusil. Mookie était passée par là et faisait Dieu seul sait quels dégâts. Il me sembla une nouvelle fois entendre la porte.

Je ne pouvais me concentrer sur rien d'autre que les cordes que je coupais et, quand j'eus tranché la deuxième série de liens, je pus relever la tête.

Je ne vis plus personne, du moins personne qui bougeait.

Cleve était liquidé pour de bon. Je ressentis une pointe de satisfaction. Jim Box avait disparu, mais il y avait des gouttes de sang sur le sol à l'endroit où il s'était trouvé. Je distinguai une chaise dans l'ombre, en face de Jack. Elle était vide.

— Aide-moi à me relever, murmura Jack.

Je bondis sur mes pieds et tendis les mains. Avec horreur, je réalisai que je n'arrivais pas à croiser le regard de Jack ; ça me semblait pire, bien pire, que ce que j'avais fait à Cleve Ragland. Jack émit un horrible cri de douleur quand il se redressa en s'appuyant sur moi. J'aperçus un manteau marron abandonné, celui de Bobo, posé sur une étagère non loin. Je l'attrapai. Mon plan, c'était de prendre la fuite par la porte de derrière et d'essayer de traverser le terrain en sens inverse, puis de passer par le trou dans la clôture, de retourner chez moi et d'appeler... quelqu'un. Je pensai furtivement aux hommes du FBI, qui devaient encore se trouver au motel dans lequel ils campaient depuis l'explosion.

— Mets ça, dis-je d'un ton pressant en tendant le manteau à Jack.

J'étais en train de penser au froid, aux blessures de Jack, au choc, à Dieu sait quoi.

Je détournai le regard pendant que Jack essayait de l'enfiler, mais je dus finalement l'aider. J'étais tellement absorbée par ma tâche que je n'eus pas conscience d'une présence derrière moi, jusqu'à ce que l'expression sur le visage de Jack me donne l'alerte. À l'instant précis où ce dernier commença à bouger, quelque chose vint s'abattre sur mon épaule. Je criai involontairement, puis basculai sur la droite avant de tomber. Ma tête vint heurter les étagères et je m'effondrai par terre assez violemment pour expulser tout l'air de mes poumons. Je ne pouvais plus bouger. Je levai les yeux vers les lumières éclatantes de la réserve, très haut au-dessus de moi. Je vis le grand et sombre Jim Box, le tee-shirt barbouillé de sang. Il s'empara d'un aviron et le brandit comme une batte de baseball ; il prit son élan. Il allait me frapper en pleine tête et il n'y avait foutrement rien que je puisse faire.

Jack s'énerva. Il se rua sur Jim, lui arracha l'aviron et l'écrasa sur la tête de ce dernier, qui s'effondra comme un arbre abattu, sans un bruit. Jack vint le dominer de toute sa hauteur, sa poitrine tachée de sang se soulevant sous l'effort ; il voulait que Jim se relève, il voulait frapper de nouveau.

Mais Jim ne bougea pas.

L'air s'engouffra de nouveau dans mes poumons. Je gémis, pas seulement à cause de la douleur, mais aussi de pur désespoir. Nous étions tous les deux blessés maintenant, faibles. Combien de personnes se trouvaient encore dans le bâtiment ? Où était Mookie ? Est-ce qu'ils l'avaient tuée ?

Jack s'approcha de moi avec l'aviron. L'expression de fureur disparut progressivement de son visage et il s'accroupit à côté de moi.

— Tu peux te lever ? murmura-t-il.

Je vis pour la première fois les marques de doigts autour de sa gorge. Ils l'avaient étouffé, suffisamment pour qu'il manque de perdre la voix. Je voulais lui dire que non, je ne pouvais pas bouger, mais à la place, je me surpris à hocher la tête. Je dus rester immobile un instant avant de rouler sur le ventre et de me mettre à genoux. Mon bras, entaillé par le couteau de Darcy, saignait. Je me touchai les cheveux, qui me semblèrent… bizarres. Quand je baissai la main, je vis que celle-ci était tachée de sang. J'avais heurté une étagère en dérapant, me souvins-je lentement. J'avais peut-être une commotion. Comme pour confirmer ce soupçon, je vomis. Quand les spasmes se calmèrent, je me dis que j'aurais volontiers accueilli la mort. Mais Jack voulait que je me relève.

Je m'agrippai à la première chose solide que je trouvai, un coin d'étagère, et essayai de me relever tandis que Jack se préparait à affronter une nouvelle attaque éventuelle. Je fus enfin debout, même si je me sentais vaciller de gauche à droite ; ou peut-être que j'étais stable et que c'était l'entrepôt qui vacillait ? Un tremblement de terre ?

— Tu es vraiment blessée, dit Jack d'une voix rauque, et je discernai même une nuance de peur dans son élocution tendue.

Je me sentais faible et tremblante. J'étais en train de baisser les bras.

— Vas-y, dis-je.

— C'est ça, murmura-t-il, avec un sarcasme atténué par le faible niveau sonore de sa voix.

— Toi tu peux bouger. Moi, je n'en suis pas sûre, dis-je d'un ton hésitant.

Je détestais cette hésitation.

— Ils ne me tueront pas. Il en reste combien, ici ?

— Deux dans le magasin, et le vieux.

Quel vieux ?

— Bobo ne me fera pas de mal, rassurai-je Jack en pensant qu'il comptait Bobo parmi nos adversaires.

— Non, je ne pense pas. Je pense qu'il n'était au courant de rien de tout ça. Je prie pour qu'il soit en train d'appeler la police.

C'était curieux. En parlant de « vieux », j'eus la nette impression qu'Howell Sr, le roi sans couronne de Shakespeare, se tenait juste là, près de la porte.

— Regarde, dis-je à Jack, stupéfaite.

Jack se retourna et le vieux M. Winthrop leva la main. À mon plus grand effarement, il tenait un pistolet. J'ouvris la bouche pour crier quelque chose, je ne sais pas quoi, quand deux bras forts s'enroulèrent autour du vieil homme et le soulevèrent du sol.

— Non, grand-père ! s'exclama Bobo.

Pour croire à l'expression sur son visage de terrier, il fallait la voir. Howell Sr se débattit et se tortilla dans les bras de son petit-fils, mais c'était un effort vain. Si j'avais eu la moindre propension à l'humour à cet instant précis, j'aurais trouvé le spectacle assez amusant. Bobo traversa la réserve et se rendit sur la plateforme de chargement en tenant le vieil homme qui le traitait de noms que je n'avais jamais entendus dans la bouche d'une personne âgée.

Bobo avait un visage tragique. Il ne me jeta pas un regard, ni à Jack. Il était seul face à la trahison la plus amère de sa courte vie.

Je me fichais de savoir où il emmenait son grand-père, car j'étais en train de prendre conscience de l'ampleur de cette trahison. Howell Sr s'était servi de l'entreprise de son propre fils comme couverture pour son petit groupe raciste. Howell Sr était la raison pour laquelle son fils, le patron de Jack, lui avait caché des choses. Howell avait dû suspecter l'implication de son père depuis le début. Il n'avait donc pas prévenu la police, ni l'ATF, ni le FBI. Il avait engagé Jack.

Et voilà où nous en étions, grâce au vieux Winthrop : à perdre du sang, et peut-être à mourir, dans une foutue réserve.

— Où est Mookie ? demandai-je à Jack. La femme avec le fusil.

— Elle est partie dans le magasin à la poursuite de Darcy, murmura Jack.

Sa veste était grande ouverte sur sa poitrine nue et couverte de sang. Il posa l'aviron pour le remplacer par le couteau de Mookie, celui dont je m'étais servie pour couper ses liens.

— Tom David, dis-je.

Jack sembla perplexe pendant une minute. Puis son visage s'éclaira.

— Je ne sais pas. Il est peut-être aussi dans le magasin.

— Nan, je suis là, dit une voix tendue à quelques mètres de là. Je suis hors service.

Je me dirigeai en chancelant dans la direction de la voix, malgré les protestations de Jack. Apparemment, je n'avais pas beaucoup de contrôle sur mes gestes. Tom David était étendu par terre à droite de la porte. La jambe gauche de son jean était écarlate. Je savais maintenant où avait atterri la deuxième balle que Mookie avait tirée. Le visage du policier était livide. Ses yeux étincelaient d'un bleu brillant.

— Je suis désolé, dit-il.

Je le regardai longuement.

— Vous pouvez appeler la police, il n'y aura aucun souci. Je suis le seul.

Je hochai la tête et faillis vomir de nouveau.

— Je n'étais pas d'accord avec ce qu'ils ont fait à Jared, et je ne vous aurais fait aucun mal, dit-il d'un ton las avant de fermer les yeux.

— Est-ce que vous avez tué Darnell ?

Il rouvrit les yeux.

— J'étais là.

— Alors qui ?

— Darcy et Jim. Le vieil homme. Paulie, qui travaillait là-bas, dit-il en bougeant la tête presque imperceptiblement en direction de la boutique de fournitures. Len. Bay Hodding, le père de Bob. Il était pas là ce soir. Anniversaire de mariage.

Et Tom David fit un sourire horrible. Ses yeux bleus avaient perdu de leur éclat.

— Qui s'en soucie, de toute façon ? Un Noir ! Maintenant, Del Packard... c'était Darcy. Je le regrette.

Et son visage se détendit. En voyant la mare de sang qui s'étalait sous mes pieds, je compris que Tom David Meicklejohn venait de fermer ses yeux cruels à tout jamais.

Mais le dernier témoignage du policier avait pris un temps précieux et dans l'intervalle, il avait dû se passer des choses, sans ma présence ni ma participation.

J'étais seule.

La réserve lumineuse, avec ses longues rangées d'étagères et d'ombres, était vide, à l'exception des cadavres silencieux. J'avais l'impression d'être une actrice sur scène à la fin d'une pièce.

Puis, j'entendis un cri provenant de la boutique.

Je traînai les pieds vers la porte. Le carreau éclairé du battant, situé à hauteur de visage, venait de plonger dans l'ombre. On avait éteint les lumières du magasin. Alors que je posais la main sur la poignée, je réalisai que ma silhouette allait se découper contre les lumières de la réserve. Je les éteignis. Puis j'ouvris la porte et me ruai de l'autre côté et, quelques secondes plus tard, je perçus le *clac !* de la porte qui se refermait derrière moi.

Je distinguai un bruissement d'air au-dessus de ma tête, suivi d'un impact. Puis le silence. Je levai prudemment la main. Une flèche de chasse était enfoncée dans l'encadrement de la porte. Ma peau fourmilla. Darcy était un mordu de chasse à l'arc. Jim et lui n'avaient cessé d'en parler, chaque jour, cet automne.

Il fallait que je m'éloigne de la porte. Il allait arriver. Je plongeai à terre, sur mes coudes, tentant de m'aplatir le plus près possible du sol. C'était bien trop facile, et je me maudis d'avoir cru que le fait de m'aventurer dans ce piège allait aider qui que ce soit.

J'essayai de visualiser le plan de l'étage dans ma tête. Mais je perdis tout espoir quand il me vint à l'esprit que Darcy, lui, le connaissait comme sa poche.

— J'ai eu ton amie la rousse ! me lança-t-il. Elle est mor-te, d'une flèche dans la tê-te !

Il chantait. Il s'amusait.

Je n'y croyais pas. J'avais entendu Mookie crier ; du moins, j'étais presque certaine qu'il s'agissait d'elle. On ne peut pas crier si on se prend une flèche en pleine tête. Mais je savais que mon raisonnement, tout comme mon sens de l'équilibre et mon jugement, était plutôt incertain à cet instant précis. Si seulement je savais où se trouvait Jack, pensai-je, je me recroquevillerais quelque part et je m'endormirais. Ça me semblait bien. Je posai ma tête sur la moquette qui recouvrait le sol et partis peu à peu à la dérive.

— J'a-rri-ve ! chantonna Darcy.

Darcy, qui avait battu un jeune homme à mort simplement parce qu'il était noir.

Darcy, qui avait broyé la gorge de son ami.

Il semblait se trouver si près que je savais ne pas devoir bouger. Je ne me sentais plus endormie, désormais. Je me sentais proche de la mort. Je repensai aux arcs de haute technologie que j'avais vus suspendus au mur au cours de mes dernières visites à la boutique, ceux qui m'avaient semblé si dangereux qu'ils auraient effrayé Robin des bois lui-même... Wow, je divaguais complètement...

Un pied se posa sur la moquette à quelques centimètres de mon visage. Le prochain se poserait sur moi. Fais quelque chose ou tu vas *mourir*.

Galvanisée, je hurlai en me redressant et agrippai la première chose à portée de main, que j'espérai être un bras. J'enroulai mes propres bras et mes jambes autour de Darcy comme si c'était mon amant, le serrant plus fermement que je ne l'avais jamais fait avec Jack ou Marshall, l'écrasant jusqu'à ce que des larmes coulent de mes yeux. Je chevauchai son dos.

Il était tellement grand, tellement fort, et il n'était pas blessé ! Il ne vacilla pas, même avec tout mon poids enroulé autour de lui. Je lui avais foutu la frousse et il lui fallut quelques secondes pour reprendre ses esprits, seulement quelques secondes. Il se redressa, se rua en avant, et j'entendis le cliquetis d'un objet qui tombe, peut-être l'arc, pensai-je. Mais il avait une flèche dans la main, et il se mit à essayer de me poignarder vers l'arrière, même s'il ne pouvait y employer toute sa force et que sa portée était réduite par mon étreinte. Il parvint cependant à toucher ma jambe la première fois et après ça, il sut où viser ; il m'entailla plusieurs fois les côtes. Des cicatrices par-dessus des cicatrices, songeai-je à travers la terrible douleur. Je voulais le lâcher. Mais il semblait que j'en étais incapable, incapable de transmettre à mes doigts l'ordre de se desserrer. Une poigne mortelle, pensai-je. Une poigne mortelle.

Les lumières s'allumèrent. L'éclat me transperça les yeux, si douloureux que je faillis m'évanouir, mais un choc me maintint en éveil : quelque chose de si atroce que seule cette nuit sanglante me permettait d'y croire. Derrière l'un des comptoirs occupés par une série de couteaux, j'aperçus Mookie clouée au mur par une flèche plantée dans sa poitrine. Sa tête était affaissée sur le côté, ses yeux, ouverts.

Puis, derrière l'épaule de Darcy, je vis quelqu'un se précipiter vers nous, vers Darcy et moi immobilisés dans notre petite danse. C'était Jack, avec un fusil à la main. Mais nous étions trop proches pour qu'il puisse tirer, songeai-je. Comme si notre esprit ne faisait qu'un, Jack retourna le fusil et matraqua Darcy à la tête avec la crosse. Darcy hurla et vacilla vers l'avant, voulant s'attaquer à Jack, mais je ne le lâchai pas, je ne lâchai pas, je ne lâchai pas...

Le trou noir.

— Réveille-toi, chérie. Je dois t'examiner.

Non.

— Ouvre les yeux, Lily. C'est moi, Carrie.

Non.

— Lily !

J'entrouvris les yeux.

— C'est mieux.

Lumière aveuglante.

— Ne râle pas. C'est juste... nécessaire.

Je me rendormis. Un moment agréable de ténèbres et de silence.

Puis :

— Réveille-toi, Lily !

Le jour suivant, ce fut l'agonie. J'avais la migraine, un état qui relevait plus des maux de ventre dus à une bonne appendicite qu'à un simple mal de crâne. J'avais les côtes dans un sale état et la peau, juste au-dessus, n'était que lambeaux de chair sanguinolents qu'on avait recousus tel un patchwork insolite. Ma blessure à la cuisse, même si elle n'était pas sérieuse, ajoutait sa note à la symphonie de douleur, tout comme l'entaille à mon bras.

Quand je lui demandai de rentrer chez moi, Carrie m'apprit que c'était grâce à Howell Winthrop Jr que je me trouvais dans une chambre individuelle. En réalisant que quelqu'un d'autre payait pour moi, je décidai de me reposer autant que possible. Il payait également la chambre voisine de Jack. Au cours de cette horrible matinée, ce dernier me rendit visite, alors que les médicaments qui m'abrutissaient l'esprit n'arrivaient pas même à apaiser la douleur.

Quand je le vis dans l'encadrement de la porte, des larmes commencèrent à couler au coin de mes yeux, pour ruisseler le long de mes joues jusqu'à imprégner mon oreiller.

— Je n'avais pas l'intention de te faire cet effet, dit-il.

Il avait une voix rauque, mais forte.

Je levai la main et il s'approcha de mon lit pour la prendre dans la sienne. Elle était chaude et ferme.

— Tu devrais t'asseoir, dis-je, et ma propre voix me sembla distante et épaisse.

— On t'a donné des pilules, hein ?

— Oui.

Hocher la tête me faisait plus mal encore que de parler.

— Comment ils ont découvert que c'était toi, Jack ?

— Ils ont trouvé le micro, répondit-il simplement. Jim a renversé un Coca dans la salle de repos et, en nettoyant, il l'a trouvé. Jim a appelé le vieux M. Winthrop. Il leur a conseillé de se cacher et d'attendre pour voir qui venait récupérer la bande ; et c'était moi. Ils ont dû se consulter un moment. Ils ont décidé qu'ils pourraient trouver qui m'avait engagé en me passant au gril. Cleve et Jim étaient persuadés depuis le début qu'il s'agissait d'Howell, mais les autres pensaient plutôt à quelque chose de fédéral. Ils pensaient d'ailleurs que Mookie faisait partie des fédéraux. Ils ont envisagé de l'enlever pour qu'elle se joigne à la petite fête. Ils trouvaient qu'elle était venue trop souvent au magasin pour être innocente. Heureusement pour moi, ils n'en ont rien fait. Pourquoi est-ce que toi, tu as pensé à l'appeler ? Qui est-elle, bon sang ?

J'essayai de répondre à sa question sans révéler aucun des secrets de Mookie. Je ne suis pas certaine d'y être parvenue, mais Jack savait que je travaillais pour elle, qu'elle avait un intérêt tout personnel à découvrir l'identité des membres de ce groupe naissant qui prônait la suprématie de l'homme blanc, et que j'étais au courant qu'elle savait se servir d'une arme. Jack me tint la main encore un moment en la caressant doucement, plongé dans ses réflexions, et finit par déclarer :

— Quand il t'a fait tomber, quand tu as heurté l'étagère et le sol – et je te jure, Lily, tu as rebondi –, j'ai cru qu'il t'avait tuée.

— Tu es devenu fou, remarquai-je.

Il sourit faiblement.

— Oui. Et quand je t'ai vue te relever, quand j'ai vu que tu pouvais marcher – enfin, en quelque sorte –, j'ai su que tu t'en sortirais. Probablement. Et, après un regard à Tom David, j'ai su qu'il n'était plus une menace pour toi...

— Alors tu es parti.

— Chasser.

Il ne cherchait pas à s'excuser. Il fallait qu'il poursuive l'homme qui l'avait avili. Je pouvais comprendre ça, moi plus que n'importe qui.

— Qui est mort ?

Carrie avait refusé de me répondre.

— Tom David. Et Jim Box.

— C'est tout ?

— Je voulais la mort de Darcy aussi, mais je ne lui ai pas donné ce coup fatal qui nous en aurait débarrassé. Il a quand même la mâchoire cassée. À ce moment-là, de toute façon, les flics étaient en train d'arriver.

Jack se laissa tomber sur une chaise et, d'un air pensif, actionna la commande qui abaissait mon lit pour que je puisse le voir plus facilement.

— Comment ça ?

— Bobo les a appelés, quand il est parti dans la boutique après le début des coups de feu. Et il essayait de trouver son grand-père. Le vieux s'était armé et Bobo a réussi à l'intercepter juste à temps.

Je me souvins du visage de Bobo quand il avait soulevé son grand-père dans ses bras avant de l'emmener. Quelques larmes supplémentaires vinrent couler sur mes joues. Je voulais savoir ce qui allait arriver au vieux M. Winthrop, mais ça pouvait attendre. Rôtir en enfer, voilà la punition adéquate qui me venait en tête.

— Mookie est vivante ?

J'avais pris conscience tardivement que son nom ne figurait pas sur la liste des morts.

Jack ferma les yeux.

— Elle s'accroche. Elle veut te parler.

— Oh, non.

Je me sentais tellement lessivée, qu'en plus du sentiment d'avoir échoué, je ne pourrais pas supporter une confession de plus.

— Elle ne va vraiment pas s'en remettre ?

— La flèche l'a transpercée. Tu as bien vu.

— J'espérais avoir rêvé.

Je détournai le regard vers la fenêtre aux rideaux tirés.

— Donc Cleve n'est pas mort ? demandai-je.

Je gagnais du temps.

— Il a le crâne fracturé. Bien pire que ta commotion.

— Impossible ! Bon, va chercher une infirmière ou deux pour m'installer dans le fauteuil.

Après discussion, on me fit rouler jusqu'à la chambre de Mookie. À l'intérieur, des appareils clignotaient et il régnait un bourdonnement constant ; Mookie était plus intubée que je ne le pensais possible pour un humain. Elle avait un teint de cendre et ses lèvres avaient perdu leur couleur. Lanette se trouvait dans un coin de la pièce, le visage dans ses mains, en train de se balancer d'avant en arrière sur une chaise. Son premier enfant était en train de mourir, et elle avait déjà perdu le second.

L'infirmière s'éloigna hors de portée d'oreille et je levai la main, avec un gros effort, pour la poser sur Mookie Preston, cette femme curieuse, solitaire et courageuse.

— Mookie, je suis là... Lily, dis-je.

— Lily. Tu as survécu, répondit-elle très lentement sans ouvrir les yeux.

— Grâce à toi.

Si j'étais allée là-bas toute seule, je serais morte lentement, dans d'atroces souffrances. En lui demandant de m'accompagner, j'avais programmé sa mort.

— Ne sois pas désolée, dit-elle.

Elle avait une voix lente et faible, mais distincte.

— J'ai réussi à en tuer quelques-uns, ceux qui avaient tué mon frère.

Je soupirai doucement. J'avais réfléchi, au milieu du brouillard dans lequel m'avaient plongée la douleur et les médicaments.

— Est-ce que tu as tué quelqu'un d'autre ? murmurai-je.

— Oui, souffla-t-elle avec difficulté.

— Len Elgin ?

— Oui.

— Il était impliqué dans la mort de Darnell...

— Oui. Je lui ai parlé avant de l'abattre. C'était... mon père.

Il ne fallait pas que je rappelle Len Elgin à son souvenir. Il fallait que je dise autre chose à Mookie Preston, quelque chose de positif. Elle était en route pour retrouver son Créateur, et je ne pouvais pas l'y envoyer avec les morts qu'elle avait causées à l'esprit.

Elle parla de nouveau. Elle ouvrit les yeux et les riva à moi.

— Ne dis rien.

Je compris au bout de quelques secondes, même sous l'effet des médicaments antidouleur.

— Ne rien dire à propos de Len ? dis-je pour m'en assurer.

— Ne dis rien, répéta-t-elle.

Voilà ma punition pour avoir mené cette femme à la mort. Je savais la vérité, mais je ne pouvais pas la révéler. Peu importait ce qui était arrivé à la maîtresse de Len Elgin, Erica Moore, et à son mari Booth. Peu importaient les soupçons qui portaient sur Mary Lee Elgin.

— Je ne dirai rien, dis-je, acceptant le marché.

J'étais tellement dopée que ça me semblait logique et approprié.

— Maman, dit-elle.

— Lanette, répétai-je pour elle, et cette dernière bondit de sa chaise pour s'approcher du lit.

Je fis un signe à l'infirmière qui attendait devant la porte et elle me ramena dans ma chambre.

Je crois que Mookie mourut avant que j'y parvienne.

Trois jours plus tard, je rentrai chez moi. Le médecin m'y conduisit elle-même. Cette routine du « retour de l'hôpital » – la maison à l'air vicié, le cours du temps suspendu pendant mon absence – commençait à devenir lassante. Je ne voulais plus être blessée, désormais. Je ne voulais plus de souffrance. Je voulais seulement travailler, avoir une vie rangée, dans un état d'esprit paisible.

Mais je souffrais bel et bien, et je reçus des coups de téléphone de Jack.

Il avait dû parler à beaucoup, beaucoup de monde : au niveau local, gouvernemental et fédéral. On m'en épargna une grosse partie à cause de ma commotion, la deuxième en l'espace d'un mois, mais j'avais eu mon lot d'interrogatoires. Et il y avait quelques questions auxquelles je n'avais pas été capable de répondre. Comme par exemple : pourquoi avais-je appelé Mookie Preston ? L'argument selon lequel elle pouvait m'aider à tuer les hommes qui retenaient Jack n'était pas une réponse envisageable. Alors j'avais menti, juste un petit peu. J'expliquai que j'avais appelé Mookie en découvrant que Jack avait disparu – j'imagine qu'ils l'avaient découvert par la compagnie de téléphone – et qu'elle avait accepté de m'accompagner au magasin de sport des Winthrop car j'étais affolée. Oui, je savais ce que Jack faisait, je m'étais donc doutée de l'endroit où on l'avait emmené, et de qui l'avait enlevé.

Je ne fis jamais mention du couteau ou du fusil que Mookie avait apportés, et je suppose qu'ils ont tous cru que les deux armes provenaient du stock de la réserve. Quand il apparut que les balles qui avaient tué Tom David (et finalement Jim) provenaient de la même arme que celle qui avait tué Len Elgin quelques mois plus tôt, la thèse officielle fut la suivante : le responsable de la mort de Len Elgin semblait être l'un des membres du cercle de sales types qui travaillaient au magasin. On ne trouva jamais aucun mobile pour cet assassinat, mais on supposa que, d'une manière ou d'une autre, il avait contrecarré l'un de leurs plans, ou trouvé une preuve de l'implication de l'un d'entre eux dans la mort de Darnell.

Len Elgin gagna une considération qu'il n'avait pas eue de son vivant, et je n'ouvris jamais la bouche. La police savait bien que, de nous tous, c'était Mookie Preston qui avait tiré sur les hommes dans le magasin ; mais puisqu'ils croyaient tous qu'elle avait trouvé et chargé les armes sur place, Mookie, elle aussi, ressortit de cette enquête avec l'image posthume d'une femme courageuse et pleine de ressources – telle qu'elle l'avait finalement été en réalité.

Les Winthrop avaient levé le pont-levis et échappé au siège. Howell Winthrop Sr fut arrêté mais très vite libéré sous caution ; il niait toute implication dans l'attentat à la bombe et dans les décès de Darnell Glass, Len Elgin et Del Packard. Il admettait avoir assisté à la torture de Jack, mais prétendait avoir cru que Jack était un renégat qui militait pour la suprématie blanche. Personne ne le crut, mais c'était là sa version. Bobo fut transféré dans une université de Floride (ce fut Marshall qui me l'apprit), tandis qu'Amber Jean et Howell Trois avaient simplement quitté l'école pour partir en vacances avec Beanie dans un lieu inconnu.

Howell me passa un coup de téléphone, l'après-midi précédant mon départ de l'hôpital, et nous eûmes une conversation brève et atrocement gênante. Il m'assura qu'il paierait pour chacun des maux et chacune des douleurs que j'allais devoir supporter au cours des prochaines années, et je lui assurai, tout aussi sérieusement, que cette hospitalisation et les factures de pharmacie qui allaient en découler seraient bien les seules que j'apprécierais qu'il paie.

— Votre mère peut récupérer sa bague, déclarai-je.

— Elle n'en voudra jamais, répondit-il.

— Elle m'a dit que c'était un legs que m'avait fait Marie Hofstettler.

Je voulais m'assurer qu'Howell sache bien que je n'avais pas accepté cette bague comme une sorte de pot-de-vin, ce qu'il avait cru quand il avait vu l'écrin en velours brun – qu'il savait appartenir à sa mère – dans ma main.

— Pourquoi vos parents voulaient-ils que je vienne chez eux ?

— Je ne peux pas en parler, répondit-il d'un ton raide. Mais Bobo m'a dit de vous assurer qu'il n'était au courant de rien.

Je suis certaine que nous étions tous deux ravis de raccrocher. Je repensai à cette étrange soirée sur Partridge Road, dans cette grande maison blanche, avec ces personnes âgées minuscules. J'espérai qu'Arnita, à ce moment-là, n'était pas au courant au sujet de son mari et qu'elle était bien la femme élégante qu'elle m'avait paru être. Peut-être s'était-elle dit que je méritais quelque chose de concret pour avoir été l'amie de Marie ; voilà peut-être pourquoi elle m'avait donné une de ses propres bagues, qu'elle avait voulu faire passer pour un cadeau posthume. Peut-être que son mari avait éprouvé la curiosité de me voir et lui avait demandé de trouver un moyen de me faire venir pour pouvoir jeter un coup d'œil à ma personne. Jack avait fini par m'avouer être la silhouette furtive que j'avais aperçue cette nuit-là. On lui avait demandé de surveiller les allées et venues autour de la maison sur Partridge Road chaque fois qu'il le pouvait. Il avait assisté aux funérailles de Marie pour pouvoir voir les vieux Winthrop, puisqu'il n'y avait aucun moyen officiel pour lui de les rencontrer.

Jack s'était retrouvé dans les journaux locaux et nationaux. Il était une sorte de héros d'un temps. C'était bon pour ses affaires. Il fut le sujet de beaucoup d'enquêtes et, dès qu'il fut en condition physique, il repartit pour Little Rock. J'eus le sentiment qu'il était soulagé de prendre de la distance avec le lieu de son calvaire. Il s'était fait dominer, attacher et torturer ; gagner contre Jim et Darcy lui avait fait retrouver, dans une certaine mesure, virilité et intégrité. Mais je connaissais les sales nuits qu'il allait passer, les doutes qu'il allait éprouver sur lui-même. Qui n'en passerait pas par là ?

Au fil des jours, je commençais à avoir la triste conviction qu'il allait moi aussi me rayer de sa vie, puisque je faisais partie de ce passé. Parfois, j'étais angoissée, parfois en colère, mais je n'arrivais pas à revenir à mon ancien détachement.

J'avais repris le travail depuis trois semaines, mon entraînement chez Body Time depuis une semaine, quand je rentrai chez moi et trouvai la voiture de Jack dans mon allée. Il avait des fleurs à la main – un bouquet plus gros que celui que m'avait envoyé Claude, évidemment – et un cadeau orné d'un énorme nœud rose.

Je ressentis une pointe de joie en le voyant. Soudain, je ne savais plus quoi lui dire, après des semaines passées à imaginer cet instant. Je désignai les fleurs.

— C'est pour moi ?

— Mince, dit-il en secouant la tête, un sourire aux lèvres. Si tu es toujours la Lily Bard qui m'a mis un coup juste là dans l'encadrement de cette porte, alors ces fleurs sont effectivement pour toi.

— Tu veux que je recommence ? Juste pour t'assurer de mon identité ?

— Non merci, m'dame.

J'ouvris la porte et il me suivit à l'intérieur. Je lui pris les fleurs des mains et me dirigeai vers le couloir.

— Où est-ce que tu les emportes ? demanda-t-il avec un certain intérêt.

— Dans ma chambre.

— Et... est-ce que tu as l'intention de me laisser me joindre à toi pour les admirer ?

— J'espère bien, et ça va dépendre de ta bonne conduite ce soir. J'imagine que tu as un mot du médecin, pour prouver que tu es d'attaque pour une activité aussi... vigoureuse.

— Nous sommes si espiègle, ce soir, mademoiselle Bard ! Nous sommes si détendue et... comme prête pour un rancard normal.

— C'est une passade, répondis-je. Mais j'y travaille.

9975

Composition
FACOMPO

Achevé d'imprimer en Espagne
par BLACK PRINT CPI (Barcelone)
le 16 avril 2012

Dépôt légal : avril 2012
EAN 9782290025628

ÉDITIONS J'AI LU
87, quai Panhard-et-Levassor, 75013 Paris

Diffusion France et étranger : Flammarion